領風騷

慢·讀·

# 兩宋詩詞

詩詞一體，深入蘇軾、陸游的完整內心世界

戴建業·著

# 【目錄】

緒論 兩宋詩詞的發展歷程與基本特徵

自王國維在〈宋元戲曲史序〉中說「凡一代有一代之文學」以來，楚騷、漢賦、唐詩、宋詞、元曲便成了人們的口頭禪。可惜，這一共識容易形成人們錯誤的偏見，譬如，漢賦固然十分好，但漢文漢樂府同樣也很妙——即使不說更好的話，如司馬遷、班固的文章都妙絕古今；再如，人們一提到宋代就只想到宋詞，似乎宋代詞之外的文學不值一談。其實，整個宋代除了柳永、周邦彥、辛棄疾等少數人外，大多數作家的優先選擇是做詩人，填詞不過是他們的「餘事」。以蘇軾為例，現存蘇詩二千七百多首，蘇詞只存三百多首，數量上蘇詩幾乎是蘇詞的十倍，可見相比於詩文而言，蘇軾可以說是「餘事作詞人」。這裡並非有意作翻案文章，故意說宋詞成就不如宋詩，只是要提醒人們——尤其是青年學生——切莫為名言所誤。詞在宋代因前人染指較少，這種文體較之詩文更少陳詞俗套，因而宋代詞人更易開疆拓土也更易於藝術創造，並因此成為一代文學的代表。宋詩前面聳立著唐詩這座高峰，宋代詩人只好另闢蹊徑，詩技上既能因難見巧，藝術上也能別開生面。這裡，我們絕不在宋詩與宋詞之間厚此薄彼，而是同時勾勒兩宋歷史時期詩詞的發展軌跡與規律，總結它們各自的藝術特徵與成就。

## 一、宋人的精神風貌

兩宋詩詞獨特的藝術風貌孕育於兩宋獨特的文化語境——經濟的高度繁榮和對外關係上的極度軟弱；士人生活境況的相當優裕和對他們思想控制的十分嚴密；文化的十分普及和精神的不斷內斂。兩宋詩詞的特點、優點和缺點，都或直接或間接地與這種語境有關。

「臥榻之側，豈容他人鼾睡」（宋李燾《續資治通鑑長編．太祖開寶八年》），宋太祖趙匡胤這句十分霸道的名言，後來成了對宋代君臣的一種嘲諷。北宋開國之初，北方燕雲十六州就成了遼人的地盤，甚至南方州也歸於越南李朝的版圖。到了南宋，趙家王朝更成了偏安一隅的小王朝，龜縮進淮河、秦嶺以南的半壁江山，把北方的大片河山拱手讓給他人「鼾睡」。楊萬里〈初入淮河四絕句〉寫盡了宋人紮在靈魂中的屈辱：

**船離洪澤岸頭沙，入到淮河意不佳。何必桑乾方是遠，中流以北即天涯！**
**劉岳張韓宣國威，趙張二相築皇基。長淮咫尺分南北，淚濕秋風欲怨誰？**
**兩岸舟船各背馳，波痕交涉亦難為。只餘鷗鷺無拘管，北去南來自在飛。**
**中原父老莫空談，逢著王人訴不堪。卻是歸鴻不能語，一年一度到江南。**

這哪是「中原父老」對著「王人訴不堪」，分明就是詩人自己訴說著內心的「不堪」。陸游有兩首七古名作，標題分別是〈九月十六日夜夢駐軍河外遣使招降諸城，覺而有作〉、〈五月十一日夜且半，夢從大駕親征，盡復漢唐故地，見城邑人物繁麗，云「西涼府」也，喜甚，馬上作長句，未終篇而覺，乃足成之〉，「駐軍河外遣使招降諸城」、「盡復漢唐故地」，不過是一場「宋代夢」而已，而且僅僅是詩人「夜且半」的美夢，南宋那些苟且偷安的君臣「便把杭州作汴州」（明田汝成《西湖遊覽志餘》引林升詩），估計他們連這種美夢也不會做。宋代統治者對北方政權，開始還能勉強保住顏面與他們稱兄道弟，後來只得屈膝地對他們割地、賠款、納貢、稱臣。詩人對於這種國勢無不捶胸頓足，於是，愛國主義便成了兩宋詩詞的重大主題。從王安石「河北民，生近二邊長苦辛。家家養子學耕織，輸與官家事夷狄」（〈河北民〉）的窩囊，到岳飛「怒髮衝冠，憑闌處、瀟瀟雨歇」（〈滿江紅〉）的仰天長嘯，再到范成大「忍淚失聲詢使者，幾時真有六軍來」（〈州橋．南望朱雀門，北望宣德樓，皆舊御路也〉）的絕望，從北宋到南宋報仇雪恨的呼聲一浪高過一浪。「王師北定中原日，家祭無忘告乃翁」（〈示兒〉），陸游死前還以將斷的氣息說未了的心事，「從今別卻江南日，化作啼鵑帶血歸」（〈金陵驛〉），到文天祥就只有「帶血」的哀啼了。兩宋對外受盡了割地賠款的羞辱，使得兩宋愛國詩詞的創痛呼喊撕心裂肺。

宋代君主雖然對外「外行」，但他們對內卻很「內行」。這種「內行」既表現在經濟建設和文化建設上，也表現在對士人的思想控制和精神誘導上。宋代是一個高度中央集權的王朝，宋太祖「杯酒釋兵權」剝奪了武將的權力，使得任何人都不敢覬覦龍椅，儘管造成將不知兵的窘境，致使兩宋軍事孱弱，但它同時也保持了社會的穩定安寧，社會穩定安寧正是經濟繁榮的重要保證。宋代君臣採用了許多政策發展經濟，科學技術的進步也提高了農民匠人的生產效率，商品的豐富、紙幣的使用又加快了商品的流通和交換的活躍，這一切促進了市民階層日益壯大，加速了大都市的急速擴張。一幅〈清明上河圖〉描繪了當年汴京的繁華，一首柳永的〈望海潮〉道出了當年杭州的富庶：

**東南形勝，三吳都會，錢塘自古繁華。煙柳畫橋，風簾翠幕，參差十萬人家。雲樹繞堤沙。怒濤卷霜雪，天塹無涯。市列珠璣，戶盈羅綺，競豪奢。**

**重湖疊巘清嘉。有三秋桂子、十里荷花。羌管弄晴，菱歌泛夜，嬉嬉釣叟蓮娃。千騎擁高牙。乘醉聽簫鼓，吟賞煙霞。異日圖將好景，歸去鳳池誇。**

市民階層的壯大，商業的繁榮，必然帶來生活方式與生活觀念的轉變，大都市的形成也帶來了人們對娛樂的渴求。自文人染指以後，詞的主要功能就是娛賓侑酒，即歐陽脩所謂「因翻舊闋之辭，寫以新聲之調。敢陳薄伎，聊佐清歡」（〈西湖念語〉）。大都市正好是宋詞滋長興盛的溫床。市井生活不僅提供了新題材，創造了新的生活方式，也創造出適應這種生活的藝術形式、藝術風格。文學作品不過是文學家用筆向人傾訴衷腸，俗話說「在什麼山上唱什麼歌，見什麼人說什麼話」，每個作者下筆之時心中都有一個潛在的傾訴對象，這種潛在的傾訴對象不僅決定詞的內容，也決定詞的語言、風格和品味。北宋詞因受眾不同，呈現出不同的藝術風貌——有的是所謂「雅詞」，有的是所謂「俗調」。前者取悅的受眾是高人雅士，詞境只限於閨閣園亭，詞風因而也婉約細膩；後者取悅的受眾是世俗的市井小民，語言必須直白曉暢，抒情也不能過於含蓄。柳永便是宋代商業文明的寵兒，是城市文明熱情的謳歌者，受到市井百姓空前的歡迎，「凡有井水飲處，即能歌柳詞」（宋葉夢得《避暑錄話》卷下）。因而，詞發展到柳永才氣局一新，他的豔情詞儘管時涉低俗，但熱情地歌頌了下層人民真摯的愛情，特別是唱出了娼樓妓女的心願與辛酸，展示了一幅幅多彩多姿的都市風情畫。

據說宋太祖曾發誓不殺士大夫和言事者，兩宋三百多年在這點上還真很少「出爾反爾」，士人大不了流放到僻遠的地方賦閒，最極端的情況是蹲一下監獄，讀書人很少成為階下囚，言事者也很少成為刀下鬼。宋代科舉制比前朝更加完備，彌封制度使錄取也更加公平，錄取的名額更是唐代十倍以上，大量寒門子弟有機會走上歷史舞臺，宋代許多名臣和名文人都出身庶族，如一代文宗歐陽脩和蘇軾。宋代要走上仕途只能走科舉一路，此外很難找到什麼「終南捷徑」。宋真宗〈勸學篇〉那句「書中自有黃金屋」，對於宋代書生來說是「眼見為實」。宋代士人也十分清楚，唐代入仕之途尚多，本朝入仕之途只有一條——「黃金屋」只能在書中尋覓。讀書不只是宋代士人最大的愛好，也是他們人生的唯一出路。清人趙翼《廿二史劄記．宋制祿之厚》稱「恩逮於百官者惟恐其不足」，宋代士人生活條件之優渥，會讓此前此後的士大夫心生嫉妒。印刷技術的進步使寒門也容易獲得書籍，私家藏書之富更令人瞠目，出現了晁公武《郡齋讀書志》、陳振孫《直齋書錄解題》等私家目錄，宋代的文化普及絕對是前無古人，宋代士人讀書之博也遠過前輩。從陸游「呼童不應自生火，待飯未來還讀書」（〈幽居遺懷三首〉其三）自述，可以看到宋人對讀書的專一與刻苦，唐人「讀書破萬卷」（杜甫〈奉贈韋左丞丈二十二韻〉）更多的還是自高身價，但在宋人可算是名副其實。史稱王安石訓斥同僚說，「君輩坐不讀書耳」（宋邵博《邵氏聞見錄》引），唐朝宰相中誰有這種底氣？

有一利必有一弊，有所得便有所失。科舉向寒門子弟敞開了仕途的大門，寒門子弟卻也只能從科舉進入仕途之門——敞開一扇門的同時，關上了其他的門。即使處在人生的低谷，盛唐詩人也覺得「大道如青天」（李白〈行路難三首〉其二語），他們可以投奔幕府，可以隱居山林，可以從軍邊塞，也可以干謁求官，而宋代統治者將軍事、財政、言路、科舉等所有資源集中於朝廷，宋代士人只能過科舉這條獨木橋。李白在〈與韓荊州書〉中說：「十五好劍術，遍干諸侯；三十成文章，歷抵卿相。雖長不滿七尺，而心雄萬夫。」宋代詩人誰敢這麼張狂？他在〈上安州裴長史書〉中說：「何王公大人之門不可以彈長劍乎！」宋代詩人誰會像這樣撒野？任何「王公大人之門」都不可「彈長劍」，留給宋代書生的只有「華山一條路」，傳說柳永只一句「忍把浮名，換了淺斟低唱」（〈鶴沖天〉），放榜前就被宋仁宗黜落。比起唐代詩人來，宋代詩人要節制得多、規矩得多，他們的生命沒有那般激揚，精神沒有那般狂放。他們也作草書，但不會像張旭「脫帽露頂王公前」，他們也會痛飲，但不會像李白那樣「天子呼來不上船」（杜甫〈飲中八仙歌〉），所以，宋代哪怕再豪放的詩人，他們的情感也缺乏唐代詩人那種強勁的力度，詩情也難得像唐詩那麼豪邁舒張，讀來自然也不如唐詩那麼痛快舒暢。

宋代詩人行為上的謹慎收斂，源於他們精神上的退縮內斂。他們具有極強的使命感，喊出了「先天下之憂而憂，後天下之樂而樂」（范仲淹〈岳陽樓記〉）的強音，同時又具有很強的幻滅感，即使曠達如蘇東坡，即使剛正如范仲淹，即使富貴如晏殊，在詩詞中也常表現出幻滅、倦怠的情緒。晏殊一生安享尊榮富貴，是當時所有男人都豔羨的「太平宰相」，可他仍然覺得人生「無可奈何」，致慨於「落花傷春」，徘徊於「小園香徑」。超脫曠達的蘇軾更在詩詞中常常喟嘆「古今如夢」、「君臣一夢」、

「人間如夢」、「休言萬事轉頭空，未轉頭時皆夢」、「人生到處知何似，應似飛鴻踏雪泥」。

由於民族和國家受到北方政權的威脅，長期以來自我中心的天下主義遇挫，極端的民族主義開始抬頭。人們為了民族的自尊和自存，凸顯漢民族的民族優越與文化的優越，北宋出現了石介〈中國論〉這一類文章。宋代理學興起與興盛的原因很複雜，其中也與士人希望凸顯自身的生活觀念和價值觀念有關。由於內向，由於焦慮，由於敏感，宋代士人在現實生活和道德觀念中極度高揚道德倫理，強調「存天理，滅人欲」（朱熹語）、「餓死事極小，失節事極大」（程顥語）這樣極端嚴峻的倫理準則。這造成了人們精神的衝突緊張，也造成了士人人格的普遍分裂。北宋文人通常都覺得詞「體卑」，他們將自認為崇高的情懷寫入詩文，將兒女私情填進詞裡，於是，他們詩文中常常打官腔，在填詞時才露真情說真話，結果是他們本人更看重自己的詩文，而讀者卻更喜歡他們的詞作。

較之唐代詩人，宋代詩人的精神結構中，理性的成分大於感性，他們重理智而輕情感。宋詩不如唐詩情韻悠長，卻能以思致理趣見勝，哪怕景物詩往往也是因景悟理，反而不是常見的觸景生情。如王安石的〈登飛來峰〉：「飛來山上千尋塔，聞說雞鳴見日升。不畏浮雲遮望眼，自緣身在最高層。」蘇軾的〈題西林壁〉：「橫看成嶺側成峰，遠近高低各不同。不識廬山真面目，只緣身在此山中。」理性大於感性的精神結構，再加上十分寬廣的知識結構，使得宋代詩人一落筆便議論縱橫，而要在詩中說理自然就要採用散文句式，這就是宋代好以議論為詩、以文為詩的由來。

## 二、宋詩：以筋骨肌理見勝

宋詩是緊承唐詩而來的，唐詩作為古代詩國的一座高峰，對於宋代詩人來說，既是一筆巨大的財富，也是一種巨大的挑戰——前人為自己積累了許多藝術經驗，可以在這些經驗的基礎上更上層樓，但能否翻過這座高峰「一覽眾山小」（杜甫〈望嶽〉），能否在唐人成規之外另開新境？前代詩人積累的藝術經驗，不同於前輩留下的物質財富，物質財富可以直接拿來享受，「富二代」大可坐享其成，而藝術經驗一方面需要消化吸收，另一方面又必須戛戛獨造，陳陳相因就是死路一條。

北宋開國之初六十餘年的詩歌幾乎是中晚唐詩的迴響，前後接踵的「白體」、「西崑體」、「晚唐體」三派詩人，分別師法中晚唐的白居易、李商隱、賈島和姚合。白體詩人模仿白居易的唱酬詩，多以淺易圓熟的語言唱酬消遣，唯王禹偁由效法白居易的唱酬詩進而學習白居易的諷諭詩。西崑體代表詩人楊億、劉筠、錢惟演等人只獵得李商隱的皮毛，以辭采的浮豔繁富相高。晚唐體詩人林逋、魏野等人的詩歌語言雖歸於素淡，但格局又失之細碎小巧。這時的詩歌一味步趨前賢而失去了自家體段，宋初詩歌還沒有顯露自己的時代特徵。

待歐陽脩、梅堯臣、蘇舜欽登上詩壇進行詩體革新，清除以雕琢餖飣相尚的惡流，宋詩才呈現出不同於唐詩的獨特風貌。歐陽脩提倡用詩為時代傳真留影，用詩「善則美，惡則刺」（歐陽脩《詩本義．本末論》）和渲敘人情；梅堯臣指責宋初詩歌「有作皆言空」（〈答韓三子華韓五持國韓六玉汝見贈述詩〉），崇尚平淡樸素的藝術境界。歐陽脩等人在學習韓愈古文的同時，詩歌創作也受到韓詩的影響，常以古文的章法句法入詩，在創作上「開宋詩一代之面目」（清葉燮《原詩》語）。

宋詩稱盛是在北宋中後期，這時王安石、蘇軾、黃庭堅等大家名家爭雄於詩壇，「王介甫以工，蘇子瞻以新，黃魯直以奇」（宋胡仔《苕溪漁隱叢話前集》卷四十二引宋陳師道《後山詩話》語）。

王安石早年詩歌以意氣的傲兀、議論的犀利、語言的瘦勁稱於一時，晚期詩風轉為含蓄、深婉、精工。蘇軾是宋詩中傑出的大家，他在各種詩體中都能自如地揮灑奇情壯采，筆勢奔放馳驟，想像豐富奇特，比喻更是妙語連珠，詩在他手中「有必達之隱，無難顯之情」（清趙翼《甌北詩話》卷五）。黃庭堅寫詩力避平庸滑熟，在句法音律和佈局謀篇上求新出奇，語言老辣蒼勁，詩風峭折生新。這三位詩人的政治態度不同，藝術個性各異，但都喜歡在詩中搬弄典故賣弄學問，在詩中以散文化的語言暢發議論，還常常押險韻、用拗句、造硬語。他們的創作和理論代表了也左右了一代詩風。蘇軾和黃庭堅對後來的影響尤大，宋哲宗元祐後的詩人率不出蘇、黃二家。其中黃庭堅的詩法和詩風極宋詩之變態，他對後來宋詩的影響之大更是無人可及，北宋末和南宋都在他的籠罩之下，生前已有一大批追隨者，死後學其詩者更眾，並很快形成陣容浩大的「江西詩派」，甚至像陸游這樣的大詩人早年也是黃詩的模仿者，所以宋人承認他「為本朝詩家宗祖」（劉克莊《後村先生大全集》）。與黃庭堅同出蘇門的陳師道，詩學黃庭堅而最後又與黃齊名，其詩運思巉刻，筆力簡勁，對南宋詩人也有較大的影響。

南北宋之交的重要詩人幾乎全屬江西詩派：陳與義在宋末被奉為該派的三宗之一（見方回《瀛奎律髓》，指黃庭堅、陳師道、陳與義），是江西詩派後期的代表作家；呂本中和曾幾都以江西詩派的傳人自命。不過，他們繼承了該派的某些「家法」，也改造了該派的某些弊端。呂本中提出「活法」以反對死守涪翁（黃庭堅）成法，陳與義也認識到寫詩「慎不可有意於用事」（見宋徐度《卻掃編》卷中引崔德符語）。他們都是宋代詩歌史上承前啟後的過渡性人物，直接影響到稍後的中興詩人。

陸游與蘇軾在南北宋詩壇上雙峰並峙，他又與同時的尤袤、范成大、楊萬里並稱為「中興四大詩人」。在南宋前期的抗金鬥爭中，中興詩人的詩歌反映了民族的痛苦、憤怒與期盼，深刻地揭示了堅強不屈的靈魂。他們既關注民族的命運和時代的風雲，也陶醉於山水清音與田園風俗。中興詩人都是從江西詩派入手的，但在漫長的創作道路上又都逐漸擺脫了江西詩派的束縛——由枯坐書齋轉而面向廣闊的社會，由迷信「無一字無來處」（黃庭堅〈答洪駒父書〉）轉而徹悟「紙上得來終覺淺」（陸游〈冬夜讀書示子聿〉），由死守成法轉而重視詩興，最後也就由江西詩派入而不由江西詩派出，形成了各自獨特的藝術風貌，創造了宋詩的又一度繁榮。陸游的詩歌集中體現了南宋的愛國主義精神，其詩情豪宕感激，而詩語又清空一氣，「看似華藻，實則雅潔，看似奔放，實則謹嚴」（清趙翼《甌北詩話》卷六）。范成大是田園詩的集大成者，其詩一洗江西詩派的艱澀之態，輕巧自然，明淨流美。楊萬里以自然風趣的山水詩見稱於世，詩風更是輕鬆活潑，幽默機智，形成了別具一格的「誠齋體」。

南宋末年的「永嘉四靈」和「江湖詩派」作為江西詩派的反撥，他們不約而同地使詩歌回到晚唐，以賈島、姚合為師，企圖以晚唐詩的靈動來救江西詩派的生硬，但他們這時已才氣枯竭，加之大部分詩人縮進了自我的小天地，因而詩情既貧薄，詩境也狹小，難免「破碎尖酸」（《四庫全書總目提要．芳蘭軒集提要》）之譏。南宋滅亡前後，以文天祥為代表的愛國志士表現出堅貞的民族氣節，他們合唱的既是激動人心的民族「正氣歌」，也是為南宋王朝滅亡哀婉的送終曲。

宋詩雖然不如唐詩那樣光芒四射，但也沒有為唐詩的光芒所掩；它雖然借鑑了唐詩許多成功的藝術經驗，但又擺脫了唐詩已成的套路和故轍；它的整體成就雖然沒有超越唐詩，但能在唐詩之外另開新境。就內容而論，宋詩對生活的反映和唐詩同樣深廣，從軍國大事到瑣碎閒情都可入詠，甚至某些唐人認為不能或不宜入詩的對象卻成了宋詩常用的題材，如品茗嘗果、鑑賞古玩、摩挲筆硯、朋友諧謔、知音清談等等都是宋人的詩料。宋詩既深刻地表現了特定時期的社會心理，也生動地表現了各個詩人的氣質個性。就藝術成就而論，唐詩和宋詩各有千秋，「唐詩多以丰神情韻擅長，宋詩多以筋骨思理見勝」（錢鍾書《談藝錄》）。因唐詩之長在「丰神情韻」，所以蘊藉空靈，宋詩之勝在「筋骨思理」，所以貴深折透闢。唐詩因情景交融而令人一唱三嘆，宋詩則以其深曲瘦勁而讓人回味無窮。宋詩在三百多年的發展過程中，流派林立，詩體繁多，僅作家個人風格就有「東坡體」、「山谷體」、「王荊公體」、「陳簡齋體」、「楊誠齋體」等（見宋嚴羽《滄浪詩話．詩體》）。

但是，宋詩既然「以筋骨思理見勝」，它就容易在詩中大發議論。宋嚴羽早在《滄浪詩話》中就指出宋代詩人好「以文字為詩，以才學為詩，以議論為詩」的特點，宋詩之失往往在於直露、寡味和枯槁；宋人要在唐詩之外求新求生求奇，精於運思而嚴於洗剝，追求詩境詩句詩韻的奇崛蒼勁，結果因其太尖新太瘦削而失去了唐詩那種渾厚的氣象、那份自然的神韻。

## 三、宋詞：婉約與豪放匯成巨流

唐詩對於宋人來說是一座難以逾越的高峰，而唐五代詞留給宋人的則是一片尚待開墾的處女地，宋代詞人大可在其中開疆擴境、逞才獻技，因此宋詞比宋詩在藝術上更富於獨創性，以致人們常把它作為有宋一代文學的代表而與唐詩相提並論。

詞興起於唐代無疑與當時經濟的繁榮和燕樂的發達有關。現已發現的「敦煌曲子詞」最早產生於七世紀中葉，除極少數詩客的作品外，其中大部分可能是來自民間的歌唱，詞風一般都樸質明快，體式有小令、中調和慢詞，內容較後來的《花間集》也要廣泛得多：「有邊客遊子之呻吟，忠臣義士之壯語，隱君子之怡情悅志，少年學子之熱望與失望，以及佛子之讚頌，醫生之歌訣，莫不入調。其言閨情與花柳者，尚不及半。」（王重民《敦煌曲子詞集敘錄》）中唐詩人如戴叔倫、張志和、白居易、劉禹錫等採用這種體裁進行創作時，體式一色都止於小令，風格還帶有民歌的活潑清新。晚唐創作的文人越來越多，他們運用這種體裁的技巧也更熟練，可惜隨著詞中辭藻越來越華麗香豔，它所反映的生活卻越來越狹窄貧乏，詞逐漸成了公子佳人和權貴顯要們歌臺舞榭的消閒品。在仕途上潦倒失意的溫庭筠喜「逐絃吹之音，為側豔之詞」（《舊唐書》本傳），他是晚唐填詞最多的作家，現存七十多首詞的內容「類不出乎綺怨」（清劉熙載《藝概．詞曲概》），藝術上的主要特色是麗密香軟，稍後的花間詞派尊他為鼻祖。與溫齊名的韋莊所寫的題材也不外乎男女豔情，只是詞風上變溫詞的濃豔為疏淡。戰亂頻仍的五代，只有西蜀和南唐免遭兵燹之災，宜於簸弄風月的小令便率先在這兩個小朝廷繁榮起來。《花間集》中的詞人除溫、韋外多為蜀人。南唐最著名的詞人是李煜，他的早期詞風情旖旎、嫵媚明麗，晚期詞以白描的手法抒發亡國的深哀，對於詞的題材和境界是一大突破。王國維在《人間詞話》中說：「詞至李後主而眼界始大，感慨遂深，遂變伶工之詞而為士大夫之詞。」馮延巳也是南唐的一位重要詞人，其詞洗溫庭筠的嚴妝為淡妝。

宋初詞基本上也是花間詞的延續：體式仍然以小令為主，題材不出於男歡女愛，詞境只限於閨閣園亭，詞風因而也婉約細膩。這時最可稱述的詞人是「二晏」和歐陽脩。晏殊、歐陽脩都受惠於馮延巳詞，「晏同叔得其俊，歐陽永叔得其深」（清劉熙載《藝概．詞曲概》）；前者詞風溫潤秀雅，後者詞風深婉沉著。晏幾道的一生前榮後枯，常以哀絲豪竹抒其微痛纖悲，別具低徊蘊藉的藝術效果，其清詞俊語更是獨步一時。

小令在晚唐五代和宋初是一枝獨秀。到北宋中葉，城市的商業經濟日趨繁榮，市民的文化生活也隨之日益豐富，濃縮含蓄的小令已不適於表現他們的思想情感，鋪敘展衍的慢詞因而逐漸發展成熟。張先以小令筆法創作了近二十首慢詞，明顯帶有由小令向慢詞過渡的痕跡。詞發展到柳永才氣局一新，他的豔情詞儘管時涉低俗，但熱情地歌頌了下層人民真摯的愛情，特別是唱出了青樓妓女的心願與辛酸；羈旅詞抒發了詞人對功名的厭倦和鄙棄，此外，他還展示了一幅幅多彩多姿的都市風情畫。柳永是宋代第一位專業詞人。柳詞在藝術上的成就更值得稱道，他探索了慢詞的鋪敘和勾勒手法，使詞在章法結構上「細密而妥溜」，更能表現複雜豐富的生活內容；他在翻新舊曲的同時，又自度了許多新曲，並且大膽地採用口語俗語入詞，使詞的語言「明白而家常」（清劉熙載《藝概．詞曲概》）。不過，柳詞大部分仍是為應歌而作，主要為勾闌瓦舍的歌妓立言，詞還遠沒有擺脫「體卑」的地位，他只使慢詞與小令平分秋色，並沒有使詞與詩分庭抗禮、平起平坐。這一重要變革要等到蘇軾來完成。宋胡寅在〈向薌林酒邊集後序〉中說：「柳耆卿後出，掩眾製而盡其妙，好之者以為不可復加。及眉山蘇氏一洗綺羅香澤之態，擺脫綢繆宛轉之度，使人登高望遠，舉首高歌，而逸懷浩氣，超然乎塵垢之外，於是《花間》為皂隸，而柳氏為輿臺矣。」

蘇軾開拓了詞的題材，豐富了詞的表現技巧，開創了影響深遠的豪放詞，也提高了婉約詞的格調，並動搖了詞對音樂的依賴關係，使人們發現了曲子詞的內在潛力。從此詞人樂意用它來抒情言志寫景狀物，詞成了一種「無意不可入，無事不可言」（清劉熙載《藝概．詞曲概》）的新型詩體，「詩莊詞媚」的傳統觀念被打破，他通過自己的創作給人「指出向上一路」（宋王灼《碧雞漫志》）。但時人並不全按他指的路數填詞，仍或遵循「花間」老路，或暗中去效仿柳永，連他的門人和友人秦觀、賀鑄的詞風也仍以婉約為主，蘇軾還戲謔地把秦觀與柳永並稱：「山抹微雲秦學士，露花倒影柳屯田。」（宋葉夢得《避暑錄話》引）周邦彥是北宋後期的詞壇大家，「詞至美成，乃有大宗，前收蘇、秦之終，後開姜、史之始；自有詞人以來，不得不推為巨擘，後之為詞者，亦難出其範圍」（清陳廷焯《白雨齋詞話》），有人甚至把他譽為「詞中老杜」（見王國維《清真先生遺事》）。他在柳永的基礎上發展了慢詞的鋪敘技巧，常常打亂時間與空間的順序，變柳詞的直筆為曲筆，深化了詞在抒情敘事上的表現力；同時他使詞的語言更加典雅渾成，詞的音調更加優美和諧，因此成為「格律詞派」的開創者。李清照為兩宋之際最傑出的女詞人，她將「尋常語度入音律」（宋張端義《貴耳集》卷上），將口語俗語和書面語陶冶得清新自然、明白如話，創造了後來詞人廣泛仿效的「易安體」。

南宋前期，愛國主義成為詞中最震撼人心的主題，辛棄疾就是愛國詞人的代表。他夢寐以求的就是抗金復國，正是在這一點上辛詞凝集著民族的意志。他從蘇軾的「以詩為詞」進而「以文為詞」，以其縱橫馳騁的才情和雄肆暢達的筆調，在蘇的基礎上進一步擴大了詞的疆域，使其題材更為廣闊豐富，意境更為雄豪恢張，想像更為奇幻突兀，手法更為靈活多樣。就其詞風的相近而言，雖然「蘇、辛並稱」，但整體成就上「辛實勝蘇」（清納蘭成德《淥水亭雜識》）。清人周濟認為辛棄疾「其才情富豔，思力果銳，南北兩朝，實無其匹」（《介存齋論詞雜著》）。當時和後來在思想情感和詞的風格上受他影響者不少，並形成了辛派詞人。其中與辛同時的有韓元吉、陳亮、劉過等，宋末有劉克莊、戴復古、文天祥、劉辰翁等，他們都喜歡選用長調來抒寫磊落悲壯之情，來創造雄奇闊大之境，只是有時失之直露叫囂。

南宋後期維持了幾十年相對平靜的局面，格律派詞人遠紹周邦彥而近崇姜夔，前期詞人那種慷慨悲憤的激情逐漸冷卻，詞中的情感和語言都歸於「醇雅」，律呂字聲進一步嚴格規範。姜夔一反婉約派的柔媚軟滑，筆致清空峭拔。吳文英與姜夔並肩而詞風與姜相反：姜詞清空疏宕，吳詞質實麗密。史達祖、王沂孫多以賦物寓興亡之感，周密、張炎有時直抒家國之哀，情調一色的淒涼悲切，語言無不精緻典雅。

宋代詞人有的嚴於詩、詞之別，恪守詞「別是一家」（李清照〈詞論〉語），強調歌詞與曲調要宮商相協；有的則借鑑鄰近文體的表現方法，甚至「以詩為詞」或「以文為詞」，填詞時並不「心醉於音律」（宋王灼《碧雞漫志》評東坡詞）。這種對詞的不同態度導致了各自詞風的差異，前者詞風多婉約，後者詞風多豪放。明張綖在《詩餘圖譜》中指出：「詞體大略有二：一體婉約，一體豪放」，「婉約者欲其詞情蘊藉，豪放者欲其氣象恢弘」。把詞人都歸類於兩大派雖然不十分恰當，但也有一定的道理。

這兩派的分流始於柳永、蘇軾登上詞壇以後，蘇軾之前並沒有豪放與婉約之分。劃分豪放與婉約的關鍵是曲調和詞風，十七八歲女子執紅牙板歌「楊柳岸、曉風殘月」，其情調風格自不同於關西大漢綽鐵板唱「大江東去」（見宋俞文豹《吹劍續錄》），顯然一偏於柔婉一偏於豪放。當然，這僅是從其大略而言，至於每一個詞人，婉約而偶涉粗獷者有之，豪放者常近婉約更為多見。落實到每一首詞情況還要複雜，許多詞兼有英雄之氣與兒女之情。豪放與婉約之分切忌過於拘泥。

詞的發展經唐五代至北宋而南宋，詞體的興盛也由小令到中調而至慢詞，它終於從小溪曲澗匯成了泱漭巨流，從詩的旁支別流進而與詩齊驅並駕。唐宋詩詞同為古代文學中璀璨奪目的明珠。

第一章 北宋前期詩歌的革新歷程

文學創作並不像改朝換代那樣「一朝天子一朝臣」，朝代一換詩風也隨之大變，相反，它有自身的承襲與慣性。唐初詩歌仍籠罩著齊梁餘韻，宋初詩壇同樣也回蕩著前朝的「唐音」。宋初前後相繼的三種詩體——白體、西崑體、晚唐體，基本上都是跟著唐人鸚鵡學舌。歐陽脩登上詩壇才唱出了「宋調」，發展到王安石宋詩才開出「新局」。

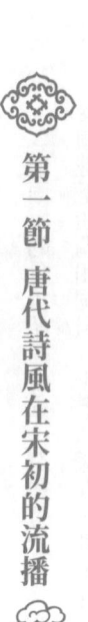

## 第一節 唐代詩風在宋初的流播

趙匡胤結束了唐末五代以來亂哄哄的政局，但宋代詩人並沒有馬上結束唐代詩歌的流風餘韻，這只要看看宋初六十年前後相續的三個詩體的名稱——「白體」、「晚唐體」、「西崑體」——就知道當時的詩壇一直被中晚唐的詩風籠罩著，詩人們還沒有唱出有別於「唐音」的「宋調」來。

## 一、白體

儘管宋開國的國勢遠沒有唐那般強大，但開國後的一統天下仍然是一片歌舞昇平，這使宋初的幾任皇帝得以以太平天子自居，朝政之餘常常舞文弄墨，每逢慶典宴會便宣示御詩以讓侍臣們唱和，以詩酬唱便逐漸成為士人的一種時髦。這樣，白居易等人次韻相酬的「元和體」，自然就成了當時詩人模仿的樣板，因而就形成了宋初的所謂「白體」。

白體詩人包括李昉、徐鉉、徐鍇、王奇、王禹偁等，其中徐鉉、李昉是五代過來的舊臣，也是白體詩的首創者。徐鉉的詩歌語言像白詩一樣淺切流暢，如〈送王四十五歸東都〉「想憶看來信，相寬指後期。殷勤手中柳，此是向南枝」，又如〈夢遊三首〉其一「魂夢悠揚不奈何，夜來還在故人家。香蒙蠟燭時時暗，戶映屏風故故斜」。白體詩人多用淺俗而又圓熟的語言唱酬消遣，抒寫自己閒適自足的心態，詩風平易、淺近、閒雅。如徐鉉的〈晚歸〉：

**暑服道情出，煙街薄暮還。風清飄短袂，馬健弄連環。**
**水靜聞歸櫓，霞明見遠山。過從本無事，從此涉旬閒。**

這派詩人中只有王禹偁在藝術上獨闢蹊徑，出於白體而能超越白體。王禹偁（九五四～一〇〇一），字元之，濟州鉅野（今山東鉅野）人，出身於一個兼營磨坊的農家。三十歲中進士，官至翰林學士，三次被貶，後死於貶所黃州齊安（今湖北黃岡），世稱王黃州，有《小畜集》、《小畜外集》傳世。

王禹偁從小就喜愛白居易詩，其詩歌創作是以模仿白居易的唱和詩開始的，早年的〈酬安祕丞見贈長歌〉稱：「邇來遊宦五六年，吳山越水供新編。還同白傅蘇杭日，歌詩落筆人爭傳。」中進士前與濟州從事畢士安多有唱和，中進士後外任地方長官時又與各地的同僚頻繁唱酬。不過，王禹偁是一位既有政治抱負又富於同情心的詩人，他學習白體詩並沒有像其他白體詩人那樣只停留在白居易的唱和詩上，而是由白的唱和詩進而學習白的諷諭詩。三十五歲任左拾遺時就寫出了著名的〈對雪〉，將自己生活的閒適富足與下層人民和邊塞士兵的貧困艱難進行對比，引起詩人深切的自責和內疚：自己「不耕一畝田」而又無「富人術」，有愧於忍饑挨餓的「河朔民」；自己不持一隻矢而又乏「安邊議」，有愧於在邊塞拋頭顱灑熱血的「邊塞兵」；自己既不是「良史」又算不上「直士」，而是尸位素餐的社會蠹蟲。這首詩在藝術上也深得白居易諷諭詩的神髓，以平易朗暢的語言夾敘夾議，將情感抒寫得淋漓盡致，初露宋詩議論化和散文化的端倪。

謫居商州以後，他的詩歌更接近白居易的新樂府和諷諭詩，或鞭撻貪官汙吏，或同情下層人民，比較深刻地反映了北宋初期的社會現實，代表作有〈感流亡〉、〈畬田詞〉、〈金吾〉、〈烏啄瘡驢歌〉、〈對雪示嘉祐〉等。他很少以旁觀者的身份來同情勞動人民，人民的苦難使他有一種沉重的負罪感。〈感流亡〉說「峨冠蠹黔首，旅進長素餐」，〈對雪示嘉祐〉更毫不掩飾地說：「胡為碌碌事文筆，歌時頌聖如俳優。一家衣食仰在我，縱得飽暖如狗偷。」這種對人民生死禍福無限關切的情懷，自然而然地使他接近了杜甫。他不僅高度肯定杜詩里程碑的價值——「子美集開詩世界」（〈日長簡仲咸〉），而且明確提出「詩效杜子美」（〈送丁謂序〉）。後期詩歌平易的語言與和暢的風調，固然還可見出白詩影響的痕跡，但很少前期詩中那種輕飄飄的閒適心態，即使是寫景詩也不是輕鬆地流連光景，如〈村行〉：

**馬穿山徑菊初黃，信馬悠悠野興長。萬壑有聲含晚籟，數峰無語立斜陽。**
**棠梨葉落胭脂色，蕎麥花開白雪香。何事吟餘忽惆悵？村橋原樹似吾鄉。**

「馬穿山徑」和「信馬悠悠」看上去的確閒適，「萬壑有聲」和「數峰無語」也很清幽，如「胭脂色」的棠梨葉，似「白雪香」的蕎麥花，更叫人樂而忘返，不料尾聯陡然一轉：「何事吟餘忽惆悵？」原來「村橋原樹似吾鄉」，他鄉的美景給詩人獻愁供恨，惹起他去國懷鄉的情懷。語言的暢達近於白居易，詩情的鬱悶又近於杜甫。他的〈新秋即事三首〉其一更流露了杜詩影響的痕跡：「露莎煙竹冷淒淒，秋況無端入客衣。鑑裡鬢毛衰颯盡，日邊京國信音稀。風蟬歷歷和枝響，雨燕差差掠地飛。繫滯不如商嶺葉，解隨流水向東歸。」雖然其詩情還不似杜詩那般沉鬱，詩境還不似杜詩那般壯闊，但詩語的精工、音節的頓挫、對仗的整飭都與杜詩相近。另一首名作〈寒食〉也有同樣的特點：

**今年寒食在商山，山裡風光亦可憐。稚子就花拈蛺蝶，人家依樹繫秋千。郊原曉綠初經雨，巷陌春陰乍禁煙。副使官閒莫惆悵，酒資猶有撰碑錢。**

清人吳之振雖然認為他「學杜而未至」，但又肯定他「獨開有宋風氣」（《宋詩鈔．小畜集鈔》）。無論就其創作成就來看，還是就其開時代的風氣之先來看，王禹偁都不失為宋初詩壇上一位優秀詩人。後來林逋在〈讀王黃州詩集〉中稱讚他說：「放達有唐唯白傅，縱橫吾宋是黃州。」

## 二、晚唐體

白體詩風行不久，宋初許多詩人就開始對它不滿，於是他們把眼光投向賈島和姚合，力圖以精巧的構思和素淡的語言矯白體詩的淺俗，這樣就形成了所謂的「晚唐體」。

晚唐體詩人主要有林逋、潘閬、寇準、魏野、魏閑及「九僧」等，而以林逋、寇準、魏野為代表。至於「九僧」，歐陽脩就已記不起他們的姓名，司馬光偶然見到一本《九僧詩集》，這才得知「九僧」包括哪些詩僧（見《溫公續詩話》）。他們當中惠崇工詩善畫，其他諸人與當時詩壇名宿多有唱和。這派詩人除寇準外，都是在野的隱士和僧人，他們以不接人事和超塵脫俗相高。其詩主要寫隱士的孤懷、徜徉山水的樂趣、品茗博弈的閒情，缺乏廣闊的現實內容和深厚的情感體驗。筆致素淡而輕巧，詩境清寒而狹窄。進入他們詩中的意象不外是古寺、閒雲、野鶴、臘梅、幽徑、孤鳥、寒流、奇石等等，即使位極人臣的寇準也不例外，如他的名作〈春日登樓懷歸〉：

**高樓聊引望，杳杳一川平。野水無人渡，孤舟盡日橫。**
**荒村生斷靄，古寺語流鶯。舊業遙清渭，沉思忽自驚。**

即使春天裡他的眼光也不投向那豔麗的鮮花和青翠的樹葉，而只盯著「野水」、「孤舟」、「荒村」、「斷靄」、「古寺」，渲染一種荒涼淒清的情調。

晚唐體詩人中以林逋的名聲最大。林逋（九六七～一〇二八）字君復，錢塘（今浙江杭州市）人。史書稱他結廬西湖孤山，二十年間足不入城市，終身不娶不仕而友梅侶鶴。他的幾首詠梅詩極受時人和後人稱道：

**眾芳搖落獨暄妍，占盡風情向小園。疏影橫斜水清淺，暗香浮動月黃昏。**
**霜禽欲下先偷眼，粉蝶如知合斷魂。幸有微吟可相狎，不須檀板共金樽。**

——〈山園小梅二首〉其一

**吟懷長恨負芳時，為見梅花輒入詩。雪後園林纔半樹，水邊籬落忽橫枝。**
**人憐紅豔多應俗，天與清香似有私。堪笑胡雛亦風味，解將聲調角中吹。**

——〈梅花二首〉其一

對梅花的描寫可謂生動傳神，遣詞下字也精細工巧，神韻更清高脫俗，一塵不染，誰見了都會擊節讚賞其精美絕倫，然而這種美是一種盆景式的美：玲瓏精緻卻細碎小巧。林逋這兩首詩代表了晚唐體的全部優點和缺點。

## 三、西崑體

西崑體是由楊億編的《西崑酬唱集》而得名的。該集共收十七位作者的二百五十首五、七言近體詩。此派詩人的代表是楊億、劉筠、錢惟演，他們三人的唱和詩占了《酬唱集》的五分之四強。

西崑體詩人雖然與晚唐體活躍的時間相同，但晚唐體詩人多為在野隱士和僧人，而西崑體詩人全是朝中顯貴。晚唐體詩人將用事稱為「點鬼簿」（明楊慎《升庵詩話》），忌用事而重白描；而西崑體則重用事而輕白描，一部《西崑酬唱集》幾乎全是堆砌故實、雕章繪句。這樣又帶來二者另一差異，晚唐體追求詩風的淡雅脫俗，西崑體則崇尚金碧輝煌、華豔富貴。我們來看看他們以〈淚〉為題的兩首七律：

錦字梭停掩夜機，白頭吟苦怨新知。誰聞隴水迴腸後，更聽巴猿拭袂時。

漢殿微涼金屋閉，魏宮清曉玉壺攲。多情不待悲秋氣，只是傷春鬢已絲。

——楊億

**含酸茹嘆幾傷神，嗚咽交流忽滿巾。建業江山非故國，灞陵風雨又殘春。**
**虞歌訣別知亡楚，燕酒初酣待報秦。欲訴青天銷積恨，月娥孀獨更愁人。**

——劉筠

他們寫淚全用典故並且絕不重複，讀者只驚嘆作者學養的淵博深厚，卻不至於為這些淚水所動情，因為詩人只羅列一串有關淚的故實，詩人自己本身則絕無悲傷的淚水可流，辭藻固然華美繁富，情感卻蒼白貧乏。他們只獵得李商隱屬對工巧和敷色穠麗的外形，缺少李詩中深沉幽怨、纏綿動人的情感力量。

由於西崑體詩人在政壇和詩壇上的地位，影響所及，宋初詩人競以浮豔相高，以侈靡相尚，以致稍後的詩歌革新者都是以攻擊西崑體開始他們的詩歌創作。

白體、晚唐體、西崑體的詩人都忙著步趨中晚唐詩人的後塵，沒有顯露出自己的時代特徵，待歐陽脩登上詩壇後才自拔於流俗，團結一大批優秀詩人進行詩歌革新，賦予宋詩以不同於「唐音」的獨特風貌，詩歌的發展又進入了一個新的歷史時期。

## 第二節　詩歌革新的領導者歐陽脩

歐陽脩（一〇〇七～一〇七二），字永叔，號醉翁，晚年又號六一居士，廬陵（今江西吉水）人。出身於一個小官吏家庭，四歲喪父，母用荻梗代筆在沙地上教其學書，少年的孤貧生活和母親嚴格的教育為他後來的成長奠定了良好的基礎。十幾歲時一次偶然的機會，他在鄰家的破筐裡發現了韓愈文集，便如獲至寶似的借回家研讀揣摩。宋仁宗天聖八年（一〇三〇）舉進士，次年到洛陽任西京留守推官，當時的留守是西崑詩派代表之一錢惟演。在那兒他結識了一批富於才華的文學青年，如梅堯臣、尹洙等，他們在一起以詩相唱和，並寫古文來議論時事，開始了影響深遠的北宋詩文革新。

在施行慶曆新政期間，他始終支持范仲淹改革弊政。新政失敗後貶知滁州，三年後移知揚州、潁州。至和元年（一〇五四）回京拜翰林學士，嘉祐二年（一〇五七）知禮部貢舉，他利用這一機會以新的文風作為考生文章的取捨標準，錄取了像曾鞏、蘇軾、蘇轍這些後來的文壇詩壇巨擘。他通過自己的理論和創作實踐，團結了一大批詩人、散文家，成功地完成了北宋的詩文革新。他不僅是北宋前期的文壇盟主，也是有宋第一個在詩、文、詞各方面都卓有成就的作家。

就其詩歌創作而論，他遏阻了西崑體以聲病對偶雕刻聯綴是務的逆流，要求用詩來傳達時代的心聲，認為「善則美，惡則刺」（《詩本義．本末論》）是寫詩的目的之一，同時，詩於社會既能「道其風土性情」（〈書梅聖俞稿後〉），於個人又必須能曲傳細微複雜的生活體驗，他特別激賞韓愈能用詩「資談笑、助諧謔、敘人情、狀物態，一寓於詩，而曲盡其妙」的本領（《六一詩話》），也十分稱道梅堯臣「本人情，狀風物，英華雅正，變態百出」（〈書梅聖俞稿後〉）的功夫。他的詩歌創作實踐了自己的詩歌理論：逼真地反映現實生活，細膩地抒發個人情懷。

前者如〈食糟民〉、〈邊戶〉等，一針見血地揭示造成人民苦難的根源：要麼是最高統治者懦弱無能，對外屈膝求和導致對內加倍盤剝，如〈邊戶〉所說的「自從澶州盟，南北結歡娛。雖云免戰鬥，兩地供賦租」；要麼是各層吸血鬼貪婪榨取，如〈食糟民〉所說的「田家種糯官釀酒，榷利秋毫升與斗」。這種反映既不像杜甫與人民的苦難息息相關，也不像白居易那樣站在客觀的立場上向天子如實報告下情，而是將自己置於當政者一方，在人民的苦難面前進行自責與反省。所以他的感情不像杜甫那樣一腔熱腸，也不像白居易那般滿腔憤慨，而是摻雜著愧疚與憐憫，全詩總是伴隨著反躬自問式的議論。

歐陽脩大部分詩作是抒寫個人對官場和日常生活的情感體驗，包括對仕途沉浮的痛苦與超脫、對諸如茶酒飲食的品評、對古玩器具的鑑賞等等，它們更直接地表現了詩人的個性、氣質、趣味、追求和人生態度。如〈啼鳥〉通過「花深葉暗耀朝日，日暖眾鳥皆嚶鳴」時節各種鳥聲的描寫，抒發貶謫後的無奈心情與曠達態度；〈菱溪大石〉通過對「南軒旁列千萬峰，曾未有此奇嶙峋」的描繪，抒寫自己不同流俗的磊落胸襟；〈嘗新茶呈聖俞〉通過描寫「停匙側盞試水路，拭目向空看乳花」的品茗細節，展示自己平易近人的生活情趣；〈豐樂亭遊春三首〉其一通過「鳥歌花舞太守醉，明日酒醒春已歸」的鋪敘，表現自己對人生的熱愛、對自然的留戀和與民同樂的喜悅；〈別滁〉表現了滁州的人情與風物，也流露了詩人寬厚豁達的品性：

**花光濃爛柳輕明，酌酒花前送我行。我亦且如常日醉，莫教絃管作離聲。**

在他抒寫個人情懷的詩篇中，他自己最為得意同時也最為人傳誦的大概要數〈戲答元珍〉了：

**春風疑不到天涯，二月山城未見花。殘雪壓枝猶有橘，凍雷驚筍欲抽芽。**
**夜聞歸雁生鄉思，病入新年感物華。曾是洛陽花下客，野芳雖晚不須嗟。**

詩寫於貶謫峽州夷陵令的時候，清新秀美的詩風在當時一新人的耳目，情感苦悶卻能歸於坦然，語言工巧而不失其流動，很能代表他的藝術個性。

清方東樹在《昭昧詹言》中說：「學歐公作詩，全在用古文章法。」這裡的「古文章法」主要指結構剪裁，如〈廬山高贈同年劉中允歸南康〉、〈啼鳥〉、〈食糟民〉等等，儘管其中有的詩其筆致的跳蕩奔放似李白，但其脈絡的連貫和結構的緊湊都近古文。以古文章法入詩是他詩歌散文化的表現之一。

他詩歌的散文化還表現為以議論入詩。〈明妃曲和王介甫二首〉都融入了大量的議論：

胡人以鞍馬為家，射獵為俗。泉甘草美無常處，鳥驚獸駭爭馳逐。
誰將漢女嫁胡兒，風沙無情貌如玉。身行不遇中國人，馬上自作思歸曲。
推手為琵卻手琶，胡人共聽亦諮嗟。玉顏流落死天涯，琵琶卻傳來漢家。
漢宮爭按新聲譜，遺恨已深聲更苦。纖纖女手生洞房，學得琵琶不下堂。
不識黃雲出塞路，豈知此聲能斷腸！

——其一

漢宮有佳人，天子初未識。一朝隨漢使，遠嫁單于國。絕色天下無，一失難再得。
雖能殺畫工，於事竟何益？耳目所及尚如此，萬里安能制夷狄！漢計誠已拙，女色難自誇。
明妃去時淚，灑向枝上花。狂風日暮起，飄泊落誰家。紅顏勝人多薄命，莫怨春風當自嗟。

——其二

第一首幾乎全是以議代敘，縱橫辯博的議論中貫注著跌宕騰挪的詩情，使詩篇別具佳趣，如「誰將漢女嫁胡兒，風沙無情面如玉。身行不遇中國人，馬上自作思歸曲」四句，既是議論也是敘事，這種手法是典型的「亦敘亦議」。「推手為琵卻手琶，胡人共聽亦諮嗟。玉顏流落死天涯，琵琶卻傳來漢家」四句，前二句敘多於議，後二句則議多於敘。第二首的議論由小見大，如「雖能殺畫工，於事竟何益？耳目所及尚如此，萬里安能制夷狄」，議論精警而又感嘆多情。「紅顏勝人多薄命，莫怨春風當自嗟」等，有的議論成為昇華全詩主題的警策，可惜有些觀念略嫌陳腐。他的絕句〈畫眉鳥〉其意不在描繪鳥形或鳥聲，而是通過牠在林中自在啼叫來表達詩人對自由的渴望：

**百囀千聲隨意移，山花紅紫樹高低。始知鎖向金籠聽，不及林間自在啼。**

他詩歌的散文化也表現在詩歌語言的句法上。句法的散文化在他的古體詩中容易被人發現，如「胡人以鞍馬為家，射獵為俗」（〈和王介甫明妃曲二首〉其一），「上不能寬國之利，下不能飽民之饑」（〈食糟民〉），又如「吾嗟人愚不見天地造化之初難」（〈吳學士石屏歌〉），在他的近體詩中則往往被忽略。唐代近體詩一般省略了虛詞，意象高度濃縮密集，正常語序遭到破壞，詩歌的脈絡隱而不明，呈現給讀者的是平行疊加的意象，詩人的思想情感一如宋嚴羽所言：「羚羊掛角，無跡可求」（《滄浪詩話》）。歐陽脩的近體詩重又召回被唐代詩人放逐了的虛詞，如「殘雪壓枝猶有橘，凍雷驚筍欲抽芽」、「曾是洛陽花下客，野芳雖晚不須嗟」（〈戲答元珍〉），「楚人自古登臨恨，暫到愁腸已九回」、「行見江山且吟詠，不因遷謫豈能來」（〈黃溪夜泊〉）。虛詞是散文語言的重要組成部分，以虛詞入詩便讓詩歌的意象變得疏朗，詩的脈絡也因而變得通暢，詩句也像散文一般流暢自然。詩人對「春風疑不到天涯，二月山城未見花」二句十分自負，說「若無下句，則上句不見佳處，並讀之，便覺精神頓出」（宋蔡絛

《西清詩話》）。由於這兩句打破了唐詩一句一義或一句數義的慣例，像散文一樣兩句一義，前因後果，只有「並讀之」才能見到妙處。

以古文章法、散文句法和議論入詩，使歐陽脩的詩風平易暢達，體勢自由流動，所以清人賀裳認為「宋之詩文至盧陵始一大變」（《載酒園詩話》）。歐陽脩為宋詩的發展開闢了新路，但過多議論和散文化的引入，詩的脈絡固然顯豁了，可詩意也因而直露了，詩的意象固然疏朗了，可詩味也隨之稀釋了。

## 第三節 詩歌革新的主將梅堯臣、蘇舜欽

清人葉燮在《原詩》中說：「開宋詩一代之面目者，始於梅堯臣、蘇舜欽二人。」梅、蘇同為歐陽脩所敬重的詩友，同為反對西崑體和革新詩歌的主將。

梅堯臣（一〇〇二～一〇六〇），字聖俞，宣城（今安徽宣城）人，宣城舊稱宛陵，故世稱宛陵先生。沉淪於州縣十餘年，因官場上坎坷失意，他傾全力於詩歌創作。他走上詩壇之際正是浮靡濃豔

的西崑體風行之時，針對西崑體內容上「有作皆言空」（〈答韓三子華韓五持國韓六玉汝見贈述詩〉）的弊端，他提出「我於詩言豈徒爾，因事激風成小篇」（〈答裴送序意〉）；針對西崑體詩風的堆垛浮豔，他提出「作詩無古今，唯造平淡難」（〈讀邵不疑學士詩卷，杜挺之忽來，因出示之，且伏高致，輒書一時之語以奉呈〉）的主張。梅堯臣是一位具有廣博同情心和強烈正義感的詩人，加之一生沒有隔斷與下層社會的聯繫，所以有許多詩揭露社會貧富的尖銳對立：「陶盡門前土，屋上無片瓦；十指不沾泥，鱗鱗居大廈」（〈陶者〉）；有的真實反映人民生活的苦難，如〈汝墳貧女〉、〈田家〉；有的揭露上層統治者的無能和鄉村土豪的強暴，如〈故原戰〉、〈村豪〉。

〈小村〉以樸實的字句刻畫災後農村蕭條、荒涼和破敗的慘像，近人陳衍稱此詩「有畫所不到者」（《宋詩精華錄》）：

**淮闊洲多忽有村，棘籬疏敗漫為門。寒雞得食自呼伴，老叟無衣猶抱孫。**
**野艇鳥翹唯斷纜，枯桑水齧只危根。嗟哉生計一如此，謬入王民版籍論。**

梅堯臣詩歌的題材十分廣泛：從抨擊弊政到暢敘友情，從品詩論文到描寫山水，從抒發恬淡之情到描述瑣屑的家居生活……其中最為人稱道的是他的寫景詩，如〈魯山山行〉：

**適與野情愜，千山高復低。好峰隨處改，幽徑獨行迷。**

**霜落熊升樹，林空鹿飲溪。人家在何許，雲外一聲雞。**

在「千山」、「幽徑」、「空林」的背景下，熊升樹、鹿飲溪、人獨行，結句「人家在何許，雲外一聲雞」，它們共同構成了一種幽深淡遠的意境，細緻入微地表現了詩人閒適恬淡的情懷，典型體現了他「以深遠閒淡為意」（歐陽脩《六一詩話》）的藝術特色。〈閒居〉、〈東溪〉兩詩也有近似的特點，如〈東溪〉：

**行到東溪看水時，坐臨孤嶼發船遲。野鳧眠岸有閒意，老樹著花無醜枝。**
**短短蒲茸齊似剪，平平沙石淨於篩。情雖不厭住不得，薄暮歸來車馬疲。**

這首詩邊敘邊議，寫景兼寫意，詩境清幽，詩情恬淡，在行文上多轉折而又不失其流暢，深得古文用筆的神髓。由於詩語洗盡了脂粉鉛華，讀來別有一種「老樹著花」的美感。

梅堯臣也工於言情，如他的〈悼亡三首〉：「結髮為夫婦，於今十七年。相看猶不足，何況是長捐」、「每出身如夢，逢人強意多。歸來仍寂寞，欲語向誰何？窗冷孤螢入，宵長一雁過」。以平淡之語抒濃烈之情，堪稱悼亡詩中的傑作。〈書哀〉也是「最為沉痛」（陳衍《宋詩精華錄》）的文字：「天既喪我妻，又復喪我子，兩眼雖未枯，片心將欲死。」

他以平淡來矯西崑體的浮豔，可惜有時矯枉過正，使詩歌流於質木無文或笨重乾燥。

蘇舜欽（一〇〇八～一〇四八），字子美，祖籍梓州銅山（今四川中江縣），生於開封一個官宦家庭。宋仁宗景祐元年（一〇三四）中進士，歷官蒙城和長垣縣令、大理評事、集賢殿校理。慶曆新政失敗後，因事被削職為民，退隱蘇州築滄浪亭以自適，後被命為湖州長史，卒於官。

歐陽脩稱他「狀貌奇偉，慷慨有大志」（〈湖州長史蘇君墓誌銘〉）。他在〈覽照〉中給自己自畫像說：「鐵面蒼髯目有稜，世間兒女見須驚。心曾許國終平虜，命未逢時合退耕。」他至死時還「致君事業堆胸臆」，最後卻落得個「卻伴溪童學釣魚」（〈西軒垂釣偶作〉）的下場。景祐年間對西夏用兵喪師辱國的慘局使他大為震怒：

**國家防塞今有誰？官為承制乳臭兒。酣觴大嚼乃事業，何嘗識會兵之機？**

——〈慶州敗〉（節錄）

〈城南感懷呈永叔〉寫城南郊外「十有七八死，當路橫其屍。犬彘咋其骨，烏鳶啄其皮」，而城中朱門裡「高位厭粱肉，坐論攙雲霓」，權貴的高談闊論和奢侈成性，不正是下層人民「當路橫其屍」的原因嗎？〈吳越大旱〉描寫了大旱年間「三丁二丁死，存者亦乏食」的慘像，還進一步挖掘了造成這種慘像的根源：它表面上屬「大旱千里赤」的天災，本質上則是「暴斂不暫息」的人禍。

他的詩「筆力豪雋，以超邁橫絕為奇」（歐陽脩《六一詩話》），其詩感情奔放粗獷，想像奇特誇張，語言剛健有力。如〈大風〉：「秋半收穫登郊原，欹側小屋愁夕眠。是夜大風拔樹走，吹倒南壁如崩山……披衣抱枕欲避去，去此乃是曠野田。況時風怒尚未息，直恐涇渭遭吹翻。」〈揚子江觀風浪〉描寫江中的風浪說：「日落暴風起，大浪得縱觀。憑凌積石岸，吐吞天外山。霹靂左右作，雪灑六月寒……大艦失所操，翻覆如轉丸。高山雖有路，轍險馬足酸。」

他的近體詩也同樣具有「超邁橫絕」的特色，如：

**嘉果浮沉酒半醺，床頭書冊亂紛紛。北軒涼吹開疏竹，臥看青天行白雲。**

——〈暑中閒詠〉

**浩蕩清淮天共流，長風萬里送歸舟。應愁晚泊喧卑地，吹入滄溟始自由。**

——〈和淮上遇便風〉

這兩首詩筆致靈動而輕快，詩情恣縱而酣暢，充分表現了他豪放不羈的個性。〈過蘇州〉本屬流連光景的閒淡之作，但在閒淡中也散發著軒昂俊快之氣：「萬物盛衰天意在，一身羈苦俗人輕。無窮好景無緣住，旅棹區區暮亦行。」〈淮中晚泊犢頭〉是他的名篇：

**春陰垂野草青青，時有幽花一樹明。晚泊孤舟古祠下，滿川風雨看潮生。**

從詩語到詩境都脫胎於唐韋應物的〈滁州西澗〉：「獨憐幽草澗邊生，上有黃鸝深樹鳴。春潮帶雨晚來急，野渡無人舟自橫。」韋、蘇二詩都閒淡秀朗，但蘇詩比韋詩境界闊大，閒淡處仍不失其豪縱本色。

梅、蘇都是宋詩的開路人，自然難免有開路者不成熟的地方：梅堯臣的古淡有時滑入乾澀，蘇舜欽的粗獷又往往鄰於粗糙。

## 第四節 宋詩新格局的開創者王安石

即使對王安石的政治主張多有挑剔的人，對他的文學尤其是在詩歌上的創作成就也無不由衷折服。不過，要真正理解和評價他的詩歌創作，就不得不瞭解他的政治主張和政治生涯。

王安石（一〇二一～一〇八六），字介甫，晚號半山，封荊國公，世稱王荊公；卒謚文，又稱王文公。生於撫州臨川（今江西臨川）一個中下層家庭，青少年時代隨同父親遊歷各地，早年就有「矯世變俗之志」（《宋史》本傳），立下了「材疏命賤不自揣，欲與稷契遐相希」（〈憶昨詩示諸外弟〉）的抱負。

從二十二歲中進士到四十歲以前，除了短暫入京任群牧司判官外，他不鑽進繁華的京城而寧可去偏遠省份任職，歷任揚州、鄞縣、常州、饒州等地的地方官，廣泛接觸社會和鍛煉自己的政治才幹，嘉祐三年（一〇五八）還在地方任上時，他就寫出了洋洋萬言的〈上仁宗皇帝言事書〉，系統地闡述了改革弊政的主張。言事書雖沒有引起仁宗的重視，但他在地方上的斐然政績，在學術上的造詣和文學上的成就，使他在朝野都深得人望，一時的名公巨卿諸如文彥博、歐陽脩等交口薦譽。嘉祐五年入朝為三司度支判官，神宗即位後被任為參知政事，他開始了歷史上著名的熙寧變法。由於新法觸動了大官僚的既得利益，引起了保守派的強烈反對，王安石一度被迫辭職，後不到一年又復職，但很快又在頑固勢力的圍攻下離職，此後退居江寧。元豐八年（一〇八五）神宗逝世後，舊黨代表人物司馬光為宰相，新法盡廢，哲宗元祐元年王安石在憂憤中離開人世。

王安石以通過政治來獻身國家、造福社會相期許，並不滿足於僅以詩文名世。當他三十出頭會見歐陽脩時，歐陽脩曾在〈贈王介甫〉一詩中將他比為當世的李白、韓愈：

**翰林風月三千首，吏部文章二百年。老去自憐心尚在，後來誰與子爭先。**
**朱門歌舞爭新態，綠綺塵埃試拂絃。常恨聞名不相識，相逢尊酒盍留連。**

王安石在酬答詩中卻似自謙而實自負地說：「欲傳道義心猶在，強學文章力已窮。他日若能窺孟子，終身何敢望韓公？」（〈奉酬永叔見贈〉）他的詩文創作既是歐陽脩詩文革新的進一步展開，也是他個人政治事業的一個有機部分。他在理論上強調包括詩歌在內的一切文學創作「務為有補於世」、「要之以適用為本，以刻鏤繪畫為之容」（〈上人書〉），因此嚴厲指責西崑體以「粉墨青朱」（〈張刑部詩序〉）相高的浮靡惡習，甚至對韓愈過分重視語言技巧的傾向也大為不滿，認為他的創作是「力去陳言夸末俗，可憐無補費精神」（〈韓子〉）。他早中期寫了大量的政治詩，以詩來反映社會現實，抒寫自己的政治抱負；晚期改革流產以後，寫了大量的寫景詩和禪理詩，又以詩來撫慰那顆寧折不彎的心靈。

他的政治詩對社會的各個方面都作了深刻的反映。〈河北民〉寫與遼夏交界的邊境人民深受民族壓迫和官僚剝削的雙重苦難：

**河北民，生近二邊長苦辛。家家養子學耕織，輸與官家事夷狄。今年大旱千里赤，州縣仍催給河役。老小相攜來就南，南人豐年自無食。悲愁白日天地昏，路旁過者無顏色。汝生不及貞觀中，斗粟數錢無兵戎！**

〈感事〉揭露那些「自謂民父母」的官僚，其實是壓榨人民的「奸桀」；〈禿山〉通過猴子坐吃山空諷刺北宋當權者蠹國害民、貪婪苟且的本性；〈出塞〉、〈入塞〉譴責了統治者對外屈膝求和的賣國行徑。這些詩展示了北宋內外交困的可怕現實，他後來推行的變法就是這一現實的必然要求。他變法的目的是要使北宋出現「斗粟數錢無兵戎」的貞觀盛世。寫於晚期的〈後元豐行〉旨在歌頌變法的輝煌成果：「吳兒踏歌女起舞，但道快樂無所苦。老翁塹水西南流，楊柳中間杙小舟。乘興欹眠過白下，逢人歡笑得無愁。」詩人因政治的需要對村民生活多少有些美化，但讓人民生活得甜滋滋、樂融融卻是他畢生的心願。

他還寫有大量的懷古詩和詠史詩寄託自己的政治理想和人生態度。〈桃源行〉抹去了王維、韓愈同題詩中的「仙氣」，直抒「雖有父子無君臣」的社會理想。著名的〈明妃曲〉二首一問世就被人們廣為傳誦：

明妃初出漢宮時，淚濕春風鬢腳垂。低徊顧影無顏色，尚得君王不自持。
歸來卻怪丹青手，入眼平生幾曾有。意態由來畫不成，當時枉殺毛延壽。
一去心知更不歸，可憐著盡漢宮衣。寄聲欲問塞南事，只有年年鴻雁飛。
家人萬里傳消息，好在氈城莫相憶。君不見咫尺長門閉阿嬌，人生失意無南北。

——其一

明妃初嫁與胡兒，氈車百輛皆胡姬。含情欲語獨無處，傳與琵琶心自知。
黃金捍撥春風手，彈看飛鴻勸胡酒。漢宮侍女暗垂淚，沙上行人卻回首。
漢恩自淺胡自深，人生樂在相知心。可憐青塚已蕪沒，尚有哀絃留至今。

——其二

梅堯臣、歐陽脩、司馬光等都有和作，它之所以引起轟動不僅在於「意態由來畫不成，當時枉殺毛延壽」這一類議論的聳人聽聞，也不僅在於它描繪了「低徊顧影無顏色，尚得君王不自持」這樣一位楚楚動人的美女形象，而且還在於它從習見的題材中發掘出了深刻的主題：「君不見咫尺長門閉阿嬌，人生失意無南北」、「漢恩自淺胡自深，人生樂在相知心」。通過王昭君的遭遇諷刺了統治者的昏朽，也流露了自己懷才不遇的感傷和自己在政治鬥爭中難覓知音的孤獨。他的另一首詠史詩〈賈生〉，把希望君臣遇合之意表現得更明白：

**一時謀議略施行，誰道君王薄賈生？爵位自高言盡廢，古來何啻萬公卿！**

雖然在政壇叱吒風雲，雖然為人強悍霸氣，但王安石的感情豐富細膩，他表現兒女情長的詩歌深沉動人，如為人傳誦的〈示長安君〉：

**少年離別意非輕，老去相逢亦愴情。草草杯盤供笑語，昏昏燈火話平生。**
**自憐湖海三年隔，又作塵沙萬里行。欲問後期何日是，寄書應見雁南征。**

詩中的「長安君」即詩人的大妹王文淑，工部侍郎張奎之妻，封長安縣君。「草草杯盤供笑語，昏昏燈火話平生」，可想見兄妹相聚的溫馨親密；「自憐湖海三年隔，又作塵沙萬里行」，更表現大丈夫與妹妹分別時的「愴情」，又不得不以事業為重的雄心。

他早中期詩歌喜歡用散文句式鋪張議論，有時選用奇險硬挺的韻腳和詞彙，詩風瘦勁而又雄直，進一步掃清了西崑體柔弱浮靡的餘風。晚年罷相退居江寧以後，換了一種新的生活環境和心境，詩情和詩風也隨之發生了變化。辭去相位雖是對舊黨的妥協，但罷相以後新法仍在繼續推行，他在一定程度上仍可左右政局，這樣，一方面擺脫了政壇冗事的糾纏，另一方面又遂了賞愛大自然的夙願，他精神上多少有點功成身退的安慰和平衡。〈雨過偶書〉就是這種心態的坦露：「誰似浮雲知進退，才成霖雨便歸山。」晚期詩歌中警世驚俗的議論明顯減少了，抒情味則越來越濃，詩風深婉而簡淡，含蓄且有韻致，尤其是那些短小的絕句，「真可使人一唱而三嘆」（宋胡仔《苕溪漁隱叢話前集》卷三十五）。如：

**京口瓜洲一水間，鍾山只隔數重山。春風又綠江南岸，明月何時照我還？**

——〈泊船瓜洲〉

**水際柴門一半開，小橋分路入青苔。背人照影無窮柳，隔屋吹香並是梅。**

——〈金陵即事三首〉其一

**茅簷長掃靜無苔，花木成畦手自栽。一水護田將綠繞，兩山排闥送青來。**

——〈書湖陰先生壁二首〉其一

**北山輸綠漲橫陂，直塹回塘灩灩時。細數落花因坐久，緩尋芳草得歸遲。**

——〈北山〉

投身於大自然的懷抱中，詩人顯得那般恬靜閒散，看他「細數落花」那般曠逸，「緩尋芳草」那般從容，有人因此認為他晚期的詩作「有工緻，無悲壯」（見清吳之振《宋詩鈔·臨川詩鈔序》）。其實，這只是他晚年精神生活的一個側面，退隱絕非出於他的主觀意願，何況他本來就不是一位安於投閒置散的老人，哪怕面對令人心醉的美景，也往往掩飾不住他的人生遲暮之感，「悲壯即寓閒淡之中」（《宋詩鈔》）：

**午枕花前簟欲流，日催紅影上簾鉤。窺人鳥喚悠颺夢，隔水山供宛轉愁。**

——〈午枕〉

**一陂春水繞花身，花影妖嬈各占春。縱被東風吹作雪，絕勝南陌碾成塵。**

——〈北陂杏花〉

黃庭堅說：「荊公暮年作小詩，雅麗精絕，脫去流俗，每諷味之，便覺沆瀣生牙頰間。」（宋胡仔《苕溪漁隱叢話前集》卷三十五引）宋嚴羽《滄浪詩話·詩評》中列有「王荊公體」，並在其後注道：「公絕句最高，其得意處，高出蘇、黃、陳之上，而與唐人尚隔一關。」可見「王荊公體」主要是就其晚年絕句而言的。罷相後無官一身輕，王安石得以傾全力在詩歌藝術上慘淡經營，下字極盡錘煉而又渾融無跡，檃栝前人詩句卻像出於己創，引典用事毫無獺祭之嫌，顯示了他的才情、學養和驅遣語言的能力，真正做到了「意與言會，言隨意遣，渾然天成」（宋葉夢得《石林詩話》卷上）。

王安石的詩風是在不斷發展變化中形成的，早中期的詩歌以意氣自許，以語言的瘦勁和氣勢的雄健取勝，警拔犀利的議論英氣逼人；晚年的詩歌褪盡了鋒芒，「始盡深婉不迫之趣」（宋葉夢得《石林詩話》卷中）的詩風一變而為深婉含蓄、精工絕妙。把他的詩歌創作作為一個整體來看，以散文式的語言暢發議論，好點化前人的詩句和引用典實，喜歡造硬語押險韻，體現了宋詩的某些基本特徵，並導後來「江西詩派」的先路。

# 第二章 宋初詞壇與柳永的變革

宋初詞壇承續晚唐五代的詞風，寫景大多是閨閣亭園，言情也不離傷春怨別，體裁也仍然以小令為主，其中只有晏殊、晏幾道、歐陽脩等能在藝術上繼承前人而有所創新。范仲淹在詞境上突破「花間」，張先於詞體上突破小令，但詞至柳永才稱得上「聲色大開」，從所抒寫的情感意緒，到用來抒寫的語言、結構和體裁，無不令人耳目一新。首先他使慢詞成為與小令雙峰並峙的文學樣式，其次他探索了慢詞鋪敘承接的結構手法，最後柳詞的語言「明白而家常」（清劉熙載《藝概．詞曲概》）。

## 第一節 五代詞風的承續與發展

宋初，詞基本是花間詞的延續——體裁主要還是小令，格調仍然細膩婉約，題材照樣多屬豔情。

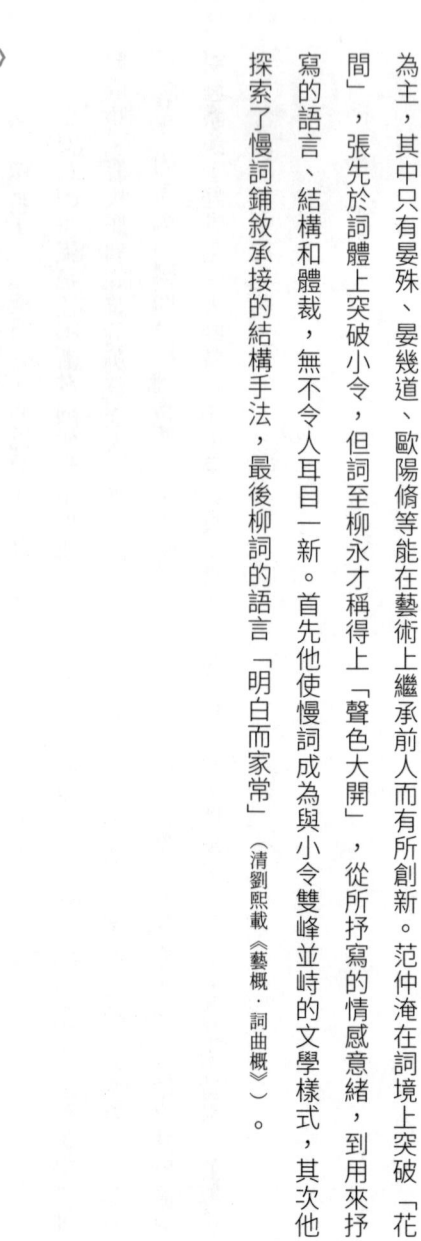

其間能承續五代詞風並加以發展的只有晏殊、晏幾道和歐陽脩。

## 一、「溫潤秀潔」的《珠玉詞》

晏殊（九九一～一〇五五），字同叔，江西臨川人。真宗景德二年（一〇〇五）以神童召試賜同進士出身，成年後更是仕途通達，位至宰輔。雖然他既飽於學問也不乏才情，可政治上既無大的風波也無大的建樹，官場生涯實在是平靜甚至平淡。史書說他未嘗一日不宴飲，綺筵公子和繡幌佳人陪伴他一生。身為北宋所謂「太平盛世」的宰相，高官、顯位、尊嚴、富貴、利祿……當時士子夢寐以求的一切他無不享有。然而，他那一百三十多首《珠玉詞》中沒有一點向上的衝動，沒有一絲火熱的激情，沒有任何美妙的憧憬，甚至沒有半點功成名就的得意。他反而常借惜別、傷春等題材來表現自己對個人生死的無奈，對世事盛衰的感傷，對功名事業的幻滅，如「勸君看取利名場，今古夢茫茫」（〈喜遷鶯〉），「一場愁夢酒醒時，斜陽卻照深深院」（〈踏莎行〉），「一霎好風生翠幕，幾回疏雨滴圓荷。酒醒人散得愁多」（〈浣溪沙〉）。再看看他的兩首代表作：

**一曲新詞酒一杯，去年天氣舊亭臺，夕陽西下幾時回？**
**無可奈何花落去，似曾相識燕歸來，小園香徑獨徘徊。**

——〈浣溪沙〉

**檻菊愁煙蘭泣露，羅幕輕寒，燕子雙飛去。明月不諳離恨苦，斜光到曉穿朱戶。**

**昨夜西風凋碧樹，獨上高樓，望盡天涯路。欲寄彩箋兼尺素，山長水闊知何處？**

——〈蝶戀花〉

他感傷但不過分淒厲，幽怨又不至於痛苦，處處能見出他的明智與理性，能感到他的爽朗與曠達，不過，這些都是以失去執著為代價的，既然「今古夢茫茫」，何必又那麼認真呢？「滿目山河空念遠，落花風雨更傷春。不如憐取眼前人」（〈浣溪沙〉），「不如憐取眼前人，免更勞魂兼役夢」（〈木蘭花〉），他不可能有「為伊消得人憔悴」（柳永〈蝶戀花〉）的一往情深，只是籠罩著一層淡淡的憂鬱而已，所以他以羨慕的筆調描寫少女們的淳樸天真：

**燕子來時新社，梨花落後清明。池上碧苔三四點，葉底黃鸝一兩聲，日長飛絮輕。**

**巧笑東鄰女伴，採桑徑裡逢迎。疑怪昨宵春夢好，元是今朝鬥草贏，笑從雙臉生。**

——〈破陣子〉

把他的詞集名為《珠玉詞》與他的詞風倒很切合，宋王灼《碧雞漫志》稱其詞「溫潤秀潔」，的確，它們都透出一種雍容典雅的貴族氣派，但又沒有絲毫鋪金疊繡的俗氣，溫婉、朗潤、秀雅、清麗，像圓潤晶瑩的珠玉一樣迷人。

## 二、「措詞婉妙」的《小山詞》

晏幾道（一〇三〇？～一一〇六？），字叔原，號小山，晏殊的第七子。這位宰相的貴公子為人很有個性，黃庭堅在給他的詞集《小山詞》寫的序言中說：「余嘗論叔原固人英也，其痴亦自絕人。愛叔原者，皆慍而問其目。曰：仕宦連蹇，而不能一傍貴人之門，是一痴也。論文自有體，不肯一作新進士語，此又一痴也。費資千百萬，家人寒饑而面有孺子之色，此又一痴也。人百負之而不恨，己信人，終不疑其欺己，此又一痴也。」他父親是北宋前期一代顯宦，富弼、范仲淹、歐陽脩、宋祁、王安石皆出其門，但他自己寧可一輩子「陸沉於下位」，也「不能一傍貴人之門」。他為人傲兀而又天真，個性疏放而又有點迂闊，生活態度上鄙薄世務，過日子又拙於生計，這使他走向社會後吃盡了苦頭。早年享盡貴族公子的豪華，晚年飽嘗人生的艱辛與世態的炎涼。

他的詞大多通過情人的聚散離合，表現人生的飄忽和世事的無常，調子淒苦哀怨：「今感舊、欲沾衣。可憐人似水東西。回頭滿眼淒涼事，秋月春風豈得知！」（〈鷓鴣天〉），「誰知錯管春殘事，到處登臨曾費淚。此時金盞直須深，看盡落花能幾醉？」（〈玉樓春〉），「蘭佩紫，菊簪黃，殷勤理舊狂。欲將沉醉換悲涼，清歌莫斷腸」（〈阮郎歸〉）。由於極盛而衰的家世，他自己早年的詩酒風流與晚年的落魄潦倒形成巨大的反差，所以，他的詞多回味宴席上的衣香人影，重溫昔日的春夢秋雲，陶醉於桃花扇影前的歌聲，魂繫於樓臺月下的妙舞，可這一切過去的甜蜜只襯得今日更為孤獨悲涼：

**小令尊前見玉簫，銀燈一曲太妖嬈。歌中醉倒誰能恨？唱罷歸來酒未消。**

春悄悄，夜迢迢，碧雲天共楚宮遙。夢魂慣得無拘檢，又踏楊花過謝橋。

——〈鷓鴣天〉

夢後樓臺高鎖，酒醒簾幕低垂。去年春恨卻來時。落花人獨立，微雨燕雙飛。

記得小蘋初見，兩重心字羅衣。琵琶絃上說相思。當時明月在，曾照彩雲歸。

——〈臨江仙〉

彩袖殷勤捧玉鍾，當年拚卻醉顏紅。舞低楊柳樓心月，歌盡桃花扇底風。

從別後，憶相逢，幾回魂夢與君同？今宵剩把銀釭照，猶恐相逢是夢中。

——〈鷓鴣天〉

晏幾道與李後主都曾有過前榮後枯的身世，兩人都用詞抒寫盛衰無常的感傷，所以有人將他比之於李煜，但晏幾道並未經歷李後主那種國破家亡的創痛，只是家道中衰、晚景堪哀而已，所以李後主不加雕飾，直抒天蒼地老的沉哀，晏幾道則以清詞俊句來抒寫前塵似夢的悲切。晏幾道受乃父的影響也較大，詞壇上有「二晏」之稱，但二者的經歷、氣質、個性和學養全然不同，所以詞風也判然有別。同樣是懷人，晏殊說：「不如憐取眼前人，免更勞魂兼役夢。」（〈木蘭花〉）晏幾道則說：「衾鳳冷，枕鴛孤。愁腸待酒舒。夢魂縱有也成虛，那堪和夢無？」（〈阮郎歸〉）同樣是感時，晏殊說：「乍雨乍晴花自落，閒愁閒悶日偏長。」（〈浣溪沙〉）晏幾道則說：「留人不住，醉解蘭舟去。一棹碧濤春水路，過盡曉鶯啼處。」（〈清平樂〉）相對於小晏牽腸掛肚的痴情，大晏現實得鄰於世故、曠達得不近人情。晏幾道當然不可能有乃父那份雍容閒雅的氣度，但比乃父要執著純真，抒情也比他更細膩動人。他善於以曲筆來抒情寫意，造成一種蘊藉低徊的藝術效果，清陳廷焯稱其「措詞婉妙，則一時獨步」（《白雨齋詞話》卷一）。

## 三、疏雋深婉的《六一詞》

歐陽脩是北宋一代儒宗和文宗，立朝剛正不阿，論道儼然不苟，德業文章無不叫人肅然起敬。可他現存的《六一詞》和《醉翁琴趣外篇》兩詞集中的兩百四十多首詞，仍然承續五代詞風，寫景大多是閨閣亭園，言情也不離傷春怨別，如：

**庭院深深深幾許？楊柳堆煙，簾幕無重數。玉勒雕鞍遊冶處，樓高不見章臺路。**
**雨橫風狂三月暮。門掩黃昏，無計留春住。淚眼問花花不語，亂紅飛過秋千去。**

——〈蝶戀花〉

這首詞於境則深邃，於情則深摯，是《六一詞》深婉纏綿的代表作。它一度混入馮延巳的《陽春集》中，後經李清照〈臨江仙〉詞序指出才「物歸原主」，由此可見歐詞的淵源所在。他像馮延巳一樣喜歡用清麗的語言來寫柔婉的情懷：

**候館梅殘，溪橋柳細，草薰風暖搖征轡。離愁漸遠漸無窮，迢迢不斷如春水。**
**寸寸柔腸，盈盈粉淚，樓高莫近危闌倚。平蕪盡處是春山，行人更在春山外。**

——〈踏莎行〉

這些極盡嫵媚風韻的小詞與詩文中所見的歐陽脩的面孔大不一樣，害得那些迂腐的衛道者以為它們「當是仇人無名子所為」（宋陳振孫《直齋書錄解題》卷二十一）。當然不能排除有些猥褻鄙俗之作是混入他人的作品，但不能說《六一詞》中所有豔詞全是「仇人無名子」所為。

當時士人的精神結構中潛伏著深刻的矛盾，他們一方面追求治國平天下的功名，另一方面又日益沉湎於風花雪月的享樂。歐陽脩囿於宋人所謂詩文體尊而詞體卑的成見，在詩文中不苟言笑地發議論，在詞中則無所顧忌地坦露風月綺懷。何況他本來就既有剛正嚴肅的一面，也有細膩多情的一面，筆記野史屢有他私生活中風流韻事的記載（見宋趙令時《侯鯖錄》、明蔣一葵《堯山堂外紀》）。他甚至常以俚俗活潑的語言，生動而又大膽地表現沉醉於愛情之中的少女少婦既羞怯又撒嬌的情態，如〈南歌子〉：

**鳳髻金泥帶，龍紋玉掌梳。走來窗下笑相扶，愛道畫眉深淺入時無。**
**弄筆偎人久，描花試手初。等閒妨了繡工夫，笑問雙鴛鴦字怎生書。**

詩文中的歐陽脩與詞中的歐陽脩都是真實的，各自表現了他精神結構的不同側面。當然也有少數詞所抒寫的情感，可與其詩文相互吻合。如〈採桑子〉十三首與散文〈醉翁亭記〉、詩歌〈豐樂亭記〉都生動地表現了他遣玩的豪興，還有些詞真實地抒發了他心靈深處的矛盾，下面是〈採桑子〉中的二首：

**畫船載酒西湖好，急管繁絃。玉盞催傳，穩泛平波任醉眠。**
**行雲卻在行舟下，空水澄鮮，俯仰留連，疑是湖中別有天。**

——其三

**群芳過後西湖好，狼籍殘紅。飛絮濛濛，垂柳闌干盡日風。**
**笙歌散盡遊人去，始覺春空。垂下簾櫳，雙燕歸來細雨中。**

——其四

對仕途浮沉和人世滄桑的深切感嘆，絲毫不影響他「揮毫萬字，一飲千鐘」（〈朝中措〉）的豪情；明明感到「笙歌散盡遊人去，始覺春空」的空寂，可還是興致勃勃地「穩泛平波任醉眠」；何曾不知道「富貴浮雲，俯仰流年」（〈採桑子〉「平生為愛西湖好」），但這絲毫不妨礙他「蘭橈畫舸悠悠去，疑是神仙。返照波間，水闊風高揚管絃」（〈採桑子〉「春深雨過西湖好」）的曠達灑脫。他的詞風詞境兼具超曠豪宕之氣和深婉沉著之情，這兩方面都對後來的詞人產生了影響，「疏雋開子瞻，深婉開少游」（清馮煦《宋六十一家詞選》例言）。

## 第二節 繼往開來的范、張詞

與晏、歐同時而能使詞別開生面的是范仲淹和張先。范仲淹於詞境上突破「花間」，張先於詞調上突破小令，他們上繼五代而下開蘇、柳，在詞的發展史上具有橋樑的作用。

范仲淹（九八九～一〇五二），字希文，為北宋一代名臣，以「先天下之憂而憂，後天下之樂而樂」（〈岳陽樓記〉）自勵，並不想「以翰墨為勳績」（曹植〈與楊德祖書〉），更不想以詞曲名後世，但他僅存的幾首小詞自成一格，在後世產生了較大的影響。從「花間」到晏、歐，詞幾乎離不開風月閨情，調子大多柔婉甜膩，到范仲淹才唱出聲震窮塞的〈漁家傲〉：

**塞下秋來風景異，衡陽雁去無留意。四面邊聲連角起，千嶂裡，長煙落日孤城閉。**

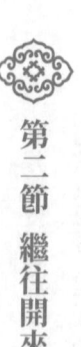

**濁酒一杯家萬里，燕然未勒歸無計。羌管悠悠霜滿地。人不寐，將軍白髮征夫淚！**

景物為「千嶂孤城」、「長煙落日」，人情則「白髮將軍」、「勒功燕然」，秋塞的遼闊蒼茫之景與將軍慷慨悲壯的報國之情和諧統一，使全詞「蒼涼悲壯，慷慨生哀」（清彭孫遹《金粟詞話》），實為蘇東坡「大江東去」的先聲。他善於抒壯志也工於寫柔情，如：

**碧雲天，黃葉地。秋色連波，波上寒煙翠。山映斜陽天接水，芳草無情，更在斜陽外。**

**黯鄉魂，追旅思，夜夜除非，好夢留人睡。明月樓高休獨倚，酒入愁腸，化作相思淚。**

——〈蘇幕遮〉

這首詞不像〈漁家傲〉那樣昂首高歌，它的主題不外是去國懷鄉，上片多為穠麗之語，下片純寫悱惻之情，風味仍與南唐、晏歐相近，但情雖纏綿，景卻遼闊。

· · ·

張先（九九〇～一〇七八），字子野，烏程（今浙江湖州市）人，四十一歲舉進士及第，晏殊知永興軍時辟他為通判，七十二歲時為都官郎中，晚年優遊鄉里，往來於杭州與湖州之間。他為人「善戲謔，有風味」（蘇軾《東坡題跋》），享高壽而又極風流，八十五歲還納一小妾，蘇軾曾以「詩人老去鶯鶯在，公子歸來燕燕忙」（〈張子野年八十五，尚聞買妾，述古令作詩〉）相謔。他至老還如此沉溺聲伎，填詞又哪離得了風月豔情？不是描摹女郎的衣著，便是讚賞佳人的容貌，自然更少不了兒女閒愁。不過，他的過人之處是對景物的感受細膩入微，並能用同樣精妙入微的語言傳達出這種感受，如他特別善於表現不易表現的「影」，並被人稱為「張三影」，現在看看他的代表作：

〈水調〉數聲持酒聽，午醉醒來愁未醒。送春春去幾時回？臨晚鏡，傷流景，往事後期空記省。

沙上並禽池上暝，雲破月來花弄影。重重簾幕密遮燈，風不定，人初靜，明日落紅應滿徑。

——〈天仙子〉

乍暖還輕冷，風雨晚來方定。庭軒寂寞近清明，殘花中酒，又是去年病。

樓頭畫角風吹醒，入夜重門靜。那堪更被明月，隔牆送過秋千影。

——〈青門引〉

「暖」而說「乍」，「冷」而言「輕」；風吹影動以「弄」字來刻畫，風吹角響以「醒」字來形容，體物既微妙，下字更精細，抒情也含蓄有味。不過，它們雖然「味極雋永」，但寫法上已初露「清出處，生脆處」（清周濟《宋四家詞選．目錄序論》）：隨著時序變遷和景物轉換，層層敘寫自己的情感體驗，大不同於溫、韋、晏、歐的渾融蘊藉，而且一洗晚唐五代「花間」的鉛華，清劉熙載稱「張子野始創瘦硬之體」（《藝概·詞曲概》）。

張先與晏、歐同時而略早，得以在小令上與他們一爭短長，又由於他獨享八十九歲的高壽，而且至老視聽還很精敏，這使他又有機會在慢詞上成為柳永的先導。北宋的都市商業日趨繁榮，市民的文化生活日益豐富，自五代以來為文人雅士「聊佐清歡」的詞逐漸又回到市井平民中，成為他們所喜愛的文學樣式。張先迷戀於市井的風月生涯，自然熟悉市井傳唱的流行樂調，他自己也嫻於聲律，晚年創作了近二十首慢詞，如〈宴春臺慢〉、〈山亭宴慢〉、〈卜算子慢〉、〈滿江紅〉等。〈謝池春慢·玉仙觀道中逢謝媚卿〉一詞是當時盛傳的名作：

**繚牆重院，時聞有、啼鶯到。繡被掩餘寒，畫閣明新曉。朱檻連空闊，飛絮知多少？徑莎平，池水渺。日長風靜，花影閒相照。**

**塵香拂馬，逢謝女、城南道。秀豔過施粉，多媚生輕笑。鬥色鮮衣薄，碾玉雙蟬小。歡難偶，春過了。琵琶流怨，都入相思調。**

上片寫戶外融融意春和自己偶偶尋春，下片寫遇豔後兩心相許的激動及不能接近的悵惘。雖為慢詞但用小令筆法，有所鋪敘而又不失其含蓄，明顯帶有由小令向慢詞過渡的痕跡，夏敬觀認為他的「長調中純用小令作法，別具一種風味」（龍榆生《唐宋名家詞選》引）。

張先是晏、歐與柳、蘇之間的一位過渡性詞人，在詞的發展史上具有承前啟後的作用。清陳廷焯在《白雨齋詞話》卷一指出：「張子野詞，古今一大轉移也。前此則為晏、歐，為溫、韋，體段雖具，聲色未開；後此則為秦、柳，為蘇、辛，為美成、白石，發揚蹈厲，氣局一新，而古意漸失。子野適得其中，有含蓄處，亦有發越處。但含蓄不似溫、韋，發越亦不似豪蘇膩柳，規模雖隘，氣格卻近古。」所謂「規模雖隘」，是指張詞沒有後來秦、柳、蘇、辛那種鋪張揚厲、淋漓盡致的格局；所謂「氣格卻近古」，是指他採用慢詞形式又保留了小令含蓄雋永的遺韻。

## 第三節 「變一代詞風」的柳永

詞發展到柳永才真正「聲色大開」，從所抒寫的情感意緒，到用來抒寫的語言、結構和體裁，無不令人耳目一新。自此而後，精緻玲瓏的小令就不能獨領風騷了，春雲舒捲的慢詞開始與它平分秋色；語言不再一味的含蓄典雅，也可以通俗淺顯明白如話；結構不再是半藏半露的濃縮蘊藉，而是如瓶瀉水似的鋪敘描摹。

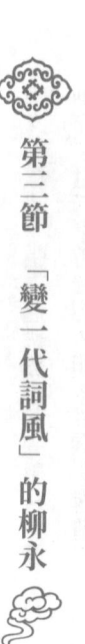

可惜，這樣一位在文學史上具有重要地位的詞人，生前卻沒有什麼社會地位，以致他的生平沒有正史的可靠記載。我們僅知道，柳永（九八七？～一〇五四？），原名三變，字耆卿，排行第七，故又稱柳七。他出生於福建崇安縣一個官宦人家，父親柳宜在南唐時為監察御史，入宋後於太宗雍熙二年（九八五）登進士第，官至工部侍郎。這種家庭出身決定柳永必須像父兄那樣走科舉入仕的道路，但不幸的是他連考三次進士都以失利告終，痛苦之餘寫了一首〈鶴沖天〉發牢騷：

**黃金榜上，偶失龍頭望。明代暫遺賢，如何向？未遂風雲便，爭不恣狂蕩？何須論得喪。才子詞人，自是白衣卿相。**

**煙花巷陌，依約丹青屏障。幸有意中人，堪尋訪。且恁偎紅倚翠，風流事，平生暢。青春都一餉。忍把浮名，換了淺斟低唱！**

柳永考進士之前就在汴京「多遊狹邪」（宋葉夢得《避暑錄話》），還「好為淫冶謳歌之曲」（宋吳曾《能改齋漫錄》），並以其「風流俊邁，聞於一時」（見宋曾敏行《獨醒雜誌》）。考試接二連三的失利不僅沒有使他收斂，反而更傲然以「白衣卿相」自居，以「淺斟低唱」的浮蕩來鄙棄封官晉爵的「浮名」，甚至還半是得意半是解嘲地說：「平生自負，風流才調。口兒裡、道知張鄭趙。唱新詞，改難令，總知顛倒。解刷扮，能𠈁嗽，表裡都峭……遇良辰，當美景，追歡買笑。」（〈傳花枝〉）仕途越蹭蹬他就越放縱和消沉，縱遊於秦樓楚館勾闌瓦舍，毫無顧忌地與那些綺年玉貌的佳人廝混在一起。他的《樂章集》

中第一個重要內容就是描寫豔情和愛情。

柳永不只是瞭解和熟悉市井平民，而且是市井平民生活的參與者，因此他的豔情詞或愛情詞別具風味：

自春來、慘綠愁紅，芳心是事可可。日上花梢，鶯穿柳帶，猶壓香衾臥。暖酥消，膩雲嚲，終日厭厭倦梳裹。無那！恨薄情一去，音書無個。

早知恁麼。悔當初，不把雕鞍鎖。向雞窗，只與蠻箋象管，拘束教吟課。鎮相隨，莫拋躲。針線閒拈伴伊坐。和我，免使年少光陰虛過。

——〈定風波〉

佇倚危樓風細細。望極春愁，黯黯生天際。草色煙光殘照裡，無言誰會憑闌意。

擬把疏狂圖一醉。對酒當歌，強樂還無味。衣帶漸寬終不悔，為伊消得人憔悴。

——〈蝶戀花〉

這兩首詞在語言上雖然有雅俗之分，但二者表達的方式都決絕直率。據北宋張舜民《畫墁錄》載，晏殊對「針線閒拈伴伊坐」公開鄙薄，想來他對「為伊消得人憔悴」也會皺眉。因為柳永以前，文人的豔情詞是士大夫理想化的產物，詞中的人物優雅清高一塵不染，從情感到格調都抹上了一層濃厚的貴族色彩，而柳詞中的人物卻是實實在在的市井小民。男的既沒有不凡的器宇，也沒有宏偉的抱負；女的談吐既不高雅，感情也較平庸，有時甚至低俗淺薄。但他們不知道什麼是矯揉造作，更不去故作斯文賣弄風騷，而是熱情地品味人生的苦樂，真率地享受世間的男歡女愛。「鎮相隨，莫拋躲。針線閒拈伴伊坐」是純真樸實的夫妻恩愛，「衣帶漸寬終不悔，為伊消得人憔悴」更是執著專一的愛情，這些詞真實地唱出了市井平民的心聲。

仁宗景祐元年（一〇三四）柳永才考中進士，那時他已經是四十八歲的老頭了。中進士前他一直在江、浙、湘、鄂等地浪遊，中進士後也長期過著奔波漂泊的遊宦生活，先後做過睦州團練推官、定海曉峰場鹽官，十幾年後才得磨勘為京官，仕至屯田員外郎，後來人們稱他為柳屯田。他的仕途既十分坎坷，他對遊宦自然非常厭倦，因而，《樂章集》第二個重要的內容就是描寫宦情羈旅。

這類題材的詞多屬柳永中進士以後的作品，幾乎占了他詞作的一半，其中名作迭出：

**寒蟬淒切。對長亭晚，驟雨初歇。都門帳飲無緒，方留戀處，蘭舟催發。執手相看淚眼，竟無語凝噎。念去去、千里煙波，暮靄沉沉楚天闊。**

**多情自古傷離別，更那堪冷落清秋節。今宵酒醒何處？楊柳岸、曉風殘月。此去經年，應是良辰好景虛設。便縱有千種風情，更與何人說？**

——〈雨霖鈴〉

對瀟瀟暮雨灑江天，一番洗清秋。漸霜風淒緊，關河冷落，殘照當樓。是處紅衰翠減，苒苒物華休。唯有長江水，無語東流。

不忍登高臨遠，望故鄉渺邈，歸思難收。嘆年來蹤跡，何事苦淹留？想佳人妝樓顒望，誤幾回、天際識歸舟。爭知我，倚闌干處，正恁凝愁。

——〈八聲甘州〉

長安古道馬遲遲。高柳亂蟬嘶。夕陽鳥外，秋風原上，目斷四天垂。

歸雲一去無蹤跡，何處是前期？狎興生疏，酒徒蕭索，不似少年時。

——〈少年遊〉

他的宦情羈旅詞表現了對官場生活的厭倦，對功名利祿的淡漠，他在〈鳳歸雲〉中感嘆道：「驅驅行役，苒苒光陰，蠅頭利祿，蝸角功名，畢竟成何事，漫相高。」他常常惆悵「遊宦成羈旅」（〈安公子〉），甚至不斷追問「遊宦區區成底事」（〈滿江紅〉）。就是那些認為他豔詞冶蕩低俗的人對他的宦情羈旅詞也不敢小看，如對柳永頗有微詞的蘇軾就稱讚「漸霜風淒緊，關河冷落，殘照當樓」三句「不減唐人高處」（宋趙令時《侯鯖錄》）。他這類詞中氣象闊大高遠、感情深摯悲涼之作不止這幾句，除上面引詞中的「念去去、千里煙波，暮靄沉沉楚天闊」、「夕陽鳥外，秋風原上，目斷四天垂」外，《樂章集》邊幅寬遠而境界闊大的佳作不在少數，如：

凍雲黯淡天氣，扁舟一葉，乘興離江渚。渡萬壑千巖，越溪深處。怒濤漸息，樵風乍起，更聞商旅相呼，片帆高舉。泛畫鷁、翩翩過南浦。

望中酒旆閃閃，一簇煙村，數行霜樹。殘日下、漁人鳴榔歸去。敗荷零落，衰楊掩映，岸邊兩兩三三、浣紗遊女。避行客、含羞笑相語。

到此因念，繡閣輕拋，浪萍難駐。嘆後約、丁寧竟何據！慘離懷、空恨歲晚歸期阻。凝淚眼、杳杳神京路。斷鴻聲遠長天暮。

——〈夜半樂〉

隴首雲飛，江邊日晚，煙波滿目憑闌久。一望關河蕭索，千里清秋，忍凝眸？

杳杳神京，盈盈仙子，別來錦字終難偶。斷雁無憑，冉冉飛下汀洲，思悠悠。

暗想當初，有多少、幽歡佳會，豈知聚散難期，翻成雨恨雲愁？阻追遊。每登山臨水，惹起平生心事，一場消黯，永日無言，卻下層樓。

——〈曲玉管〉

就其飛揚的神采、勁健的音節、闊大的境界而論，它們都「不減唐人高處」。清鄭文焯曾十分精到地說：「屯田則宋專家，其高渾處不減清真，長調尤能以沉雄之魄，清勁之氣，寫奇麗之情，作揮綽之聲。」（《大鶴山人詞話》）

與他對市井愛情的肯定、對遊宦生涯的厭倦緊密相連的，是他對都市文明的熱情歌頌，這是他詞作的第三個重要內容，它們在數量上占《樂章集》的四分之一。從汴京「銀塘似染，金堤如繡」（〈笛家弄〉）的富麗堂皇，到杭州「市列珠璣，戶盈羅綺」（〈望海潮〉）的豪奢富庶；從蘇州「萬井千閭」（〈瑞鷓鴣〉）的繁華喧鬧，到揚州「酒臺花徑仍存，鳳簫依舊月中聞」（〈臨江仙〉）的美麗風流，這裡或人欲橫流打情罵俏，或水戲舟動笛怨歌吟，或狂歡豪飲分曹射獵，展示了一幅幅新鮮刺激的都市風情畫。〈望海潮〉是這類詞的代表作：

**東南形勝，三吳都會，錢塘自古繁華。煙柳畫橋，風簾翠幕，參差十萬人家。雲樹繞堤沙，怒濤卷霜雪，天塹無涯。市列珠璣，戶盈羅綺，競豪奢。**

**重湖疊巘清嘉。有三秋桂子、十里荷花。羌管弄晴，菱歌泛夜，嬉嬉釣叟蓮娃。千騎擁高牙。乘醉聽簫鼓，吟賞煙霞。異日圖將好景，歸去鳳池誇。**

人們總是把柳永的豔情詞稱為「俗調」，把他的宦情詞尊稱為「雅詞」，並把這二者完全割裂開來。其實二者在他身上具有深刻的內在聯繫：它們都來自詞人對正統價值觀的懷疑和否定，對傳統的「讀書—做官」這種人生模式的反叛。他追求和神往的不是治國齊家、揚名千古，不是躍馬疆場、立功塞外，而是娼樓酒館的溫柔與銷魂。在北宋最繁榮的時期，知識分子沒有理想沒有追求，把全副本領都使在花巷柳陌中，甚至以「風流才調」和「追歡買笑」自負，這不僅說明北宋社會潛伏著深刻的危機，也表明整個社會的思想基礎已失去了維繫人心的活力，這就是柳永詞思想內容深刻的社會意義之所在。

當然，柳詞在文學史上的地位主要還是由它的藝術價值奠定的。首先，他使慢詞成為與小令雙峰並峙的一種成熟的文學樣式，在將舊曲翻新的同時，他還自製了許多新的詞調，如〈戚氏〉、〈笛家弄〉、〈夜半樂〉等，使詞能表現更豐富複雜的生活內容。他自創的新調多為慢詞，〈笛家弄〉為一二五字，〈夜半樂〉一四四字，而〈戚氏〉竟長達二一二字，〈夜半樂〉和〈戚氏〉二調都為三片，如柳永《樂章集》中的最長之調〈戚氏〉：

晚秋天，一霎微雨灑庭軒。檻菊蕭疏，井梧零亂，惹殘煙。淒然。望鄉關，飛雲黯淡夕陽間。當時宋玉悲感，向此臨水與登山。遠道迢遞，行人淒楚，倦聽隴水潺湲。正蟬吟敗葉，蛩響衰草，相應喧喧。

孤館，度日如年。風露漸變，悄悄至更闌。長天淨，絳河清淺，皓月嬋娟。思綿綿。夜永對景那堪，屈指暗想從前。未名未祿，綺陌紅樓，往往經歲遷延。

帝里風光好，當年少日，暮宴朝歡。況有狂朋怪侶，遇當歌對酒競留連。別來迅景如梭，舊遊似夢，煙水程何限！念利名憔悴長縈絆。追往事、空慘愁顏。漏箭移，稍覺輕寒。漸嗚咽畫角數聲殘。對閒窗畔，停燈向曉，抱影無眠。

清蔡嵩雲在《柯亭詞論》中說：「〈戚氏〉為屯田創調」，「用筆極有層次」。第一片從庭軒所見之景寫悲秋之情，第二片從永夜逆館之孤寫「未名未祿」時「綺陌紅樓」之樂，第三片接寫「當年少日」與「狂朋怪侶」的「暮宴朝歡」，以反襯眼下「停燈向曉，抱影無眠」的孤客之恨，抒寫他對自己為名利「長縈絆」的厭倦情懷。像〈戚氏〉、〈夜半樂〉這一類他自創的長調，「章法大開大闔，為後起清真、夢窗諸家所取法，信為創調名家」（《柯亭詞論》）。

其次，他探索了慢詞鋪敘承接的結構手法。清周濟在《宋四家詞選》中指出：「柳詞總以平敘見長，或發端，或結尾，或換頭，以一、二語句勾勒提掇，有千鈞之力。」他的詞在結構上「細密而妥溜」（清劉熙載《藝概．詞曲概》），片與片之間的承接轉換緊湊綿密，尤其善於用領字來勾勒與點染。如〈八聲甘州〉（「對瀟瀟暮雨灑江天」）一詞，開端用「對」字領起一個七言句和一個五言句，接著又用一個「漸」字頂住上面兩個單句，領起下面三個四言偶句，中間連用「是處」、「不忍」、「望」、「嘆」字領起，使詞意層層轉深，最後由一個「想」字領起結尾的七句一貫到底，詞的整個句法宛轉相生，行文一氣呵成。這首詞在片與片的承接轉換上也極見功力，上片的秋江暮雨、關河冷落、殘照當樓、紅衰翠減，本來是詞人登高所見，下片換頭處卻說「不忍登高臨遠」，「不忍」在章法上是承上傳下，在情感的抒發上則委婉曲折。

最後，柳詞的語言極少用典，前期詞常用市民的口語俗語，如上文引到的〈定風波〉中「是事可可」、「厭厭」、「無那」、「無個」、「恁麼」、「鎮相隨」、「拋躲」，〈錦堂春〉中「認得」、「詃譬」、「恁地」、「爭忍」、「敢更」，還有〈法曲第二〉中「偷期」、「草草」、「怎生向」、

「自家」等，都是當時的口語俚語；後期詞也多用樸素精練的白話，如〈戚氏〉中「度日如年」、「暗想從前，未名未祿」，〈望海潮〉中「三秋桂子，十里荷花」等，難怪清劉熙載稱讚柳詞的語言「明白而家常」了，柳詞的字面通俗平易又和諧悅耳。

柳永積累的這些藝術經驗，沾溉了當時和後來的許多詞人，秦觀和賀鑄直接借鑑過它，周邦彥明顯受惠於它，就是蘇軾又何嘗沒有受過它的影響呢？

第三章　蘇軾的詩詞成就

宋蘇軾是文學史上一位罕見的文藝全才：其文可比肩韓、柳，詩可步武李、杜，詞媲美辛棄疾，書法與黃庭堅、米芾、蔡襄並稱為四大家……創作上不管是拓展前人（如詩文），還是獨自開宗立派（如詞），在每一領域裡都取得了第一流的成就。

蘇軾是繼李、杜而後的詩壇大家，無論是才華還是成就，他在兩宋詩人中都無可與肩。他的詩論強調有感才寫詩，鄙棄有意而為詩；與注重內在體驗相聯繫，藝術上提倡自然天成。他的詩歌以其內容的深廣和手法的多樣，展示了詩人精神世界的廣博與豐富。他的詩風也豐富多彩，奔放而宛轉，新奇而自然。其代表作無不放筆快意、氣勢縱橫，既一意傾瀉又宛轉曲折，既恣意揮灑又舒捲自如。

蘇軾同時也是一位與辛棄疾並稱的詞壇高手，在詞史上的地位更可以說是前無古人後啟來者。他借用某些詩的表現手法作詞，拓寬了詞的題材，昇華了詞的境界，豐富了詞的表現技巧，特別是開創了豪放詞，提高了婉約詞的格調，使詞體在藝術上進一步走向成熟，成為一種「無意不可入，無事不可言」（清劉熙載《藝概．詞曲概》）的特殊抒情文學體裁。

## 第一節 坎坷人生與磊落襟懷

蘇軾（一〇三七～一一〇一），字子瞻，號東坡居士，於宋仁宗景祐三年誕生在眉州眉山（今屬四川）一個文學世家。父親蘇洵晚年文名震天下，後來名列「唐宋八大家」之一，他那積極進取的人生態度和縱橫開闔的文風深深影響了蘇軾後來的生活與創作。蘇軾的青少年時代是在寧靜而又緊張的求學中度過的，他在〈送安惇秀才失解西歸〉中說：「我昔家居斷還往，著書不復窺園葵。」二十歲時就已博通經史，下筆琳琅。

嘉祐元年（一〇五六），蘇軾隨著父親和弟弟蘇轍來到汴京。蘇洵把自己不同流俗的文章和兩位不同凡響的兒子，一起送到了當時文壇盟主歐陽脩面前，次年，蘇軾與弟弟雙雙及第，頃刻蘇氏父子名動京師。嘉祐六年（一〇六一）蘇軾參加了秘閣的制科考試，考取賢良方正能直言極諫科。在制科考試前後，他連續寫了〈進策〉二十五篇、〈進論〉二十五篇、〈禮以養人為本論〉等六篇，系統地分析了當時的經濟、政治、軍事各方面的弊端，並探究了造成這種弊端的病根：「臣竊以為當今之患，雖法令有所未安，而天下之所以不大治者，失在於任人，而非法制之罪也。」（〈策略三〉）他認為改革的關鍵不是變法而是任人，這大不同於王安石在嘉祐三年（一〇五八）上仁宗萬言書中所提出的變法主張，與王安石這種認識上的差異影響了他後來整個人生的道路。

中制科後，蘇軾被任命為大理評事，出任鳳翔府判官，這是他政治生涯的開始。宋英宗治平三年（一〇六六）四月蘇洵病故，他扶柩歸蜀服喪。服喪期滿回朝時，王安石領導的變法浪潮席捲朝野，上層社會內部急速分化，原來十分賞識王安石的歐陽脩、富弼等元老，從慶曆革新的支持者一變而為熙寧變法的反對派，形成了以司馬光為代表的保守集團。蘇軾本來就只提任賢人而不提變法制，加之與反對這場變法的元老關係密切，因而他立即站在保守派這一邊，反對王安石大刀闊斧的激進變革。這樣他不得不離京外任，先後通判杭州，知密州、徐州、湖州。

新法實施過程中難免產生種種流弊，變法派中任非其人更造成了變法的負面效應，對變法本有牴觸情緒的蘇軾只看到變法結下的苦果，就寫詩揭露新法擾民蠹國，這釀成了後來有名的「烏臺詩案」。宋神宗元豐二年（一〇七九）七月，王安石已經退出政治舞臺，變法已經失去了原來的意義，變法派中的新進以蘇軾諷刺時政的詩歌為把柄，必欲置他於死地。朝野許多元老紛紛上書營救，王安石也上書神宗說情，神宗本人對蘇軾並無惡感，蘇軾才倖免於殺身之禍，被貶為黃州團練副使。

黃州四年，蘇軾的思想、情感發生了深刻的變化，他的思想和個性原本就很複雜，早年以「濟世」、「功業」自期的是他，「早歲便懷齊物意」（〈和柳子玉過陳絕糧次韻二首〉）的也是他。經過「烏臺詩案」這一沉重打擊，他需要尋求心靈的安慰，思想中早已存在的釋、道思想有所發展，儒家的積極進取、道家的因任自然、釋家的自我解脫同時出現於這一時期的詩詞中。釋、道對他難免有一些消極影響，但在他的精神生活中也獲得了某種肯定的意義：這使他既憂國又憂民又曠達自若，既透悟人生又一腔熱腸，才吟罷「長恨此身非我有」（〈臨江仙〉），又開始高唱「大江東去」（〈念奴嬌．赤壁懷古〉）；剛才還悲嘆「多情應笑我、早生華髮」，馬上又哼起「休將白髮唱黃雞」（〈浣溪沙．遊蘄水清泉寺，寺臨蘭溪，溪水西流〉）；哪怕明知「萬事到頭都是夢」（〈南鄉子．重九涵輝樓呈徐君猷〉），但仍有滋有味地去品味「一點浩然氣，千里快哉風」（〈水調歌頭．黃州快哉亭贈張偓佺〉），他進入了一種新的精神境界。

元豐八年（一〇八五）神宗病逝，年僅九歲的哲宗繼位，朝局地覆天翻，保守派重新回朝掌權，不久蘇軾回京任翰林學士、知制誥。司馬光偏執地廢除一切新法，保守派又要使朝綱恢復仁宗那種沉悶因循的舊觀。蘇軾不同意舊黨「專欲變熙寧之法，不復校量利害，參用所長」（〈辯試館職策問札子二首〉）的做法，這樣，舊黨執政他也不能安於朝。從元祐四年（一〇八九）起，他先後出知杭州、潁州、揚州、定州。蘇軾受到新舊兩黨夾攻，主要是由於他磊落的襟懷和無私的品德，他從來不以個人仕途的升降為懷，而以國政的興衰成敗為念。

他早年反對王安石變法是因為他與王對時局的認識和救弊的措施不同，不願違心附和執政的新黨謀取高位；司馬光執政他又不願違心尾隨這位溫公以自固。元祐八年（一〇九三）哲宗親政，重新起用章惇、呂惠卿等新黨人，蘇軾以譏斥先朝的罪名貶知英州，接著再貶惠州安置，此時，他是已近六十歲的老翁了。紹聖四年（一〇九七）朝廷又加重了對元祐黨人的懲罰，他又被貶到海南島的儋州。那時海南島的生存環境比惠州更糟，去海南島時「子孫慟哭於江邊，已為死別」（〈到昌化軍謝表〉）。所幸他那開朗坦蕩的胸懷，那任真逍遙的稟性，那隨緣自適的態度，使他得以戰勝惡劣的環境和陰險的迫害。元符三年（一一〇〇）遇赦北還時，他不無自豪地寫道：「九死南荒吾不恨，茲遊奇絕冠平生！」（〈六月二十日夜渡海〉）第二年三月，蘇軾由虔州出發，經南昌、當塗、金陵，五月抵達真州（今江蘇儀征市），六月由潤州抵常州，七月詩人病逝於常州。死前兩月在真州遊金山龍遊寺時留下名作〈自題金山畫像〉，凝練地概括了一生曲折悲慘的遭遇：

**心似已灰之木，身如不繫之舟。問汝平生功業，黃州惠州儋州。**

近一千年來，不僅蘇軾的作品一直是騷人墨客模仿的標本，蘇軾其人也一直是普通大眾崇拜的偶像，他的門人李廌在祭文稱頌他說：「皇天后土，鑒一生忠義之心；名山大川，還萬古英靈之氣。」（《宋史．李廌傳》）文人更仰慕蘇軾「無所不可」的文學才華，普通大眾更喜歡蘇軾「一蓑煙雨任平生」（〈定風波〉）的人生態度。

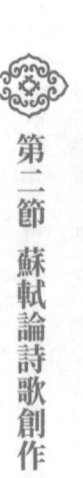

## 第二節　蘇軾論詩歌創作

作為一個傑出的詩人，蘇軾強調有感才寫詩，鄙棄有意而為詩，他在〈南行前集敘〉中說：「夫昔之為文者，非能為之為工，乃不能不為之為工也。山川之有雲霧，草木之有華實，充滿勃鬱而見於外，夫雖欲無有，其可得耶？自少聞家君之論文，以為古之聖人有所不能自已而作者，故軾與弟轍為文至多，而未嘗敢有作文之意。」詩歌是詩人生命體驗的產物，只有當詩人「有不能自已」時才能摛管揮毫，閉門覓句固然已屬下乘，為詩造情就更令人生厭。這一方面要求詩人向外豐富自己的見聞閱歷，一方面向內體味咀嚼生活的真意，「欲令詩語妙，無厭空且靜。靜故了群動，空故納萬境。閱世走人間，觀身臥雲嶺。鹹酸雜眾好，中有至味永」（〈送參寥師〉）。如果沒有「觀身臥雲嶺」的透悟，「閱世走人間」就可能流於走馬觀花，永遠不能品味出生活中深永的「至味」，「閱世」並不必然帶來體驗，沒有體驗的詩則必然空泛浮淺。

與注重內在的體驗相聯繫，藝術上蘇軾提倡自然天成。要做到自然天成就得有使人無所顧忌的環境與心態。他討厭禁錮詩人的外在框框，為此他批評了王安石「好使人同己」（〈答張文潛縣丞書〉）的毛病。詩人自己也必須破除內心的禁忌和束縛，要有「衝口出常言，法度去前軌」（〈詩頌〉）的氣度。情感上力戒字雕句琢，「詩畫本一律，天工與清新」（〈書鄢陵王主簿所畫折枝二首〉）。在情感與藝術上都絕不牽強，抒情則「衝口出常言」，行文則「行於所當行，常止於不可不止」（〈與謝師民推官書〉），這樣就能達到「天工與清新」的創作佳境。

藝術趣味的單調與視野的狹窄，不可能成就蘇軾這樣的大家。蘇軾的視野開闊且趣味廣泛，他從上自《詩經》下至當代的詩人那兒吸取營養，其詩風的豪放飄逸似李白，體物入微似杜甫，暢發議論又近韓愈，沖淡高曠近於陶淵明。壯年他追求豪邁奔放，他在〈王維吳道子畫〉一詩中說：「道子實雄放，浩如海波翻。當其下手風雨快，筆所未到氣已吞。」他的詩歌創作恰似石蒼舒的草書：「興來一揮百紙盡，駿馬倏忽踏九州。」（〈石蒼舒醉墨堂〉）像李白一樣，他也欣賞那種「興酣落筆搖五嶽」（〈江上吟〉）的創作方式，同樣也激賞並追求那種豪邁奇縱的詩風。

晚年轉而看重平淡悠遠的韻味：「大凡為文，當使氣象崢嶸，五色絢爛，漸老漸熟，乃造平淡。」（周紫芝《竹坡詩話》）顯然，他認為與「氣象崢嶸，五色絢爛」相比，平淡是一種更成熟的藝術境界。他在〈書黃子思詩集後〉中也表達了類似的思想：

**蘇、李之天成，曹、劉之自得，陶、謝之超然，蓋亦至矣。而李太白、杜子美以英瑋絕世之姿，凌跨百代，古今詩人盡廢；然魏晉以來，高風絕塵，亦少衰矣。李、杜之後，詩人繼作，雖間有遠韻，而才不逮意。獨韋應物、柳宗元發纖穠於簡古，寄至味於澹泊，非餘子所及也。**

蘇軾雖然肯定李、杜「英瑋絕世」、「凌跨百代」的雄才，但更嚮往魏晉那種「高風絕塵」的神韻，更喜歡「外枯而中膏，似澹而實美」（〈評韓柳詩〉）的趣味，因而他崇敬李、杜，但更仰慕陶淵明；佩服「豪放奇險」的韓退之，但更親近「溫麗靖深」的柳子厚（〈評韓柳詩〉）。平淡簡素而又韻味無窮是他最推崇的藝術境界，而這種藝術境界的典範就是陶詩，所以他老來說：「吾於詩人無所甚好，獨好淵明之詩。」（蘇轍〈子瞻和陶淵明詩集引〉）。晚年受盡人生的顛簸和政治的迫害，他需要在精神上實現對現實苦難的超越，陶淵明那種蕭散沖曠的風姿、那份恬淡靜穆的心境正是他所企盼的。

## 第三節 蘇軾詩歌的藝術風貌

給蘇軾這樣的大家勾畫其詩歌的藝術風貌，比起品評那些詩歌名家來要困難得多。蘇軾詩歌就像「連山到海隅」（王維〈終南山〉）的群峰，有的雄奇，有的淡遠，有的清幽，有的秀麗……它們呈現出絢麗多彩的風姿，並以其內容的深廣和手法的多樣展示了詩人精神世界的廣博與豐富。

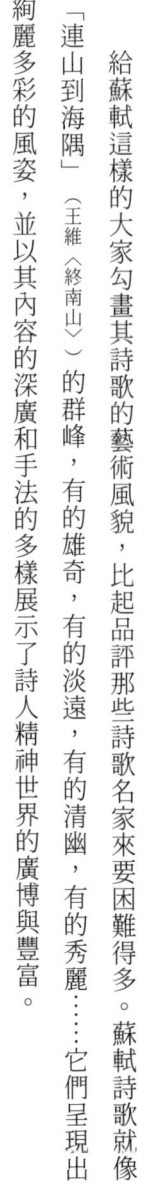

蘇軾為人最突出的特點是：既超脫曠達，又憂國憂民。他一生四處顛沛流離，多次遭受政治迫害和流放，但始終沒有放棄儒家兼濟的理想，終生關注著國家的興衰和政治的風雲，他開始對新法的指責和後來對舊黨盡棄新法的批評，都是出於堅守自己的政治信念和為了國家的強大興旺。他有些揭露時弊關懷民瘼的詩篇，飽含著自己強烈的政治激情。他為諷刺新法而作的詩歌雖暴露了詩人政治上的偏見，但也真實地揭露了新法實施過程中的流弊，在一定程度上反映了下層社會的真實面貌，如〈吳中田婦嘆〉借一農婦的口說：

**今年粳稻熟苦遲，庶見霜風來幾時。霜風來時雨如瀉，杷頭出菌鐮生衣。**
**眼枯淚盡雨不盡，忍見黃穗臥青泥！茅苫一月龍上宿，天晴獲稻隨車歸。**
**汗流肩赬載入市，價賤乞與如糠粞……**

在這種如泣如訴的調子中寄寓了詩人的一腔同情。又如他的〈山村五絕〉也真實地反映了新法給百姓生活造成的困難：

**老翁七十自腰鐮，慚愧春山筍蕨甜。豈是聞韶解忘味？邇來三月食無鹽。**

——其三

他有些與新法無關的詩對現實的反映更客觀、更深刻：

**十里一置飛塵灰，五里一堠兵火催。顛坑仆谷相枕藉，知是荔枝龍眼來。飛車跨山鶻橫海，風枝露葉如新採。宮中美人一破顏，驚塵濺血流千載……**

這是〈荔枝嘆〉的開頭一節，接著它由唐代諂媚帝妃轉向對「爭新買寵」的當朝權貴的抨擊，由古代向妃子貢荔枝落實到向當今皇帝貢新茶和牡丹，詩人譏刺的鋒芒是那樣犀利。

蘇軾對國事的成敗憂心忡忡，對人民的禍福無限關切，而對他自己卻忘懷得失、不計沉浮，這使他具有一種豁達的胸懷，一種高於常人的人生境界；這也使他能坦然地對待仕途坎坷，平靜地迎接人生的風風雨雨，並超越他所處的那種複雜而又骯髒的人際關係。我們從他一些詩歌中能見到他的人格之美和境界之高，如：

**參橫斗轉欲三更，苦雨終風也解晴！雲散月明誰點綴，天容海色本澄清。**
**空餘魯叟乘桴意，粗識軒轅奏樂聲。九死南荒吾不恨，茲遊奇絕冠平生！**

——〈六月二十日夜渡海〉

詩人在海南島流放的三年中，「食飲不具，藥石無有」（蘇轍〈亡兄子瞻端明墓誌銘〉），在生活和精神上受盡了煎熬折磨，但他對自己多年的磨難一笑了之，對政敵的迫害不屑一顧。「九死南荒吾不恨」，老人是這樣寬厚、開朗、幽默而又超然。除了反映社會現實和表現自己的精神境界外，他還常常用詩來慨嘆人生。由於所處的特殊時代和個人的特殊經歷，蘇軾比一般詩人更敏銳地感受到了世事的無常、人生的飄忽和生命的偶然，在他人生的旅途上不時發出「吾生如寄」的喟嘆（見〈過淮〉、〈和陶擬古〉等），如他剛剛走向社會就感嘆道：

**人生到處知何似？應似飛鴻踏雪泥。泥上偶然留指爪，鴻飛哪復計東西？**
**老僧已死成新塔，壞壁無由見舊題。往日崎嶇還記否？路長人困蹇驢嘶。**

——〈和子由澠池懷舊〉

對人生的空幻通常都來自於那些飽經風霜的老人，而這裡竟然出自一個二十四歲的青年！不過，儘管他似乎徹悟了生命，儘管他常說「人生如夢」，儘管他常有某種空漠感，但他並未由於感到空漠就從而冷漠，他對人生、友情、自然的熱情至老不衰，並未由於了悟生命而就此頹唐，而是灑脫樂觀地擁抱生活：

十日春寒不出門，不知江柳已搖村。稍聞決決流冰谷，盡放青青沒燒痕。
數畝荒園留我住，半瓶濁酒待君溫。去年今日關山路，細雨梅花正斷魂。
——〈正月二十日往岐亭，郡人潘、古、郭三人送余於女王城東禪莊院〉

東風未肯入東門，走馬還尋去歲村。人似秋鴻來有信，事如春夢了無痕。
江城白酒三杯釅，野老蒼顏一笑溫。已約年年為此會，故人不用賦〈招魂〉。
——〈正月二十日，與潘、郭二生出郊尋春，忽記去年是日同至女王城作詩，乃和前韻〉

亂山環合水侵門，身在淮南盡處村。五畝漸成終老計，九重新掃舊巢痕。
豈惟見慣沙鷗熟，已覺來多釣石溫。長與東風約今日，暗香先返玉梅魂。
——〈六年正月二十日，復出東門，仍用前韻〉

這三首同韻的七律寫作時間分別為神宗元豐四年（一〇八一）、元豐五年、元豐六年，地點分別是今天湖北麻城市岐亭和貶所黃州。即使處在人生的困境，作者仍然能感受到「江柳搖村」的春意

——「盡放青青沒燒痕」，仍然能感受到「半瓶濁酒待君溫」的人際溫暖。明知世事人生只如一場縹緲的春夢，時過境遷會泯滅一切痕跡，但他仍然保持著濃厚的生活興致——「走馬還尋去歲村」，仍然還看重人間的友情——「野老蒼顏一笑溫」，友誼、人情給他那顆敏感的心靈以溫暖和慰藉。哪怕是被貶於「亂山環合」的「淮南盡處村」，仍舊對未來充滿希望——「長與東風約今日」，在蘇軾的人生字典中從來沒有冷漠、悲觀、絕望這類字眼。

因而，他詩歌中另一突出的主題是抒寫對人生的熱愛、對鄉土的眷戀、對友情的珍視、對自然的迷戀，他在這種眷戀、珍視和熱愛中執著地尋求生活的意義和存在的價值，尋求對現實的解脫與超越。〈遊金山寺〉抒發了他濃郁的鄉思：

**我家江水初發源，宦遊直送江入海。聞道潮頭一丈高，天寒尚有沙痕在。**
**中泠南畔石盤陀，古來出沒隨濤波。試登絕頂望鄉國，江南江北青山多。**
**羈愁畏晚尋歸楫，山僧苦留看落日。微風萬頃靴文細，斷霞半空魚尾赤。**
**是時江月初生魄，二更月落天深黑。江心似有炬火明，飛焰照山棲鳥驚。**
**悵然歸臥心莫識，非鬼非人竟何物？江山如此不歸山，江神見怪驚我頑。**
**我謝江神豈得已，有田不歸如江水！**

這首詩寫於神宗熙寧四年（一〇七一）詩人外調杭州時，通過在金山寺的遠眺之景，抒寫自己在政治上受到打擊後的迷惘和抑鬱心情，並借江神的顯靈流露出惆悵而又濃郁的鄉情。詩的結尾說「有田不歸如江水」，然而蘇軾一輩子沉浮宦海，不斷地被政敵貶往各地，後來再沒有回過他魂牽夢縈的故鄉，於是他就把對鄉土的眷戀昇華為對貶所的摯愛：

**未成小隱聊中隱，可得長閒勝暫閒。我本無家更安往，故鄉無此好湖山。**

——〈六月二十七日望湖樓醉書五首〉其五

**羅浮山下四時春，盧橘楊梅次第新。日啖荔枝三百顆，不妨長作嶺南人。**

——〈食荔枝二首〉其二

**雨洗東坡月色清，市人行盡野人行。莫嫌犖确坡頭路，自愛鏗然曳杖聲。**

——〈東坡〉

他熱愛自然，一塊奇石，一朵梅花，一株海棠，一棵松樹，一尾小魚，都能引起他濃厚的興趣，有時甚至達到了痴情的地步。他的山水詩在對自然的新奇感受中，融進了詩人自己灑脫曠達的個性，所創造的意境優美動人：

**水光瀲灩晴方好，山色空濛雨亦奇。欲把西湖比西子，淡妝濃抹總相宜。**

——〈飲湖上初晴後雨二首〉其二

**黑雲翻墨未遮山，白雨跳珠亂入船。捲地風來忽吹散，望湖樓下水如天。**

——〈六月二十七日望湖樓醉書五首〉其一

**東風嫋嫋泛崇光，香霧空濛月轉廊。只恐夜深花睡去，故燒高燭照紅妝。**

——〈海棠〉

他也熱愛藝術，自己不僅是繪畫和書法名家，也是繪畫和書法的鑑賞家、評論家，留下了大量優美的題畫詩和品書法詩。〈石鼓歌〉宏闊整練，〈王維吳道子畫〉奇縱瀏亮，〈書韓幹牧馬圖〉渾厚遒勁，而〈惠崇春江曉景二首〉其一清新別致，〈書李世南所畫秋景二首〉其一疏曠淡遠：

**竹外桃花三兩枝，春江水暖鴨先知。蔞蒿滿地蘆芽短，正是河豚欲上時。**

——〈惠崇春江曉景二首〉其一

**野水參差落漲痕，疏林攲倒出霜根。扁舟一棹歸何處？家在江南黃葉村。**

——〈書李世南所畫秋景二首〉其一

熱愛自然也好，熱愛藝術也好，珍視友情也好，它們都源於詩人熱愛生活、熱愛人生，哪怕是處在最艱難的時刻，哪怕是身在最荒涼落後的地方，詩人總能咀嚼出生活深永的美來。下面兩首詩一寫於貶所黃州，一寫於流放地儋州（今海南島西部）：

**掃地焚香閉閣眠，簟紋如水帳如煙。客來夢覺知何處？掛起西窗浪接天。**

——〈南堂五首〉其五

**寂寂東坡一病翁，白鬚蕭散滿霜風。小兒誤喜朱顏在，一笑那知是酒紅。**

——〈縱筆三首〉其一

蘇詩的風格豐富多彩，奔放而宛轉、新奇而自然是其風格的主要特徵。這種詩風在他的七言長篇中得到了充分的體現，代表作有〈王維吳道子畫〉、〈石鼓歌〉、〈遊金山寺〉、〈戲子由〉、〈書王定國所藏煙江疊嶂圖〉等。這些詩無不放筆快意，氣勢縱橫馳驟，意境雄奇壯闊，既一意傾瀉又宛轉曲折，既恣意揮灑又舒捲自如，他對吳道子畫的兩句讚語——「出新意於法度之中，寄妙理於豪放之外」——可以現成地拿來評價他自己的詩歌。就蘇軾的氣質個性和藝術創造而言，只有七言古詩這種體裁才能自由揮灑他的奇情壯采，讓他的奇語快句與警言妙句如瓶瀉水。他的律、絕近體詩也像不假思索衝口而出，不屑於在字法句法中苦心翻奇鬥巧，和他的七言古詩一樣一氣舒捲豪放不羈，但筆力所到別具清新天然的神韻。

他豪放馳驟的才情也表現在他想像的豐富奇幻上。人們常讚美蘇詩比喻新奇別致，喜歡用一連串五顏六色的形象來比喻同一對象，弄得讀者眼花繚亂、應接不暇，而這種比喻的豐富新奇正來於他想象的豐富新奇，如〈百步洪二首〉其一寫水勢的迅急洶湧：

**長洪斗落生跳波，輕舟南下如投梭。水師絕叫鳧雁起，亂石一線爭蹉磨。**
**有如兔走鷹隼落，駿馬下注千丈坡。斷絃離柱箭脫手，飛電過隙珠翻荷。**
**四山眩轉風掠耳，但見流沫生千渦……**

頭四句寫長洪陸落的迅猛氣勢，舟行其中就像投擲梭子般急速，連駕船的老手也嚇得驚叫，連見慣了急流的野鴨也嚇得驚飛。接下來四句或寫水勢之猛或寫船行之疾，七個妙語連篇而下：水勢如狡兔疾走、鷹隼猛落，如駿馬奔千丈險坡，輕舟行水如斷絃離柱、飛箭脫手、飛電過隙，如荷葉上翻滾的水珠，真個把輕舟疾流形容得窮形盡相。〈讀孟郊詩二首〉其一接連用一連串形象的比喻來描寫讀孟詩時獨特的審美感受：「夜讀孟郊詩，細字如牛毛。寒燈照昏花，佳處時一遭。孤芳擢荒穢，苦語餘詩騷。水清石鑿鑿，湍激不受篙。初如食小魚，所得不償勞。又似煮彭蜞，竟日持空螯。」這些比喻新穎奇妙又貼切自然。

他那豪放馳驟隨意揮灑的才情，又表現在暢達流利的語言和精警俏皮的議論中。由於學識淵博宏富，他往往在詩中信手拈來許多典故、佛語、道書、小說和俚語俗語，暢發議論，嬉笑怒罵，以文為詩。這一方面使他的詩歌汪洋恣肆、風調流利，另一方面又使他的詩歌傷於刻露、傷於冗散，詩人有時只顧自己矜才炫學而忘了兼顧詩歌自身的含蓄蘊藉。

與議論化相關是他詩中的理趣，蘇軾有詩人的熱烈豪宕，也有哲人的敏銳機鋒，幾番風雨的摧折促使他靜觀世事與人生，加之與僧人道士的頻繁接觸，對釋典道經的沉潛玩味，他喜歡從自然風物與社會事件中去發現、去領悟人生的價值與生活的意義，像前文引過的〈和子由澠池懷舊〉，又如〈題西林壁〉：

**橫看成嶺側成峰，遠近高低各不同。不識廬山真面目，只緣身在此山中。**

這類詩主要不是以意境的優美耐人回味，而是以濃烈的機鋒令人叫絕，別具一種似在情理之中又出人意料之外的機智。當然，蘇詩也有由理趣墮入理障的時候，時露枯燥、粗率、敷衍的敗筆。

蘇軾晚年隨著環境與心境的變化，審美趣味也隨之發生了變化。由仰慕陶淵明為人的高風進而偏嗜陶淵明平淡的詩風，他自己的詩歌風格變得樸素平淡。他寫了一百多首和陶詩，比較著名的有〈和陶止酒〉、〈和陶歸園田居〉等，還寫了不少模仿陶詩的作品。他的門人黃庭堅稱讚說：「彭澤千載

人，東坡百世士。出處雖不同，風味乃相似。」（〈跋子瞻和陶詩〉）

這類詩中固然不乏真樸雋永的名篇，但散緩、木質的淺易之作也不少，因為蘇軾那種豪放俊邁的氣質與陶淵明畢竟相差太遠。

蘇軾的詩歌是宋詩藝術革新的完成，代表北宋詩歌的最高成就，後世常將他與李、杜並稱，有人還認為他兼有李、杜之長（見明袁宏道〈答梅客生開府〉）。他的詩情沒有李白的雄強剛摯，但比李白更豁達、更超曠；沒有杜甫的深沉博大，但比杜甫更風趣、更靈動，因而，理所當然贏得了歷代詩人的崇拜和廣大讀者的喜愛。

# 第四節　東坡詞的創作成就

相對於他的詩、文創作，蘇軾對詞的用力較少，但蘇詞的成就和在詞史上的影響至少和他的詩、文同樣巨大——也許可以說比後二者更大些。蘇詩不能說超越了李、杜，蘇文也不能說超越了韓、柳，而蘇詞在詞史上的地位卻可說前無古人、後啟來者。

詞在晚唐五代以後，逐漸由民間走向了「花間」，成了達官貴人在歌筵酒席上侑酒娛賓和「析酲解慍」的工具（晏幾道《小山詞》〈自序〉），歐陽脩就直截了當地說他填詞是為了「聊佐清歡」（〈西湖念語〉）。填詞大多專為「應歌而作」，由於內容和娛樂的需要，詞寫得語嬌聲顫、柔婉嫵媚，「男子而作閨音」（清田同之《西圃詞說》）成為填詞的普遍傾向，一代名臣晏殊也曾作「婦人語」（宋胡仔《苕溪漁隱叢話前集》卷二十六）。大部分詞作者並沒有想用它來抒情言志，只是用它來「簸弄風月」（宋張炎《詞源．賦情》）而已，因此詞人真正的思想情感在詞中得不到反映。這一方面形成了詞風的千人一面，如晏殊、歐陽脩、晏幾道的詞往往相混，晏、歐詞也與《陽春》、《花間》詞難分，因為這些詞並不是詞人個性人格的真實表現，詞作本身也就缺乏鮮明的個性特徵；另一方面又使詩與詞表現不同的心境、不同的人格。作家板起面孔來寫詩文，卸下面具來填詞曲，詩文中是以德業文章自命的偉丈夫，詞中卻是打情罵俏的浪蕩子。只范仲淹和王安石等人才偶爾在詞中露出「窮塞主」（宋魏泰《東軒筆錄》引歐陽脩評范仲淹〈漁家傲〉語）和政治家的真面目。詞發展到柳永才有一些新的變化，舉凡山村水驛、夕陽殘照、吳都帝會、悲秋客子、幽怨佳人，無一不譜進他的樂章，但他的大部分詞也是為應歌而作，主要仍為倚門賣唱的歌妓立言。在〈煮海歌〉一詩中痛切反映鹽民生活貧苦的柳永，在詞中則主要以一個風流浪子的面貌出現。等到蘇軾登上詞壇，詞的創作才進入新的里程碑，東坡詞完成了詞史上的重要變革。

擺脫歌詞對音樂的依賴關係，是蘇軾變革詞體的重要標誌。他認為詞是「詩之裔」（〈祭張子野文〉），以創作詩的態度來創作詞，使人發現了歌詞這種特殊詩體的內在潛力。它可以通過句法、字聲和韻調的安排來適應音樂曲調，成為一種合樂可歌的歌詞，也可以按自身的格式變化發展成為一種獨立的抒情詩體。蘇軾以詞抒情言志突破了「詩尊詞卑」、「詩莊詞媚」的傳統觀念，確立了詞作為一種獨立抒情詩體的地位，正如宋胡寅在〈向薌林酒邊集後序〉中所說的：「詞曲者，古樂府之末造也……文章豪放之士，鮮不寄意於此者，隨亦自掃其跡，曰謔浪遊戲而已也。唐人為之最工，柳耆卿後出，掩眾製而盡其妙，好之者以為不可復加。及眉山蘇氏一洗綺羅香澤之態，擺脫綢繆宛轉之度，使人登高望遠，舉首高歌，而逸懷浩氣，超然乎塵垢之外，於是《花間》為皂隸，而柳氏為輿臺矣。」

蘇軾以寫詩的態度並借用某些寫詩的方法作詞，因而拓展了詞的題材，提高了詞的境界，豐富了詞的表現技巧，使詞體在藝術上走向全面和成熟，成為一種「無意不可入，無事不可言」（清劉熙載《藝概．詞曲概》）的特殊抒情詩體。自此而後，詞不僅能言情說愛、傷離怨別，也像詩一樣能議政言事、悟道參禪、感舊懷古、言志抒懷；詞景不再只限於珠簾翠幕、閨閣亭園，也像詩一樣能寫大漠窮秋、崇山峻嶺、長江大河，如：

**明月幾時有？把酒問青天。不知天上宮闕，今夕是何年，我欲乘風歸去，又恐瓊樓玉宇，高處不**

勝寒。起舞弄清影，何似在人間！
轉朱閣，低綺戶，照無眠。不應有恨，何事長向別時圓？人有悲歡離合，月有陰晴圓缺，此事古難全。但願人長久，千里共嬋娟。

——〈水調歌頭〉

大江東去，浪淘盡、千古風流人物。故壘西邊，人道是、三國周郎赤壁。亂石崩雲，驚濤裂岸，捲起千堆雪。江山如畫，一時多少豪傑！
遙想公瑾當年，小喬初嫁了，雄姿英發。羽扇綸巾，談笑間、檣櫓灰飛煙滅。故國神遊，多情應笑我，早生華髮。人生如夢，一尊還酹江月。

——〈念奴嬌．赤壁懷古〉

前者寫於宋神宗熙寧九年（一〇七六）知密州時，詞前小序說：「丙辰中秋，歡飲達旦，大醉，作此篇，兼懷子由。」中秋對月懷人這個古代詩文中常見的主題，在蘇軾筆下卻頓成奇逸。首句破空而來，「明月幾時有」問得突兀奇崛。接下來寫眺望中秋明月，時而湧現「乘風歸去」的異想，轉而又擔心那瓊樓玉宇的高寒；時而責怪明月偏照無眠的寡情，忽而又生人月命運相同的自慰；尋求解脫而希望飄然遠引，終因拋捨不下家園親友還是留在現實人間，詞境既超絕塵凡又親切溫暖，用筆層層轉折而又一氣貫注，難怪人們驚嘆它是「天仙化人」（清先著《詞潔》）之筆了。後首於元豐五年（一〇八二）作於黃州貶所，它一開篇就高唱入雲，把人帶進一個驚心動魄的雄奇境界，萬里東去的大江與千古風流人物，美麗如畫的江山與雄姿英發的豪傑，彼此交相輝映。下片的換頭處續寫三國英雄儒雅倜儻的風姿、從容鎮定的大將風度，結尾部分雖然寫到歲月悠悠而人生有限，英雄已矣壯志成虛，但詞人很快以曠達之筆驅走衰颯之情。氣度之恢宏，境界之闊大，襟懷之超曠，筆致之跌宕，在詞史上都屬前所未有。

蘇軾入仕之初「奮厲有當世志」（蘇轍〈亡兄子瞻端明墓誌銘〉），自杭州赴密州途中寄贈弟弟蘇轍的〈沁園春〉說：「當時共客長安，似二陸初來俱少年。有筆頭千字，胸中萬卷，致君堯舜，此事何難！」此時儘管在仕途上受到挫折，他的自負與豪情仍不減當年，〈江城子．密州出獵〉大有「橫槊賦詩」的氣概：

**老夫聊發少年狂。左牽黃，右擎蒼，錦帽貂裘，千騎捲平岡。為報傾城隨太守，親射虎，看孫郎。**

**酒酣胸膽尚開張，鬢微霜，又何妨！持節雲中，何日遣馮唐？會挽雕弓如滿月，西北望，射天狼。**

上面這一類詞的確「新天下耳目」，為詞壇開了豪放詞的先河。不過，蘇軾對婉約詞的貢獻同樣不可低估。《東坡樂府》中大部分仍屬婉約詞，可他突破了婉約詞專寫兒女私情的樊籠，讓它也能夠展示豐富多彩的現實生活：從山林到政壇，從悼亡到傷別，從抒寫愛情到慨嘆人生，生活的般般在在、林林總總盡收筆底，在詩風上展示了東坡詞韶秀的一面：

莫聽穿林打葉聲，何妨吟嘯且徐行。竹杖芒鞋輕勝馬，誰怕？一蓑煙雨任平生。
料峭春風吹酒醒，微冷，山頭斜照卻相迎。回首向來蕭瑟處，歸去，也無風雨也無晴。

——〈定風波〉

照野瀰瀰淺浪，橫空隱隱層霄。障泥未解玉驄驕。我欲醉眠芳草。
可惜一溪風月，莫教踏碎瓊瑤。解鞍攲枕綠楊橋。杜宇一聲春曉。

——〈西江月〉

夜飲東坡醒復醉，歸來彷彿三更。家童鼻息已雷鳴。敲門都不應，倚杖聽江聲。
長恨此身非我有，何時忘卻營營？夜來風靜縠紋平。小舟從此逝，江海寄餘生。

——〈臨江仙．夜歸臨皋〉

山下蘭芽短浸溪，松間沙路淨無泥。蕭蕭暮雨子規啼。
誰道人生無再少？門前流水尚能西！休將白髮唱黃雞。

——〈浣溪沙．遊蘄水清泉寺，寺臨蘭溪，溪水西流〉

這四首詞一寫他那坦蕩的生活態度，一寫他那灑脫的人生境界，一寫他那超逸的襟懷，一寫他永遠年輕的樂觀心態，它們生動地展露了他精神世界的不同側面，反映了詞人對存在體驗的深度。在世的沉淪使他無法佔有自己，所以引起「長恨此身非我有」的痛苦，所以有「小舟從此逝」的欲求，可是，小舟能逝向哪裡呢？江海也在人世的天羅地網之中，世事固多虛偽，人生難免淒涼，然而現實既無法超脫又不能捨棄，與其徒勞地「江海寄餘生」，還不如坦然地去迎接和擁抱生活，還是「一蓑煙雨任平生」的態度更豁達也更現實一些。所以，東坡先生並沒有掛服江邊「拏舟長嘯」而去，而仍然躺在人聲嘈雜的江邊「鼻鼾如雷」（宋葉夢得《避暑錄話》卷上），仍然在貶所黃州蘄水上「解鞍攲枕綠楊橋」。即使是處在人生的最低潮，即使已經人過中年，他仍然堅信「誰道人生無再少？門前流水尚能西！休將白髮唱黃雞」。因而，《東坡樂府》就像東坡的詩歌一樣，主要表現對現實的人際關懷、對生活的依戀、對自然的熱愛，甚至對鄉村生活也興致勃勃，如〈浣溪沙．徐門石潭謝雨，道上作五首〉：

旋抹紅妝看使君，三三五五棘籬門。相挨踏破蒨羅裙。
老幼扶攜收麥社，烏鳶翔舞賽神村，道逢醉叟臥黃昏。
——其二

簌簌衣巾落棗花，村南村北響繅車。牛衣古柳賣黃瓜。
酒困路長唯欲睡，日高人渴漫思茶。敲門試問野人家。
——其四

軟草平莎過雨新，輕沙走馬路無塵。何時收拾耦耕身？
日暖桑麻光似潑，風來蒿艾氣如薰。使君元是此中人。

——其五

久旱的春天忽降甘霖，作者在徐州謝雨，道上見到的是一幅幅喜氣洋洋的畫面：「旋抹紅妝看使君」的村姑，道邊「臥黃昏」的醉叟，古柳上「賣黃瓜」的村民，「光似潑」的桑麻，「氣如薰」的蒿艾，詞中的一切都散發著泥土的清香。詞人不是以自命不凡的文人雅士，也不是以高高在上的太守，而是以一個村民的身份來體驗這場甘霖的，所以能準確地理解並真切地傳達出農民心底的喜悅和歡快。格調明朗、樸素、清新，是北宋少有的田園詞傑作，為詞的題材開闢了新的領地。

蘇軾還提高了情詞——愛情與豔情詞的境界。晚唐五代以來男女戀情一直是詞的專利，但這類詞大多帶有濃厚的脂粉氣，有的甚至格調低俗塵下，而蘇軾的愛情詞卻別開生面：

十年生死兩茫茫。不思量，自難忘。千里孤墳，無處話淒涼。縱使相逢應不識，塵滿面，鬢如霜。
夜來幽夢忽還鄉。小軒窗，正梳妝。相顧無言，唯有淚千行。料得年年腸斷處，明月夜，短松岡。

——〈江城子・乙卯正月二十日夜記夢〉

詞人對亡妻的思念可謂刻骨銘心，感情真摯凝重，語調嗚咽低沉，意境淒涼悲切，堪稱悼亡詞中的絕唱。他的豔情詞也絕不輕浮豔俗，就是寫美人也脫盡脂粉，別具高遠飄逸的情致，如：

乳燕飛華屋。悄無人、桐陰轉午，晚涼新浴。手弄生綃白團扇，扇手一時似玉。漸困倚、孤眠清熟。簾外誰來推繡戶？枉教人夢斷瑤臺曲。又卻是、風敲竹。

石榴半吐紅巾蹙。待浮花浪蕊都盡，伴君幽獨。穠豔一枝細看取，芳心千重似束。又恐被、秋風驚綠。若待得君來向此，花前對酒不忍觸。共粉淚，兩簌簌。

——〈賀新郎〉

冰肌玉骨，自清涼無汗。水殿風來暗香滿。繡簾開，一點明月窺人，人未寢，欹枕釵橫鬢亂。

起來攜素手，庭戶無聲，時見疏星渡河漢。試問夜如何？夜已三更，金波淡，玉繩低轉。但屈指西風幾時來，又不道流年暗中偷換。

——〈洞仙歌〉

人則綽約多姿，境則清幽澄靜，雖然寫了蜀主與花蕊夫人簾內倚枕、月下攜手，但詞的格調清婉超絕而不涉淫猥。

蘇軾的詠物詞也備受人稱道，他很少對對象描頭畫腳，而是遺貌取神，「情性之外，不知有文字」

（金元好問《新軒樂府》引）。〈水龍吟．次韻章質夫楊花詞〉被張炎譽為「壓倒今古」的詠物傑作（宋張炎《詞源》），它通篇似在詠楊花又好像在寫思婦，妙在「似花還似非花」之間，「幽怨纏綿，直是言情，非復賦物」（清沈謙《填詞雜說》），詞如下：

**似花還似非花，也無人惜從教墜。拋家傍路，思量卻是，無情有思。縈損柔腸，困酣嬌眼，欲開還閉。夢隨風萬里，尋郎去處，又還被、鶯呼起。**

**不恨此花飛盡，恨西園、落紅難綴。曉來雨過，遺蹤何在，一池萍碎。春色三分，二分塵土，一分流水。細看來，不是楊花，點點是離人淚。**

蘇軾對詞的主要貢獻是：開拓了詞的表現題材，豐富了詞的表現技巧，特別是開創了豪放詞，同時也提高了婉約詞的格調。《東坡樂府》中不管是響遏行雲的豪放詞，還是蘊藉韶秀的婉約詞，它們都是蘇軾性情和人格的真實寫照。與歐陽脩等人詩與詞表現出二重人格不同，蘇詞的詞境與蘇詩的詩境可以相互映襯和補充。他的豪放詞開出了南宋以辛棄疾為代表的豪放派，婉約詞也洗去了猥褻低俗的情調，詞從此擺脫了「體卑」的地位，士大夫樂意用它來抒情言志，宋詞遂從涓涓小溪匯成漭漭洪流，它不僅可以與宋詩分庭抗禮，甚至成為有宋一代文學的代表，而且與光芒四射的唐詩並稱。這與蘇軾通過自己填詞實踐向時人和後人「指出向上一路」，並使人「登高望遠」是分不開的。

# 第四章 北宋後期的詩詞創作

活躍在北宋後期詩壇的詩人大多是蘇軾的門人或友人，不過，蘇氏對他們的影響主要限於創作態度和藝術眼界，而不是詩詞風格或寫作技巧。他那「行於所當行，常止於所不可不止」（〈與謝師民推官書〉）的創作方式，叫那些比他才氣編狹的門人無可措手，而他厭惡強行「使人同己」（〈答張文潛縣丞書〉）的寬容大度，則又激勵了門人充分發展自己的創作個性，因此，這時的詩詞創作異彩紛呈，黃庭堅、張耒、晁補之、秦觀、賀鑄、陳師道、周邦彥各不相襲。其中，最重要的作家是黃庭堅與周邦彥。黃詩盡宋詩之變，並成為江西詩派的奠基者；周詞上集唐五代至北宋詞藝之大成，下開格律詞派。黃詩周詞同為宋代詩詞發展的轉捩點，過去一任性情驅使的詩詞創作，逐漸讓位於全由技巧的研練、思索與安排。

北宋後期詩壇上是江西詩派的天下，黃庭堅雖出蘇軾之門，其詩歌主張和詩歌創作都不同於蘇軾，其詩歌和詩論的突出特點就是尋求詩歌語言的「陌生化」。為了避免語言的熟滑庸腐，他破棄聲律，顛倒平仄，押險韻，造硬語，以使詩語夭矯生新，形成一種奇崛拗峭的詩風。他生前就有一大批追隨者，並逐漸形成影響深遠的江西詩派。

秦觀將婉約詞提高到一個新的高度，其藝術特點是筆輕、語麗、情柔。賀鑄的《東山詞》中雖不乏風雲豪氣，但更多的還是寫兒女柔情，詞風仍以婉約為主。

周邦彥集唐五代至北宋詞藝之大成，唐宋詞法「至此大備」，被前人譽為「詞中老杜」。這種藝術上的集大成主要表現在：結構的細密曲折，語言的典雅渾成，音調的和諧優美。

## 第一節 黃庭堅與「江西詩派」

黃庭堅（一〇四五～一一〇五），字魯直，號山谷道人，晚年又號涪翁，洪州分寧（今江西修水）人。他出身於書香門第，父親黃庶是專學杜甫、韓愈的詩人，兩位岳父孫覺和謝景初也是飽學之士，謝景初寫詩同樣崇尚杜甫。他的舅父李常是詩人兼藏書家。他從少年起就博覽群書，除熟讀儒家經典外，還廣泛涉獵老莊著作、釋道經典、稗史小說。良好的家庭環境和個人的勤奮好學造就了他的多才多藝，成為一代著名的詩人、詞人和書法家。

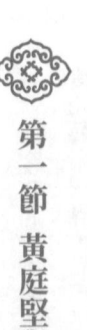

黃庭堅於宋英宗治平四年（一〇六七）登進士第，不久任汝州葉縣縣尉，神宗熙寧五年（一〇七二）任北京國子監教授。元豐三年（一〇八〇）出知吉州太和縣，赴任途中遊三祖山上的山谷寺，因喜其勝境，便自號為山谷道人。哲宗元祐元年（一〇八六）以秘書省校書郎為《神宗實錄》檢討官，遷著作佐郎。這期間，蘇軾兄弟為朝廷清要，他與張耒、晁補之等在蘇軾周圍往返唱酬。紹聖元年（一〇九四）以修實錄不實的罪名外貶涪州別駕，因而又自號涪翁。宋徽宗崇寧二年（一一〇三）再謫宜州，兩年後卒於宜州貶所。

雖然他對王安石個人十分崇敬，認為他是「視富貴如浮雲」的「一世之偉人」（〈跋王荊公禪簡〉），對王安石的經學造詣也傾心折服，稱其「妙處端不朽」（〈奉和文潛贈無咎篇末多見及以既見君子云胡不喜為韻其七〉），對變法的態度也比較客觀，舊黨後來全部廢棄新法時他還深為惋惜，但作為蘇軾的門人，他在政治上與蘇軾一直共沉浮，一生從未官居要職卻頻遭打擊與壓抑。所幸的是，他在政壇上雖屢經貶斥，在詩壇上卻備受推崇，其詩最後與蘇軾並稱「蘇黃」，並以鮮明的詩風和系統的詩論，吸引了一大批崇拜者和模仿者，形成後來影響深遠的江西詩派。

黃庭堅追求藝術上的戛戛獨造，創作上從不俯仰隨人，雖然是「蘇門四學士」之一（即黃庭堅、張耒、晁補之、秦觀），但「山谷於詩每與東坡相抗」（金王若虛《滹南遺老集》卷四十五），他自己也強調「隨人作計終後人，自成一家始逼真」（〈題樂毅論後〉）。他詩歌和詩論的突出特點就是尋求詩歌語言的「陌生化」，破棄聲律，顛倒平仄，押險韻，搜僻典，造硬語，無非是要力避語言熟滑庸腐的套數，使詩語夭矯生新，形成一種奇崛、拗峭的詩風，以立異求奇來新人耳目。他是如何實現這一目的呢？

首先，是著名的「點鐵成金」、「奪胎換骨」法。「點鐵成金」說見於他的〈答洪駒父書〉：

**自作語最難。老杜作詩，退之作文，無一字無來處，蓋後人讀書少，故謂韓、杜自作此語耳。古之能為文章者，真能陶冶萬物，雖取古人之陳言入於翰墨，如靈丹一粒，點鐵成金也。**

從肯定的意義上說，這段話主張大量積累融匯前人的語言，並在此基礎上推陳出新。語言具有相對的穩定性，學習古人的語言是積累豐富自身詞彙的重要渠道之一，取古人的陳言入自己的翰墨，只要不簡單抄襲而是活用變化，也不失為繼承文學遺產的一種手段。任何詩人不可能憑空自造一套語彙，因而「點鐵成金」無可厚非。由此出發，他強調作詩必須讀書「精博」、「長袖善舞，多錢善賈」（〈與王觀復書〉），又告訴別人說：「作賦要讀《左氏》、《前漢》精密，其佳句善字，皆當經心，略知某處可用，則下筆時源源而來矣。」（〈答曹荀龍〉）運用古人的警言、「佳句」、「善字」來給自己的作品增色生輝，這在理論和創作上都說得過去。「成金」並沒有什麼不好，問題是如何「點鐵」，這就引申出了「換骨奪胎」說。宋釋惠洪《冷齋夜話》卷一載：「山谷云：詩意無窮，而人之才有限，以有限之才追無窮之意，雖淵明、少陵不得工也。然不易其意而造其語，謂之換骨法；規模其意而形容之，謂之奪胎法。」所謂換骨法，就是用自己的語言表達前人的詩意，也就是與前人的詩歌意同而語異，如他的〈寄家〉詩：「近別幾日客愁生，固知遠別難為情。夢回官燭不盈把，猶聽嬌兒索乳聲。」詩的後句就本於韓愈〈此日足可惜贈張籍〉：「驕女未絕乳，念之不能忘。忽如在我前，耳若聞啼聲。」

黃詩把韓詩的四句濃縮在最後一句裡，襲其詩意而異其詩語。奪胎法就是點竄前人詩句或採用前人詩意而稍加變化，使之與自己的詩境融合，如他的〈夜發分寧寄杜澗叟〉：

**陽關一曲水東流，燈火旌陽一釣舟。我自只如常日醉，滿川風月替人愁。**

詩的後二句就是從歐陽脩〈別滁〉的後二句化出的：「我亦且如常日醉，莫教絃管作離聲。」這就由對前人的借鑑變成了對前人的借用，由陶冶古今的艱苦勞作變成了偷懶取巧的小聰明。王若虛曾尖銳地指出：「魯直論詩，有奪胎換骨、點鐵成金之喻，世以為名言，以予觀之，特剽竊之黠者耳。」（《滹南遺老集．詩話》）

其次，是運用拗格和喜押險韻。黃庭堅最忌的是詩語卑弱庸俗，主張「寧律不諧，而不使句弱；用字不工，不使語俗」（〈題意可詩後〉），他自己寫詩大量使用拗句拗律。拗律就是破壞規定的平仄格式，拗句就是打亂正常的語法順序，或者省去一些句子成分。如〈題落星寺嵐漪軒〉其三：

**落星開士深結屋，龍閣老翁來賦詩。小雨藏山客坐久，長江接天帆到遲。**
仄平平仄平仄仄，平仄仄平平仄平。仄仄平平仄仄仄，平平仄平平仄平。
**宴寢清香與世隔，畫圖妙絕無人知。蜂房各自開戶牖，處處煮茶藤一枝。**
仄仄平平仄仄仄，仄平仄仄平平平。平平仄仄平仄仄，仄仄仄平平仄平。

詩中八句的平仄都不合律，頸聯「宴寢清香與世隔，畫圖妙絕無人知」，出句連用三仄聲收尾，對句也相應地連用三平聲作結。又如另一首名詩〈次韻裴仲謀同年〉：

**交蓋春風汝水邊，客床相對臥僧氈。舞陽去葉纔百里，賤子與公皆少年。**
**白髮齊生如有種，青山好去坐無錢。煙沙篁竹江南岸，輸與鸕鶿取次眠。**

頷聯「舞陽去葉纔百里，賤子與公皆少年」，出句第六字應用平聲，可「百里」這一客觀事實又不便改動，只得保留仄聲「百」字，於是對句當用仄聲的第五字改用平聲「皆」字以救上句之拗。詩人在這些地方煞費苦心，以獲得一種拗折的聲調。他詩中拗句的例子就更多，如：「風雨極知雞自曉，雪霜寧與菌爭年」（〈再次韻寄子由〉）、「心猶未死杯中物，春不能朱鏡裡顏」（〈次韻柳通叟寄王文通〉）。為了追求奇險的藝術效果，他有意押險韻，如〈子瞻詩句妙一世，乃云效庭堅體，蓋退之戲效孟郊、樊宗師之比，以文滑稽耳，恐後生不解，故次韻道之〉押「降」、「扛」、「雙」、「龐」一類的險韻。他通過這些技巧上的功夫，的確收到了矯滑熟避平庸的功效，他的詩歌語言也因之而拗峭生新、挺拔健舉。

最後是用奇字僻典，造語奇崛瘦硬。由於黃庭堅學識廣博，有本錢「資書以為詩」（劉克莊〈韓隱君詩〉語），求奇的趣尚又使他拋開人們習見的典故字面，揀那些生冷的字和偏僻的典入詩，典故的來源從經史一直到小說，從遠古一直到近代，從儒家一直到釋道，讀他的詩就像在滿是石頭的路上行車，要不時停下來掃清這些故典的障礙。學識的廣博反而造成他詩語的偏狹，追求生新卻落得了生澀。不過，他的詩歌語言的確有別開生面的地方，許多詩句文氣跌宕、硬語盤空。如「清坐一番春雨歇，相思千里夕陽殘」（〈和答登封王晦之登樓見寄〉），「詩酒一言談笑隔，江山千里夢魂通」（〈夏日夢伯兄寄江南〉），「管城子無食肉相，孔方兄有絕交書」（〈戲呈孔毅父〉），它們別具傲兀奇崛之趣。

從總體上看，黃庭堅的詩論雖然主張寫詩要自成一家，但它強調的是舊料翻新而不是真正的藝術創造，它只注意到了「左準繩右規矩」（〈跋書柳子厚詩〉）的詩法，而忽略了詩歌創作是一種藝術創造的本質特徵，在一定程度上把詩當作了一種工藝，因而其詩論不可避免地帶有匠氣。儘管他在避免詩句滑熟上提供了一些有益的法門，但沒有抓住詩歌創作的核心：詩語的生新來源於詩人感受和體驗方式的更新。

幸好他的詩論並沒有使他作繭自縛，在創作實踐中他仍不失為一個藝術上獨樹一幟的優秀詩人。在句法韻律和佈局謀篇上刻意出奇，形成了他自己特有的藝術風貌；抒情寫意透過數層，深折而透闢；煉句琢字一洗腥腴，老辣而蒼勁；押韻造語盡棄平熟，拗峭而奇險。蘇軾譽其詩「格韻高絕，盤飧盡廢」（蘇軾〈書黃魯直詩後二首〉其二）。

他的集中各體詩都有佳構。七古〈次韻子瞻題郭熙畫秋山〉命意曲折，行文於排奡中見妥帖，處處以逆筆作頓宕勾勒，既跌宕恣肆又法度謹嚴。〈書磨崖碑後〉更是大氣包舉，宏肆的議論出之以高峻的聲調，用筆縱橫捭闔又意脈流貫，前人認為其筆法絕似司馬遷的《史記》。當然，他更拿手的還是近體詩，如：

我居北海君南海，寄雁傳書謝不能。桃李春風一杯酒，江湖夜雨十年燈。
持家但有四立壁，治病不蘄三折肱。想得讀書頭已白，隔溪猿哭瘴溪藤。

——〈寄黃幾復〉

痴兒了卻公家事，快閣東西倚晚晴。落木千山天遠大，澄江一道月分明。
朱絃已為佳人絕，青眼聊因美酒橫。萬里歸船弄長笛，此心吾與白鷗盟。

——〈登快閣〉

投荒萬死鬢毛斑，生入瞿塘灩澦關。未到江南先一笑，岳陽樓上對君山。

——〈雨中登岳陽樓望君山二首〉其一

滿川風雨獨憑闌，綰結湘娥十二鬟。可惜不當湖水面，銀山堆裡看青山。

——〈雨中登岳陽樓望君山二首〉其二

這些詩不管是寫景物還是抒情懷，無不曲盡其妙。採《左傳》、《史記》中的典故和語言入詩不但不流於晦澀，反而給近體詩平添了許多古樸的風味，如〈寄黃幾復〉；「移太白歌行於律詩」（引自清方東樹《續昭昧詹言》卷七），開闔頓挫又一氣盤旋，如〈登快閣〉；以挺拔的文辭寫雄奇的境界，極遷想妙得之觀，如〈雨中登岳陽樓望君山〉二首。他有些詠物詩既洗淨陳言又平易曉暢，如〈詠雪奉呈廣平公〉：

**連空春雪明如洗，忽憶江清水見沙。夜聽疏疏還密密，曉看整整復斜斜。**

**風回共作婆娑舞，天巧能開頃刻花。正使盡情寒至骨，不妨桃李用年華。**

此詩寫春雪真是形神兼備，由聽覺（「夜聽」）而視覺（「曉看」）而觸覺（「寒至骨」），從多種角度寫盡了春雪的意態，難怪蘇軾對此詩「極口稱重」了，並說三四句「正是佳處」（宋呂本中《紫微詩話》）。

綜觀黃庭堅的詩歌創作，他是一個文雅淵博的學者型詩人，對語言形式美十分敏感，憑藝術上的獨創得以與蘇軾齊名，但他既沒有蘇軾那種飄逸迷人的個性，也沒有蘇軾那種大江奔湧的才情，更沒有蘇軾那種對生活與生命細膩的感受與深微的透悟。為了在創作上自成一家，他不惜在藝術技巧上走偏鋒，因而缺乏蘇軾那種包羅萬匯的大家氣度。雖然他一生四處顛簸，有不少機會接觸下層社會，可是除〈流民嘆〉、〈送范德孺知慶州〉等極少數篇章反映人民生活和社會的緊迫問題以外，他的體驗和感受範圍沒有超出他所交往的社交圈子，社會生活的許多方面沒有進入他的視野，他的詩歌大部分是與朋友知己之間的次韻相酬或題詩品畫。他學習杜甫只在語言上剝落浮華削膚存液，失去了杜甫那種博大渾厚的氣象；他「死力造句，專在句上弄遠，成篇之後，意境皆不甚遠」（清方東樹《昭昧詹言》卷十二），有時甚至弄得乾澀枯窘。當然，這只是把黃庭堅作為一個影響一代詩風的大師來要求時才暴露的不足，這種種缺陷並不足以否定他是一位富於奇才奇思奇氣的傑出詩人。

他對宋代詩壇的影響之大無人可及，北宋末期和南宋都在他的籠罩之下，劉克莊稱他是「本朝詩家宗祖」（《後村先生大全集》），連高才如蘇軾也寫過「效庭堅體」，陸游這樣的大詩人早年也是他詩歌的愛好者和效仿者。生前，他周圍就有一大批追隨者，死後不久呂本中就提出了「江西詩派」的名稱，並把他尊為江西詩派之祖，還曾作《江西詩社宗派圖》，原書已佚，《苕溪漁隱叢話前集》卷四十八載：「呂居仁近時以詩得名，自言傳衣江西，嘗作《宗派圖》，自豫章以降，列陳師道、潘大臨、謝逸、洪芻、饒節、僧祖可、徐俯、洪朋、林敏修、洪炎、汪革、李錞、韓駒、李彭、晁沖之、江端本、楊符、謝薖、夏傀、林敏功、潘大觀、何覬、王直方、僧善權、高荷，合二十五人以為法嗣，謂其源流皆出豫章也。」這二十五人中江西籍作家只有十一人，主要是由於創始人是江西籍所以才命名為江西詩派。南宋程叔達編有《江西宗派詩集》一百一十五卷，曾鞏的族侄曾紘編有《江西續宗派詩集》兩卷。楊萬里在〈江西宗派詩序〉中說：「江西宗派詩者，詩江西也，人非皆江西也。」

列入江西詩派的詩人，其創作態度和方法與黃庭堅十分接近或大體一致。宋末元初的方回在《瀛奎律髓》卷二十六說：「古今詩人，當以老杜、山谷、後山、簡齋四家為一祖三宗。」一祖就是江西派詩人尊為典範的杜甫，三宗指黃庭堅、陳師道、陳與義。這一提法進一步明確了該詩派的淵源、承傳與代表作家。北宋末年江西詩派的前期詩人中以陳師道為代表，南宋時期詩人中以陳與義為代表。

陳師道（一〇五三～一一〇二），字履常，一字無己，號後山居士，徐州彭城（今江蘇徐州市）人。早年從曾鞏學為文，後從蘇軾遊，成為「蘇門六君子」之一（即「蘇門四學士」加上陳師道、李廌二人）。陳師道對黃庭堅的詩歌傾慕不已，他們雖然同出蘇門，但他在〈贈魯直〉一詩中說：「陳詩傳筆意，願立弟子行。」由此可以想見他自己的詩歌創作受黃庭堅的影響之深。

陳師道終身與貧窮作伴，有時貧困到寄食求衣的程度。為人耿介孤直，不願與世沉浮隨人俯仰，一生的寄託和追求就在文學辭章，特別是「少好之，老而不厭」（陳師道〈答秦觀書〉）的詩歌創作，所以他寫詩的態度十分嚴肅認真，據說每一詩成就「揭之壁間，坐臥哦詠，有竄易至月十日乃定，有終不如意者，則棄去之」（宋徐度《卻掃編》卷中）。他的精神生活談不上豐富，個人的興趣也比較狹窄，藝術上屬偏至之才。詩歌的主要內容是咀嚼貧困，並回味貧困中夫婦、父子、師友等人情的溫暖，對自己所親歷的生活體驗深至，長於用樸素的字句抒真摯的情懷：

**去遠即相忘，歸近不可忍。兒女已在眼，眉目略不省。**
**喜極不得語，淚盡方一哂。了知不是夢，忽忽心未穩。**

——〈示三子〉

**歲晚身何託？燈前客未空。半生憂患裡，一夢有無中。**
**髮短愁催白，顏衰酒借紅。我歌君起舞，潦倒略相同。**

——〈除夜對酒贈少章〉

**書當快意讀易盡，客有可人期不來。世事相違每如此，好懷百歲幾回開？**

——〈絕句四首〉其四

這些詩筆力簡勁，運思巉刻，樸實古拙中寓清新奇峭，很能代表他的藝術個性。如「兒女已在眼，眉目略不省。喜極不得語，淚盡方一哂」，寫久別歸家見到兒女後喜極而泣，真可謂曲盡人情。「半生憂患裡，一夢有無中」概括自己一生的艱辛，「書當快意讀易盡，客有可人期不來」，更寫盡了失落與遺憾。字字都簡潔瘦勁，句句都奇特生新。他學黃庭堅而能與黃庭堅齊名，藝術上二人各有其至處，但總的成就和影響不及黃庭堅。

陳與義的詩歌創作留待下章論及。

## 第二節 秦觀與賀鑄的詞作

蘇軾首先以詞來抒寫自己的逸懷浩氣，一洗晚唐五代以來的「綺羅香澤之態」，為詞人「指出向上一路」，但他的門人陳師道甚至直言不諱地說蘇詞「雖極天下之工，要非本色」（《後山詩話》）。他另外兩個以詞名世的門人與友人秦觀、賀鑄，詞風也以幽微婉約為主。

### 一、「情韻兼勝」的《淮海詞》

秦觀（一〇四九～一一〇〇），字太虛，後改字少游，號淮海居士，揚州高郵（今江蘇高郵）人。史稱他年輕時志強氣盛，可惜在科舉中很不順利，「淹留場屋幾二十年」（《淮海集》卷二十二〈登第後青詞〉），直到三十七歲才考取進士。哲宗元祐初，因蘇軾等的推薦除太學博士，兼國史院編修官。紹聖初新黨當權後，他先後貶杭州、郴州、橫州、雷州等地，放還途中死於藤州。《淮海詞》中存詞七十二首，近人龍榆生補輯二十八首。他的詞在題材上沿襲「花間」，十之八九是描寫男歡女愛春恨秋愁，但他提高了這類詞的格調，除極少數作品涉於猥褻輕浮外，他以詞讚美天長地久的純潔愛情：

**纖雲弄巧，飛星傳恨，銀漢迢迢暗度。金風玉露一相逢，便勝卻人間無數。**
**柔情似水，佳期如夢，忍顧鵲橋歸路。兩情若是久長時，又豈在朝朝暮暮。**

——〈鵲橋仙〉

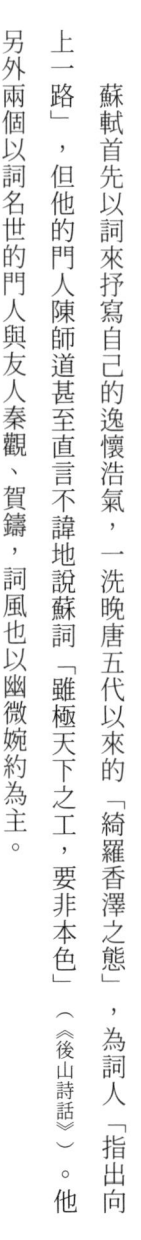

秦詞中的女性多是歌妓舞女，她們很難享受到〈鵲橋仙〉中這種天仙般的愛情，等待她們的命運常常是被玩弄、被拋棄。倚門賣笑是由於生活的逼迫，並不是她們本性水性楊花，在秦詞中她們對幸福的愛情更渴望、更執著、更專注，如〈調笑令〉中的歌妓灼灼和盼盼說：「妾願身為梁上燕，朝朝暮暮長相見，莫遣恩遷情變。」他還以憐惜的筆觸來表現青樓女子被遺棄的痛苦和辛酸：

**枝上流鶯和淚聞。新啼痕間舊啼痕。一春魚鳥無消息，千里關山勞夢魂。**
**無一語，對芳尊。安排腸斷到黃昏。甫能炙得燈兒了，雨打梨花深閉門。**

——〈鷓鴣天〉

他在賦情恨別的情詞中融進了仕途的失意和人生的感傷，「將身世之感，打併入豔情」（清周濟《宋四家詞選》評其〈滿庭芳〉「山抹微雲」闋）的結果，使詞的意蘊更為豐富，詞的意境更為淒婉，如〈水龍吟〉：「玉佩丁東別後，悵佳期參差難又。名韁利鎖，天還知道，和天也瘦。花下重門，柳邊深巷，不堪回首。」

他飽嘗了官場的險詐便更留戀愛情的溫柔，因而他賦情千迴百轉，一往情深，如：

**梅英疏淡，冰澌溶洩，東風暗換年華。金谷俊遊，銅駝巷陌，新晴細履平沙。長記誤隨車。正絮翻蝶舞，芳思交加。柳下桃蹊，亂分春色到人家。**

西園夜飲鳴笳，有華燈礙月，飛蓋妨花。蘭苑未空，行人漸老，重來是事堪嗟。煙暝酒旗斜。但倚樓極目，時見棲鴉。無奈歸心，暗隨流水到天涯。

——〈望海潮〉

山抹微雲，天連衰草，畫角聲斷譙門。暫停征棹，聊共引離樽。多少蓬萊舊事，空回首、煙靄紛紛。斜陽外，寒鴉萬點，流水繞孤村。

銷魂！當此際，香囊暗解，羅帶輕分。謾贏得、青樓薄倖名存。此去何時見也？襟袖上、空惹啼痕。傷情處，高城望斷，燈火已黃昏。

——〈滿庭芳〉

秦觀天性敏銳易感，早年為人志強氣盛，後來受到壓抑和摧殘時，他沒有蘇軾那種「一蓑煙雨任平生」（蘇軾〈定風波〉）的曠達，也沒有黃庭堅那種「風流猶拍古人肩」（黃庭堅〈定風波〉）的傲岸，所以他易感的心靈就更易於受到傷害，詞境由淒婉一變而為淒厲，調子也由柔婉一變而為哀怨，如：

碧桃天上栽和露，不是凡花數。亂山深處水縈迴，可惜一枝如畫為誰開。

輕寒細雨情何限？不道春難管。為君沉醉又何妨，祇怕酒醒時候斷人腸。

——〈虞美人〉

水邊沙外，城郭春寒退。花影亂，鶯聲碎。飄零疏酒盞，離別寬衣帶。人不見，碧雲暮合空相對。
憶昔西池會，鵷鷺同飛蓋。攜手處，今誰在？日邊清夢斷，鏡裡朱顏改。春去也，飛紅萬點愁如海。

——〈千秋歲．謫處州日作〉

霧失樓臺，月迷津渡，桃源望斷無尋處。可堪孤館閉春寒，杜鵑聲裡斜陽暮。
驛寄梅花，魚傳尺素，砌成此恨無重數。郴江幸自繞郴山，為誰流下瀟湘去？

——〈踏莎行．郴州旅舍〉

後兩首詞寫於他接連貶謫之後，無一不調苦、情悲、辭怨。他長於以清麗之筆抒柔婉之情，很少套用陳詞或賣弄典故，用自然清新的語言寫自己那細膩幽微的感受，詞風以纖柔清麗見稱，《四庫全書總目提要》稱其詞「情韻兼勝」。〈浣溪沙〉是他的代表作之一：

漠漠輕寒上小樓，曉陰無賴似窮秋。澹煙流水畫屏幽。
自在飛花輕似夢，無邊絲雨細如愁。寶簾閒掛小銀鉤。

「寒」絕非刺骨如冰，只是「輕」而已；「陰」也並不晦暗，只是「曉陰」罷了；「飛花」如「夢」那樣「輕」，「絲雨」似「愁」那樣「細」；「流水」見自「畫屏」，因而為「幽」；「寶簾」已被「掛」起，所以是「閒」，全篇的字面細而且柔，用筆輕而不重，生動地傳出了詞人那精微深婉的體驗。筆輕、語麗、情柔，典型地體現了秦觀的藝術個性。

## 二、「解作江南斷腸句」的賀鑄

賀鑄（一〇五二～一一二五），字方回，衛州（今河南衛輝市）人。他為人豪俠仗義，對現實中的是非曲直敢於放膽直言，從不回避當世權要。雖然他娶宗室趙克彰之女，自己又是宋太祖孝惠皇后的族孫，但他一生只做過右班殿直及泗州通判一類小官，在仕途上鬱鬱不得志。晚年退居蘇、杭一帶，自號慶湖遺老、北宗狂客。

史稱賀鑄「長七尺，眉目聳拔，面鐵色」（《宋史．文苑傳》），陸游在《老學庵筆記》中也說「方回狀貌奇醜」，但他的錚錚鐵骨卻裹著一副溫柔心腸，「奇醜」的狀貌更不妨礙他寫出豔麗照人的辭章。他的內心世界原本複雜豐富，為人也常叫人不可捉摸：馳馬嗾狗時像頭腦簡單的赳赳武夫，在窗下寫牛毛小楷時又像一介恬靜書生；飲酒使氣時大似劍客，軒裳角逐時又怯如處女（見程俱〈賀方回詩集序〉）。兩百多首《東山詞》真實地反映了他性格的多面性：「盛麗如遊金、張之堂；而妖冶如攬嬙、施之袪；幽潔如屈、宋；悲壯如蘇、李。」（張耒〈東山詞序〉）《東山詞》中固然不乏風雲豪氣，但更多兒女柔情，詞風仍以婉約為主：

凌波不過橫塘路，但目送、芳塵去。錦瑟年華誰與度？月橋花院，瑣窗朱戶，只有春知處。
飛雲冉冉蘅皋暮，彩筆新題斷腸句。若問閒情都幾許？一川煙草，滿城風絮，梅子黃時雨。

——〈青玉案／橫塘路〉

淡妝多態，更的的頻回眄睞。便認得琴心先許，欲綰合歡雙帶。記畫堂風月逢迎，輕顰淺笑嬌無奈。向睡鴨爐邊，翔鸞屏裡，羞把香羅暗解。
自過了燒燈後，都不見踏青挑菜。幾回憑雙燕，丁寧深意，往來卻恨重簾礙。約何時再？正春濃酒困，人閒畫永無聊賴。厭厭睡起，猶有花梢日在。

——〈薄倖〉

這兩首詞寫情纏綿卻不輕浮，宛轉而又深厚，用筆同樣都是因情佈景，融景以入情。〈橫塘路〉為詞人晚年寓居蘇州橫塘時作，因所慕佳人的凌波微步不過橫塘路，他痴情地目送芳塵遠去，並呆立到蘅皋暮雲漸合，想像佳人在瑣窗朱戶的深閨之中，這才揮動彩筆寫下叫人斷腸的詞句。外為「月橋花院」，內則「瑣窗朱戶」；其人正值「錦瑟年華」，其情多似「一川煙草」、「滿城風絮」、「梅子黃時雨」，賦情可謂深婉，用字也堪稱綺麗，最後三句博喻尤為新奇，詞人因此博得了「賀梅子」的美名。〈薄倖〉同屬懷念情人之作，上片的合歡為他們二人所共，下片的無聊為他一人所獨，全詞以昔日歡會的快樂反襯今天獨處的難熬。從「淡妝多態」到「風月逢迎」，從「輕顰淺笑」再到「暗解香羅」，極盡情侶嫵媚可人的風韻，從「不見踏青挑菜」的望眼欲穿，到叮嚀「雙燕」的深情厚意，再到「厭厭睡起」的百無聊賴，備寫自己思念的刻骨銘心，筆勢一氣貫注，鋪敘委曲詳盡，情思纏綿深摯，為賀鑄言情詞的代表作之一。

也有小部分詞寫得神采飛揚，表現了他俠義仗氣的一面，如〈六州歌頭〉：

**少年俠氣，交結五都雄。肝膽洞，毛髮聳。立談中，死生同。一諾千金重。推翹勇，矜豪縱。輕蓋擁，聯飛鞚，斗城東。轟飲酒壚，春色浮寒甕，吸海垂虹。間呼鷹嗾犬，白羽摘雕弓，狡穴俄空。樂匆匆。**

**似黃粱夢。辭丹鳳，明月共，漾孤篷。官冗從，懷倥傯，落塵籠。簿書叢，鶡弁如雲眾，供粗用，忽奇功。笳鼓動，漁陽弄，思悲翁。不請長纓，繫取天驕種，劍吼西風。恨登山臨水，手寄七絃桐，目送歸鴻。**

這首詞抒寫了詞人「報國欲死無戰場」（陸游〈隴頭水〉）的苦悶，文辭是雄文勁采，聲調為急管繁絃，感情則抑塞磊落，表現出豪壯縱恣不可一世的氣概。「不請長纓，繫取天驕種，劍吼西風」的激昂呼號，實為岳飛、辛棄疾等人愛國詞的先聲。

由於賀鑄兼有豪邁之氣與柔婉之情，所以他常以健筆寫柔情。如〈伴雲來〉本來寫悲秋懷人的孤寂情懷，但以「煙絡橫林，山沉遠照，邐迤黃昏鐘鼓」這樣的健語喝起，朱孝臧評為「橫空盤硬語」（龍榆生《唐宋名家詞選》引）。這樣以遒勁之筆抒柔婉之情，柔情才不至失之纖弱。再如〈石州引〉：

**薄雨收寒，斜照弄晴，春意空闊。長亭柳色纔黃，遠客一枝先折。煙橫水際，映帶幾點歸鴻，東風銷盡龍沙雪。猶記出關來，恰而今時節。**

**將發。畫樓芳酒，紅淚清歌，頓成輕別。已是經年，杳杳音塵都絕。欲知方寸，共有幾許清愁？芭蕉不展丁香結。望斷一天涯，兩厭厭風月。**

這首詞是詞人春日懷念情侶之作。回憶別時的「畫樓芳酒，紅淚清歌」，極盡憐愛、追悔與感傷，但詞人起筆卻以「薄雨收寒，斜照弄晴」和「煙橫水際」畫出「空闊」的「春意」，賦情委曲而細膩，但筆勢卻夭矯騰挪，氣象也闊大曠遠。

黃庭堅一首〈寄賀方回〉的絕句說：「少游醉臥古藤下，誰與愁眉唱一杯？解作江南斷腸句，只今唯有賀方回！」這既寫出了秦、賀都工於言情的特點，也隱隱指出了他們在詞壇上並駕齊驅的成就與地位。

## 第三節 周邦彥與格律詞派

如果說柳永對詞的貢獻主要在於發展了慢詞，敘事閒暇鋪陳展衍的手法使宋詞聲色大開；蘇軾對詞的主要貢獻在於提高了詞的品格，在意境和題材上開疆拓境，使詞成為「無意不可入，無事不可言」的新型抒情詩體，那麼，周邦彥的主要貢獻就在於他集五代至北宋詞藝之大成，因而論者把他奉為詞中的杜甫和書中的顏真卿：「詞中老杜，則非先生不可」（王國維《清真先生遺事》），「美成思力，獨絕千古，如顏平原書，雖未臻兩晉，而唐初之法，至此大備，後有作者，莫能出其範圍矣」（清周濟《介存齋論詞雜著》）。不過，說他是「詞中老杜」雖有過譽之嫌，但唐宋詞法「至此大備」卻近於事實。

周邦彥（一〇五六～一一二一），字美成，自號清真居士，錢塘人。《宋史．文苑傳》說他青年時「疏雋少檢，不為州里推重，而博涉百家之書」。元豐六年（一〇八三）獻〈汴都賦〉歌頌新政，深受神宗賞識，由諸生升為太學正，後歷任廬州教授、江寧府溧水縣令、秘書監等職，因他精通音律被任命為大晟府提舉，不到兩年就出知順昌府，後徙處州、睦州，方臘起義後返杭州，後居揚州，卒年六十六歲。《清真集》收詞近兩百首，今人補輯十二首。

他青年時為人的放蕩史有明文，入仕以後的私生活也並不檢點，在京師與名妓李師師的風流韻事盡人皆知，因而描寫豔情簸弄風月的詞作在集中占的比例最大。這些豔情詞寫得細膩纏綿而又情趣高雅，要麼寫情侶分離場面的淒切，如分手時難言的別語、落枕的淚花、哀怨的眼神等，要麼寫別後相思之苦，女的「鬢怯瓊梳，容銷金鏡」，男的「才減江淹，情傷荀倩」（〈過秦樓〉），又如：

月皎驚烏棲不定。更漏將殘，轆轤牽金井。喚起兩眸清炯炯，淚花落枕紅綿冷。
執手霜風吹鬢影。去意徊徨，別語愁難聽。樓上闌干橫斗柄，露寒人遠雞相應。

——〈蝶戀花．早行〉

章臺路。還見褪粉梅梢，試花桃樹。愔愔坊陌人家，定巢燕子，歸來舊處。
黯凝佇。因念箇人痴小，乍窺門戶。侵晨淺約宮黃，障風映袖，盈盈笑語。
前度劉郎重到，訪鄰尋里，同時歌舞。唯有舊家秋娘，聲價如故。吟箋賦筆，猶記〈燕臺〉句。
知誰伴、名園露飲，東城閒步？事與孤鴻去。探春盡是，傷離意緒。官柳低金縷。歸騎晚，纖纖池塘
飛雨。斷腸院落，一簾風絮。

——〈瑞龍吟〉

前者寫情侶離別的悽楚難堪，上片未行之前聞烏驚漏殘、轆轤牽井而驚醒落淚，下片寫情侶執手牽衣「去意徊徨」，情人已遠而只有雞聲相應；後首寫別後重尋不得的「傷離意緒」，首寫舊地重遊的物是人非之感，次憶及當時情人的妝飾與丰神，末寫其撫今追昔的「腸斷」之情，二者雖都屬豔情，但又都不涉淫褻，感情既純，格調也雅。

《清真集》中另一類是詠物詞，如〈新月〉、〈春雨〉、〈梅花〉、〈梨花〉、〈薔薇謝後作〉、〈柳〉、〈詠梳兒〉等題目比比皆是。他對物態的觀察十分細緻，文字的傳神就更為微妙，其「模寫

物態，曲盡其妙」（《片玉詞》強煥序）的本領向來為人稱道。像〈蘇幕遮〉描寫風荷的神態，王國維嘆其「真能得荷之神理者」（王國維《人間詞話》）：

**燎沉香，消溽暑。鳥雀呼晴，侵曉窺簷語。葉上初陽乾宿雨、水面清圓，一一風荷舉。**
**故鄉遙，何日去？家住吳門，久作長安旅。五月漁郎相憶否？小楫輕舟，夢入芙蓉浦。**

〈蘭陵王．柳〉雖標題為詠物，但實際是借寫柳而抒別情，詠物而落腳點不在於物，與通常的詠物詞別一機杼：

**柳陰直，煙裡絲絲弄碧。隋堤上、曾見幾番，拂水飄綿送行色。登臨望故國，誰識京華倦客？長亭路，年去歲來，應折柔條過千尺。**
**閒尋舊蹤跡，又酒趁哀絃，燈照離席。梨花榆火催寒食。愁一箭風快，半篙波暖，回頭迢遞便數驛，望人在天北。**
**悽惻，恨堆積！漸別浦縈回，津堠岑寂，斜陽冉冉春無極。念月榭攜手，露橋聞笛。沉思前事，似夢裡，淚暗滴。**

〈六醜．薔薇謝後作〉為其詠物詞的代表作之一：

正單衣試酒，悵客裡、光陰虛擲。願春暫留，春歸如過翼。一去無跡。為問家何在？夜來風雨，葬楚宮傾國。釵鈿墮處遺香澤，亂點桃蹊，輕翻柳陌。多情為誰追惜？但蜂媒蝶使，時叩窗槅。東園岑寂，漸蒙籠暗碧。

靜遶珍叢底，成嘆息。長條故惹行客，似牽衣待話，別情無極。殘英小，強簪巾幘；終不似、一朵釵頭顫裊，向人欹側。漂流處，莫趁潮汐。恐斷紅、尚有相思字，何由見得。

《清真集》中第三類題材是感懷。宋樓鑰在〈清真先生文集序〉中記述了他人生態度的轉變：「公壯年氣銳，以布衣自結於明主，又當全盛之時，宜乎立取貴顯，而考其歲月仕宦，殊為流落。……蓋其學道退然，委順知命，人望之如木雞，自以為喜。」神宗和哲宗雖然都很賞識他的才華，但政治上他從來沒有「貴顯」過，大部分時間外放州縣，他對人生、仕宦、得失有諸多感慨是自然的，如〈滿庭芳．夏日溧水無想山作〉：

風老鶯雛，雨肥梅子，午陰嘉樹清圓。地卑山近，衣潤費爐煙。人靜烏鳶自樂，小橋外、新綠濺濺。憑闌久，黃蘆苦竹，疑泛九江船。

年年。如社燕，飄流瀚海，來寄修椽。且莫思身外，長近尊前。憔悴江南倦客，不堪聽、急管繁絃。歌筵畔，先安簟枕，容我醉時眠。

《清真集》中還有些詠史懷古之作，如〈西河．金陵〉。相比他那精工的藝術技巧，周邦彥詞中的情思要貧乏單調得多，把他擬為「詞中老杜」只是就藝術技巧上綜合前人之長而言，並不是說他詞中的內容像杜詩那樣負海涵天、博大深厚。他抒寫得最多的是些「悲歡離合、羈旅行役之感」（王國維《清真先生遺事》），其情思難見遠慕高舉，更無悲壯崇高，在情感的豐富深厚上絲毫沒有超越前人的地方，所以王國維頗有微詞地說他「創調之才多，創意之才少」（《人間詞話》）。

但這並不影響周邦彥在宋詞發展史上的地位，「詞至美成，乃有大宗，前收蘇、秦之終，後開姜、史之始；自有詞人以來，不得不推為巨擘。後之為詞者，亦難出其範圍」（清陳廷焯《白雨齋詞話》）。此外，他的創作方法是南北宋之間的轉折點。在他之前，不論是豪放如蘇軾還是婉約如秦觀，體裁不論是長調還是小令，詞人都以直接的情感抒發為主，情感的洪流淹沒了文字，如「人有悲歡離合，月有陰晴圓缺，此事古難全。但願人長久，千里共嬋娟」（蘇軾〈水調歌頭〉），「兩情若是久長時，又豈在朝朝暮暮」（秦觀〈鵲橋仙〉），「執手相看淚眼，竟無語凝噎」（柳永〈雨霖鈴〉），它們都以情感迅速直接地打動人心。但在周邦彥那裡直接的情感抒發讓位於理智的思索推敲，他不是讓自己在具體的情景中惆悵、哀怨、相思、欣喜，而是全力在表達技巧上精磨細琢，專心於詞法上的宅句安章，知識、學問、技巧在填詞中起著重要作用。因而，人們不容易為他詞中表現的情感迅速打動，但無不為他技巧上的「頓挫之妙，理法之精」（清陳廷焯《白雨齋詞話》）傾心折服，為他那「清濁抑揚，轆轤交往」（王國維《清真先生遺事》）的音調一唱三嘆。因為他是以「獨絕千古」的「思力」取勝，所以能廣泛吸收前人技法之所長，陳匪石在《宋詞舉》中說：「凡兩宋之千門萬戶，《清真》一集，幾擅其全。」這種藝術上的集大成主要表現在：一、結構的細密曲折；二、語言的典雅渾成；三、音調的和諧優美。它們共同構成一種渾厚和雅的詞風。

結構的細密曲折就是清陳廷焯所謂的「頓挫之妙」（《白雨齋詞話》）或清周濟所謂的「勾勒之妙」（《介存齋論詞雜著》）。柳永慢詞的鋪敘手法十分成功，與感情的自然傾吐相一致，結構上按時空順序層層展開。「周詞淵源」雖「自柳出」，「其寫情用賦筆，純是屯田家法」（清蔡嵩雲《柯亭詞論》），但他的鋪敘手法又有所發展變新，他喜歡打亂時間和空間的順序，變柳的直筆為曲筆。如〈夜飛鵲．別情〉一詞：

**河橋送人處，良夜何其？斜月遠墮餘輝。銅盤燭淚已流盡，霏霏涼露沾衣。相將散離會，探風前津鼓，樹杪參旗。花驄會意，縱揚鞭、亦自行遲。**

**迢遞路回清野，人語漸無聞，空帶愁歸。何意重經前地，遺鈿不見，斜徑都迷。兔葵燕麥，向殘陽、影與人齊，但徘徊班草，欷歔酹酒，極望天西。**

此詞有時突然中斷正在敘寫的進程，掉轉筆頭另敘他事，使筆勢騰挪跌宕；有時，又從不同的時間回到同一分別地點，以時間的變換來重疊空間，給人一種曲折回旋、曲徑通幽的快感。這樣，周邦彥在柳永的基礎上發展了鋪敘和勾勒的技巧，深化了詞在抒情敘事上的表現力。

清真詞的語言典雅渾成。他是一位學識淵博而修養深厚的詞人，填詞儘量避開粗俗刺眼的字句，輕巧地把前人的警言秀句融入自己詞中而不露痕跡，許多慢詞的字面多從唐人詩句中來，很少像柳永那樣採俚俗語入詞。宋陳振孫說：美成詞「多用唐人詩語櫽栝入律，渾然天成」（《直齋書錄解題》）。如〈西河．金陵〉：

**佳麗地。南朝盛事誰記？山圍故國繞清江，髻鬟對起。怒濤寂寞打孤城，風檣遙度天際。**
**斷崖樹，猶倒倚。莫愁艇子曾繫。空餘舊跡鬱蒼蒼，霧沉半壘。夜深月過女牆來，傷心東望淮水。**
**酒旗戲鼓甚處市？想依稀、王謝鄰里，燕子不知何世。入尋常巷陌人家，相對如說興亡，斜陽裡。**

此詞的突出特點是融化前人詩句，從南朝的謝朓〈入朝曲〉到唐代的劉禹錫，尤其是後者的〈石頭城〉和〈烏衣巷〉二詩（參見後文〈【宋詞講座】第二講：周邦彥詞論〉），它融匯這兩詩的語言和意境如同己出，通過對歷史興亡的感嘆，表現自己對人生沉重的感傷。

另外，富麗的色澤和工整的對偶，更增加了他語言的富麗典雅，如〈風流子〉：

**楓林凋晚葉，關河迥，楚客慘將歸。望一川暝靄，雁聲哀怨；半規涼月，人影參差。酒醒後，淚花銷鳳蠟，風幕卷金泥。砧杵韻高，喚回殘夢；綺羅香減，牽起餘悲。**
**亭皋分襟地，難拚處、偏是掩面牽衣。何況怨懷長結，重見無期。想寄恨書中，銀鉤空滿；斷腸聲裡，玉箸還垂。多少暗愁密意，唯有天知。**

上片中的「一川暝靄，雁聲哀怨；半規涼月，人影參差」、「淚花銷鳳蠟，風幕卷金泥」、「砧杵韻高，喚回殘夢；綺羅香減，牽起餘悲」，下片中的「寄恨書中，銀鉤空滿；斷腸聲裡，玉箸還垂」，全詞的語言幾乎全由整飭精工的對偶句組成。他使詞的語言進一步精緻典雅，提高了詞這種新型詩體的品位；但也要看到，也正是他使詞遠離了它生存的土壤，使詞隔離了生動活潑的口語，這對後來的格律詞派產生了消極影響。

周詞音調的和諧優美更是有口皆碑。他「下字用韻，皆有法度」（《四庫全書總目提要》）。邵瑞彭在〈周詞訂律序〉中說：「詩律莫細乎杜，詞律亦莫細乎周。」前人指出周邦彥的詞不僅遵守平仄規範，而且仄聲字中上去入三聲也不相混。後來許多學詞者以周詞為典範。此外，周邦彥集詞藝之大成還表現在對詞譜的整理上。他廣泛採用「新聲」，還進一步對已有的曲調加以規範化。柳永對新聲曲調的創製主要表現為增衍長調，周邦彥則多有創造，「移宮換羽，為三犯四犯之曲」（張炎《詞源》）。他利用自己提舉大晟府的條件，審定和規範社會上流行的各種曲拍腔調。

他是格律詞派的開創者。所謂格律詞派，主要是指姜夔、吳文英、史達祖、張炎等人，他們填詞特別注意審音協律和雕章繪句。這派詞人沿著周邦彥的路子填詞，他們都嫻於音律，有較高的文化素養，對詞這種獨特的藝術形式做了許多可貴的探索，積累了許多寶貴的藝術經驗，也創作了許多優秀的作品。但他們在使詞不斷雅化的同時又使詞不斷地僵化，使詞喪失了它繼續發展的社會基礎。詞在唐代作為燕樂的歌詞，是入樂後在民間傳唱的藝術體裁，它的土壤是在「井水飲處」的民間，過度雅化必然過快地僵化。這樣，格律詞派詞人探索詞的技巧的同時，卻把詞引入了歧途，雅化詞的同時卻扼殺了詞的生機。

# 第五章　兩宋之際詩詞的嬗變

汴京的淪陷不僅是南北宋的分界，也不僅是趙宋政權中心的南遷，還深刻地影響了舉國上下的民族情緒，從此，救亡圖存是一切社會生活和精神生活的中心，愛國主義因而成了詩詞中最激動人心的主題。詩人、詞人的生活、命運、心境、意緒都發生了激變，他們再也無暇去品味閒愁，再也無心銷魂於豔情了，情感由纖柔優雅一變而為激昂悲憤，語言由精緻典雅一變而為粗獷有力。兩宋之際的著名作家如李清照、呂本中、陳與義、曾幾、張元幹等，詩風、詞風都以南渡為界而呈現出不同的面目。

李清照前期詞的主要題材是閨閣生活，後期詞主要抒寫國破家亡的沉哀巨痛，其詞格調幽淡素雅，語言清新自然。張元幹、張孝祥後期詞都是抒寫自己的「一腔忠憤」，成為後來一浪高過一浪的愛國詞的先聲。江西詩派後期的詩人看清了死守成法的流弊，提倡以「活法」來糾成法之偏。

## 第一節 傑出的女詞人李清照

李清照（一〇八四～一一五一？），號易安居士，山東濟南人。父親李格非是位經學家，又以散文見賞於蘇軾，母親王氏也有較好的文化修養。她生長在這種文學氣氛濃厚的家庭，自小便養成了廣泛的興趣和多方面的藝術才能，與她同時的王灼在《碧雞漫志》中稱她「自少年便有詩名，才力華贍，逼近前輩」。除了兼善詩、詞、文外，她對繪畫、書法、音樂都有一定的造詣。最可貴的是，她並不是古代常見的那種視野狹窄的閨閣女子，而是一位有見識、有才華的女性。十幾歲就寫出〈浯溪中興頌詩和張文潛〉以借古諷今。十八歲嫁給太學生趙明誠，明誠酷愛金石圖書，又能寫詩填詞。他們在一起鑑賞書畫、唱和詩詞，校勘古籍，夫妻生活和諧溫暖而又富於詩意。明誠父趙挺之以依附奸臣蔡京位極丞相。趙、蔡二人本是相互利用，挺之一死，蔡京便唆使黨徒彈劾他有貪汙之嫌，全家幾乎招致滅門之禍。受了這次打擊，明誠帶清照回故鄉青州屏居近十年。後來清照又隨他出任萊州、淄州太守。

金兵南侵打破了他們平靜美滿的家庭生活，他們只攜帶極少部分金石書畫匆匆南奔。宋高宗建炎三年（一一二九）明誠被任命為湖州知府，赴任途中病死建康。李清照的晚年承受著國破家亡的雙重打擊，夫婦視如性命的金石書畫也喪失殆盡，她所擁有的只有破碎的祖國、破碎的家庭和一顆破碎的心，隻身漂泊於杭州、越州、台州、金華一帶，在孤獨淒涼中離開人世。她是古代女性作家中罕見的多面手，詩、詞、文都有很高的成就。詩風剛健遒勁，如〈夏日絕句〉（一題〈烏江〉）虎虎生風：「生當作人傑，死亦為鬼雄；至今思項羽，不肯過江東！」又如失題斷句「南渡衣冠少王導，北來消息欠劉琨」，以及〈上樞密韓公、工部尚書胡公〉：「欲將血淚寄山河，去灑東山一抔土。」其豪情英氣不讓鬚眉。〈金石錄後序〉是一篇筆致疏秀的優美散文。不過，她在文學史上的地位主要由其詞奠定的。在闡述她的詞作之前，先看看她那篇著名的〈詞論〉：

**逮至本朝，禮樂文武大備。又涵養百餘年，始有柳屯田永者，變舊聲作新聲，出《樂章集》，大得聲稱於世；雖協音律，而詞語塵下。又有張子野、宋子京兄弟，沈唐、元絳、晁次膺輩繼出，雖時時有妙語，而破碎何足名家！至晏元獻、歐陽永叔、蘇子瞻，學際天人，作為小歌詞，直如酌蠡水於大海，然皆句讀不葺之詩爾。又往往不協音律者，何耶？蓋詩文分平側，而歌詞分五音，又分五聲，又分六律，又分清濁輕重。且如近世所謂〈聲聲慢〉、〈雨中花〉、〈喜遷鶯〉，既押平聲韻，又押入聲韻；〈玉樓春〉本押平聲韻，又押上去聲，又押入聲。本押仄聲韻，如押上聲則協；如押入聲，則不可歌矣。王介甫、曾子固，文章似西漢，若作一小歌詞，則人必絕倒，不可讀也。乃知（詞）別是一家，知之者少。後晏叔原、賀方回、秦少游、黃魯直出，始能知之。又晏苦無鋪敘；賀苦少典重；秦即專主情致而少故實，譬如貧家美女，雖極妍麗豐逸，而終乏富貴態。黃即尚故實而多疵病，譬如良玉有瑕，價自減半矣。**

早於李清照的柳永和蘇軾從不同方面革新了詞體詞風，柳把鋪敘的手法引入詞中從而發展了慢詞，蘇以詞來抒情言志從而突破了詞為豔科的藩籬，他們都給晚唐以來形成的詞的傳統以有力的衝擊，在詞壇上產生了巨大的影響。李清照的〈詞論〉對柳永和蘇軾都表示了程度不同的不滿：既鄙薄柳永將詞俗化，也反對蘇軾將詞詩化，因而提出詞「別是一家」的主張，重新劃定詞與詩的疆域和分野，維護詞這種特殊體裁的獨立品格。她對詞的見解和要求總括起來有如下幾點：一、詞的格調應當高雅，不能像柳永那樣「詞語塵下」；二、詞的語言應當渾成，「有妙語而破碎」則不足以名家；三、詞的聲調應當協樂，要分五音、六律和清濁輕重音，蘇軾等人的詞只是「句讀不葺」之詩，王安石的詞更是令人絕倒；四、詞的風格應當典重；五、填詞應當擅長鋪敘；六、作詞應當「尚故實」，如專主情致而不尚故實，就像妍麗的貧家女而乏「富貴態」。這篇〈詞論〉名作顯示了李清照對詞的見解之深、要求之嚴和眼界之高。

〈詞論〉可能作於李清照的早年，代表了當時一般士人對詞的看法。她強調詞自身的特性，強調詞與音樂的密切關係，要求詞的格調高雅和語言渾融，對於詞的發展無疑有其積極的一面；但對於詩詞界限的區分過於絕對，忽視了這兩種相鄰藝術形式之間的相互影響和借鑑，對詞風、詞格的限定過於狹窄，這對於詞的發展又有其消極保守的一面。她〈詞論〉的理論也在一定程度上影響了她填詞的創作，許多寫進她詩歌的現實生活不能反映到她的詞裡，限制了她的詞反映社會的廣度和深度。幸好，她早年的創作並未死守自己的理論框框，如她很少在詞中掉書袋，只用清純的文學語言或口語而不「尚故實」，詞風也並不一味「典重」，老來填詞更不為自己的理論所限。

李清照生長的家庭環境相對開明，婚後的夫妻生活美滿幸福，這養成她開朗、熱情、活潑的個性，也養成她熱愛生活、熱愛自然的人生態度，〈點絳唇〉就是這種性格的生動寫照：

**蹴罷秋千，起來慵整纖纖手。露濃花瘦，薄汗輕衣透。**
**見有人來，襪剗金釵溜。和羞走，倚門回首，卻把青梅嗅。**

詞中這位天真活潑且有幾分頑皮的少女，大不同於古代社會常見的那種文弱持重的大家閨秀，以致有人懷疑它是否為李清照所作。

她的前期詞主要寫閨閣生活，不管是反映少女的單純天真，還是抒寫少婦的悠閒風雅，無不表現出濃厚的生活興致，無不洋溢著青春的朝氣與活力：

**昨夜雨疏風驟，濃睡不消殘酒。試問捲簾人，卻道海棠依舊。知否？知否？應是綠肥紅瘦。**

——〈如夢令〉

**常記溪亭日暮，沉醉不知歸路。興盡晚回舟，誤入藕花深處。爭渡，爭渡，驚起一灘鷗鷺。**

——〈如夢令〉

每當丈夫遊宦在外時，她總流露出抑鬱、煩惱和不安的情緒，但這種抑鬱、煩惱和不安又交織著自己對愛情生活的珍視與回味，對丈夫深深的依戀和真摯的思念：

**薄霧濃雲愁永晝，瑞腦銷金獸。佳節又重陽，玉枕紗櫥，半夜涼初透。**
**東籬把酒黃昏後，有暗香盈袖。莫道不銷魂，簾捲西風，人比黃花瘦。**

——〈醉花陰〉

**紅藕香殘玉簟秋，輕解羅裳，獨上蘭舟。雲中誰寄錦書來？雁字回時，月滿西樓。**
**花自飄零水自流，一種相思，兩處閒愁。此情無計可消除，才下眉頭，卻上心頭。**

——〈一剪梅〉

這是一位賢淑忠貞的妻子在傾訴對遠離的丈夫深切纏綿的思念，她以委婉熨帖的筆調大膽熱情地謳歌愛情，真率誠摯地坦露心曲。所用的語言清麗秀雅，所抒寫的愛情熱烈深沉，「莫道不銷魂，簾捲西風，人比黃花瘦」、「此情無計可消除，才下眉頭，卻上心頭」。辭情雙絕，令人驚嘆！

南渡後其詞主要抒寫國破家亡的沉哀巨痛。國與家突如其來的雙重變故，使她的詞從內容到格調一變舊貌，淒涼哀怨取代了早年的明朗歡愉。與前期詞相比，後期詞中的情感更具有社會內涵和歷史深度：

落日熔金，暮雲合璧，人在何處？染柳煙濃，吹梅笛怨，春意知幾許？元宵佳節，融和天氣，次第豈無風雨？來相召，香車寶馬，謝他酒朋詩侶。

中州盛日，閨門多暇，記得偏重三五。鋪翠冠兒，撚金雪柳，簇帶爭濟楚。如今憔悴，風鬟霜鬢，怕見夜間出去。不如向、簾兒底下，聽人笑語。

——〈永遇樂〉

即使在「染柳煙濃，吹梅笛怨」的元宵佳節，她還是謝絕了「酒朋詩侶」的賞玩之請，只以憔悴衰容和悲涼心境「向簾兒底下，聽人笑語」，遙想自己青年時每逢元宵節是那樣快樂，無憂無慮，著意打扮，與別的女孩「簇帶爭濟楚」，相比之下眼前的處境和心境多麼悽楚！正是「中州盛日」帶來她往日的歡愉，又正是國家分裂動盪造成她如今的痛苦，所以個人苦樂的背後是民族國家的興衰，個人的命運與民族的命運息息相關，現在她正與民族一起受難，因此她一己的悲歡曲折地表現了民族的共同心聲，難怪宋末的愛國詞人劉辰翁每誦此詞就「為之涕下」（《須溪集》）了。

國家已經四分五裂，自己也是夫死家亡，她後半輩子的生命歷程是在沒有親人、沒有溫暖甚至見不到一點希望中走完的，她再也沒有當年「沉醉不知歸路」（〈如夢令〉）的逸興，再也不可能與丈夫「相對展玩」（〈金石錄後序〉）金石書畫，甚至連家國也得在夢中去「認取長安道」（〈蝶戀花〉），因此，情哀調苦是她後期詞的共同特徵：

風住塵香花已盡，日晚倦梳頭。物是人非事事休，欲語淚先流。
聞說雙溪春尚好，也擬泛輕舟。只恐雙溪舴艋舟，載不動許多愁。

——〈武陵春〉

永夜懨懨歡意少，空夢長安，認取長安道。為報今年春色好，花光月影宜相照。
隨意杯盤雖草草，酒美梅酸，恰稱人懷抱。醉裡插花花莫笑，可憐春似人將老。

——〈蝶戀花．上巳召親族〉

她在婉約派傳統的題材上融入了自己獨特的體驗，尤其是後期詞在情感的沉鬱深摯上有過前人，而她在藝術上更顯示出不凡的創造力，《四庫全書總目提要》稱其「詞格乃抗軼周、柳……雖篇帙無多，固不能不寶而存之，為詞家一大宗矣」。如〈聲聲慢〉：

尋尋覓覓，冷冷清清，淒淒慘慘戚戚。乍暖還寒時候，最難將息。三杯兩盞淡酒，怎敵他晚（「晚」一作「曉」）來風急？雁過也，正傷心，卻是舊時相識。
滿地黃花堆積，憔悴損，如今有誰堪摘？守著窗兒，獨自怎生得黑？梧桐更兼細雨，到黃昏、點點滴滴。這次第，怎一個愁字了得？

首句連用十四個疊字已屬創意出奇，而且全詞九十七字中用十五個舌聲字、四十二個齒聲字，如詞尾幾句：「梧桐更兼細雨，到黃昏、點點滴滴，這次第，怎一個愁字了得？」舌音和齒音交替使用，有意以咬牙鄭重叮嚀的口吻抒發自己心底的悲哀（參見夏承燾《月輪山詞論集．李清照詞的藝術特色》）。

李清照詞韻格高妙，前人曾許之以「神韻天然」、「詞格高秀」（參見清王士禛《花草蒙拾》、《四庫全書簡明目錄》）。無論前期詞的明朗還是後期詞的哀婉，其格調都幽淡素雅，即使尋常的寫景之作也不涉豔俗，顯示了這位女詞人特有的靈襟秀氣。

李清照詞藝術上的最大特點是以「尋常語度入音律」（宋張端義《貴耳集》卷上），她的詞中很少羅列典故或堆砌辭藻，兼採書面語和口語入詞，並把它們融冶得清新自然、明白如話，如：

湖上風來波浩渺，秋已暮、紅稀香少。水光山色與人親，說不盡、無窮好。
蓮子已成荷葉老，清露洗、蘋花汀草。眠沙鷗鷺不回頭，似也恨、人歸早。
——〈憶王孫〉

天上星河轉，人間簾幕垂。涼生枕簟淚痕滋，起解羅衣、聊問夜何其？
翠貼蓮蓬小，金銷藕葉稀。舊時天氣舊時衣，只有情懷、不似舊家時。
——〈南歌子〉

**草際鳴蛩，驚落梧桐。正人間天上愁濃。雲階月地，關鎖千重。縱浮槎來，浮槎去，不相逢。**
**星橋鵲駕，經年才見，想離情別恨難窮。牽牛織女，莫是離中。甚霎兒晴，霎兒雨，霎兒風。**

——〈行香子〉

「水光山色與人親，說不盡、無窮好」、「舊時天氣舊時衣，只有情懷、不似舊家時」、「甚霎兒晴，霎兒雨，霎兒風」，好像是脫口而出的口語，可骨子裡透出清雅脫俗，處處流露出「不塗紅粉也風流」（宋釋法演〈舉俱胝竪指因緣〉）的秀氣高雅。再如〈一剪梅〉中的「花自飄零水自流，一種相思，兩處閒愁。此情無計可消除，才下眉頭，卻上心頭」，把口語和俗語錘煉得清空一氣，用俗而不失於俗，以平淡的語言創造了極不平凡的藝術。她這種清新自然、明白如話的語言，後來被稱為「易安體」，從辛棄疾到劉辰翁都有「效易安體」之作，可見後人對其詞風的傾倒和喜愛。

## 第二節 南宋愛國詞的先聲

南宋初期圍繞著收復失地還是苟且偷安，主戰派和投降派展開過多次激烈的鬥爭，每到關鍵時刻總是投降派占了上風。一邊是祖國的山河破碎、生靈塗炭，一邊是小朝廷中奸臣弄權，一次次向侵略者下跪乞和，愛國志士目睹著這一切無不熱血噴湧，憤慨激昂地用詞指斥權奸，抒寫「待從頭收拾舊山河」的壯志，成為後來一浪高過一浪的愛國詞的先聲。

### 一、救國歌聲的領唱者

岳飛（一一〇三～一一四二），字鵬舉，相州湯陰（今河南湯陰）人。出身於佃農，北宋覆亡之前即參加抗金部隊，在南宋初年的抗金戰爭中屢建奇功。高宗紹興四年（一一三四），他帶領岳家軍在三個月內連克郢州、襄州、隨州、鄧州、唐州和信陽六州，歷任少保、河南北諸路招討使、樞密副使，封武昌郡開國公，後被漢奸秦檜以「莫須有」的罪名陷害至死。其詞僅存三首，而以下面這首〈滿江紅〉最為膾炙人口：

**怒髮衝冠，憑闌處、瀟瀟雨歇。抬望眼，仰天長嘯，壯懷激烈。三十功名塵與土，八千里路雲和月。莫等閒、白了少年頭，空悲切。**

**靖康恥，猶未雪。臣子恨，何時滅！駕長車，踏破賀蘭山缺。壯志饑餐胡虜肉，笑談渴飲匈奴血。**

**待從頭收拾舊山河，朝天闕。**

這首詞以健語寫壯懷，展示了這位民族英雄崇高的精神境界，「待從頭收拾舊山河」的壯志氣貫長虹，「駕長車，踏破賀蘭山缺」的氣勢撼山動地，千載之下讀之仍然虎虎生風。他那光若日月的人格和堅如金石的氣節激勵著一代又一代的愛國志士。

馳騁疆場的岳將軍感情世界細膩豐富，詞筆善於正面抒壯志，也工於含蓄地寫幽情。〈小重山〉表現自己壯志難酬的憂憤和知音難遇的孤寂，低徊要眇，沉鬱蘊藉，如：

**昨夜寒蛩不住鳴。驚回千里夢，已三更。起來獨自繞階行。人悄悄，簾外月朧明。**
**白首為功名。舊山松竹老，阻歸程。欲將心事付瑤琴。知音少，絃斷有誰聽？**

與岳將軍同時並以愛國詞名世的有張元幹、張孝祥。

## 二、「慷慨悲涼」的《蘆川詞》

張元幹（一〇九一～一一七〇？），字仲宗，自號蘆川居士，永福（今福建永泰縣）人，有《蘆川歸來集》和《蘆川詞》。南渡前其詞情韻淒美，「極嫵秀之致」（毛晉〈蘆川詞跋〉），南渡後對國事的憤激焦慮使他擺脫了個人的閒愁，「其詞慷慨悲涼，數百年後尚想其抑塞磊落之氣」（《四庫全書總目提要》）。他以詞聲援與秦檜賣國行徑鬥爭的胡銓、李綱，因此遭到秦檜下獄削籍的迫害。後來他自訂詞集時，索性以寄給李綱、胡銓的兩首〈賀新郎〉壓卷，反將早期的那些纏綿清麗之作排在其後，這是兩首感人肺腑的名篇：

曳杖危樓去。斗垂天、滄波萬頃，月流煙渚。掃盡浮雲風不定，未放扁舟夜渡。宿雁落、寒蘆深處。悵望關河空弔影，正人間、鼻息鳴鼉鼓。誰伴我，醉中舞。

十年一夢揚州路，倚高寒、愁生故國，氣吞驕虜。要斬樓蘭三尺劍，遺恨琵琶舊語。謾暗澀銅華塵土。喚取謫仙平章看。過苕溪、尚許垂綸否？風浩蕩，欲飛舉。

——〈賀新郎·寄李伯紀丞相〉

夢繞神州路。悵秋風、連營畫角，故宮離黍。底事崑崙傾砥柱，九地黃流亂注？聚萬落、千村狐兔。天意從來高難問，況人情、老易悲難訴。更南浦，送君去。

涼生岸柳催殘暑。耿斜河、疏星淡月，斷雲微度。萬里江山知何處？回首對床夜語。雁不到、書成誰與？目盡青天懷今古，肯兒曹、恩怨相爾汝。舉大白，聽〈金縷〉。

——〈賀新郎·送胡邦衡待制赴新州〉

這兩首長調聲情激越悲壯，謳歌忠義之士的孤忠亮節也就是鄙夷昏君奸相的賣國偷安。〈賀新郎．送胡邦衡待制〉憤怒地質問道：「底事崑崙傾砥柱，九地黃流亂注？」國事的晦暗竟至如此！一腔忠憤，滿紙辛酸，詞人以這兩首〈賀新郎〉壓卷「蓋有深意」者在（《四庫全書總目提要》）。

## 三、《于湖詞》中的「忠憤」曲

在國難當頭之際，另一位高歌「忠憤」曲的詞人是張孝祥。張孝祥（一一三二～一一七〇），字安國，別號于湖居士，歷陽烏江（今安徽和縣）人。宋高宗紹興二十四年（一一五四）考進士第一。渡江之初，和戰之爭十分激烈。張孝祥登第雖出主和派湯思退之門，但又極力贊成主戰派張浚北伐中原，因此在政治的夾縫中困頓潦倒。孝宗隆興元年（一一六三）張浚薦他為中書舍人、直學士院，兼都督府參贊軍事，但他終因北伐立場被主和派彈劾落職。他至死都未忘恢復中原，兩百餘首〈于湖詞〉「忠憤慷慨，有足動人者」（《四庫全書總目提要》）。雖然他三十九歲就離開了人世，但他的詩、文、詞留下了他的英姿壯采。他屬才情炳煥的一類作家，胸次和筆力都與蘇東坡相彷彿，因此填詞也「繼軌東坡」（同上），神旺興健，筆酣墨飽，被人譽為「自在如神之筆」，有「邁往淩雲之氣」（宋陳應行〈于湖詞序〉）。

其詞兼有東坡的超曠與稼軒的雄豪，因而在詞史上佔有比較重要的地位。〈念奴嬌．過洞庭〉代表了他超曠的一面：

**洞庭青草，近中秋、更無一點風色。玉鑑瓊田三萬頃，著我扁舟一葉。素月分輝，明河共影，表裡俱澄澈。悠然心會，妙處難與君說。**

**應念嶺海經年，孤光自照，肝肺皆冰雪。短髮蕭騷襟袖冷，穩泛滄浪空闊。盡挹西江，細斟北斗，萬象為賓客。扣舷獨嘯，不知今夕何夕！**

詞人於孝宗乾道元年（一一六五）七月出知靜江府，次年六月被讒落職北歸，途經湖南洞庭湖時已近中秋。月夜泛舟洞庭，湖光月色「表裡俱澄澈」，詞人則是「肝肺皆冰雪」，二者交融成一種冰清玉潔、澄澈透明的境界，它是詞人高潔靈魂和坦蕩胸襟的外化。將一片冰心融進澄明的宇宙，哪還介意個人仕途的升降沉浮？還在乎賣國小丑的讒言中傷？清王闓運在《湘綺樓詞選》中評此詞說：「飄飄有凌雲之氣，覺東坡〈水調〉，猶有塵心。」其實這首詞的美並不在於它沒有「塵心」，而在於它以心靈的超曠高潔來回應小人的醜惡卑汙，以宇宙胸懷來應對人世事務，因而才有了詞中這副「瀟散出塵之姿」（陳應行〈于湖詞序〉）。

他的〈六州歌頭〉代表了其詞雄豪的一面：

**長淮望斷，關塞莽然平。征塵暗，霜風勁，悄邊聲。黯銷凝。追想當年事，殆天數，非人力；洙泗上，絃歌地，亦羶腥。隔水氈鄉，落日牛羊下，區脫縱橫。看名王宵獵，騎火一川明。笳鼓悲鳴，遣人驚。**

**念腰間箭，匣中劍，空埃蠹，竟何成！時易失，心徒壯，歲將零。渺神京。干羽方懷遠，靜烽燧，且休兵。冠蓋使，紛馳騖，若為情！聞道中原遺老，常南望、翠葆霓旌。使行人到此，忠憤氣填膺，有淚如傾。**

詞中大量的三字句一氣呵成，短句密韻造成了一種緊鑼密鼓的效果，它生動展示了強敵壓境下的危機，也流露了詞人對國事憂心如焚的緊張情緒，詞風踔厲駿發，痛快淋漓，直叫讀者聞雞起舞。

除張元幹、張孝祥等詞人憂時念亂以外，天崩地裂的時局改變了許多詞人的生活和心境。如朱敦儒（一〇八一～一一五九）這位江湖隱士，早年一直過著「瀟灑送日月」的閒適生涯，他在〈朝中措〉一詞中自況說：

**先生筇杖是生涯，挑月更擔花。把住都無憎愛，放行總是煙霞。**

**飄然攜去，旗亭問酒，蕭寺尋茶。恰似黃鸝無定，不知飛到誰家？**

金人大舉南侵的炮火，使他「挑月」不成，「放行」無地，面對國家分裂和民族危亡，他在〈水龍吟〉一詞中沉痛地唱道：「回首妖氛未掃，問人間、英雄何處？奇謀報國，可憐無用，塵昏白羽。鐵鎖橫江，錦帆衝浪，孫郎良苦。但愁敲桂棹，悲吟〈梁父〉，淚流如雨！」朱敦儒唱出了民族的悲傷與焦慮。

## 第三節 「江西派」詩人的創作轉向

活躍在南北宋之交的重要詩人幾乎全屬江西詩派：陳與義在宋末被奉為該派的三宗之一，是江西詩派後期的代表作家；呂本中和曾幾或作宗派圖或傳弟子，二人都以江西詩派的傳人自命。不過，他們繼承了該派的某些「家法」，也改造了該派的某些弊端。

中原動盪把這些詩人推進了時代的旋渦，民族的災難和人生的顛沛激發了他們的詩情，他們無須也不能再枯坐書齋在古書中尋章摘句了，他們的創作由面向書本轉而面向社會。詩情的枯窘和語言的生澀是江西詩派的痼疾，江西詩派後期的作家們都看清了死守涪翁成法的流弊，陳與義開始意識到「天下書雖不可不讀，然慎不可有意於用事」（見宋徐度《卻掃編》卷中引崔德符語），呂本中更公開嘲諷那些只知道死守「左規右矩」成法的近世江西之學者，並提出以詩歌創作中的「活法」來矯江西詩派成法之偏（見劉克莊《江西詩派・呂紫微》）。

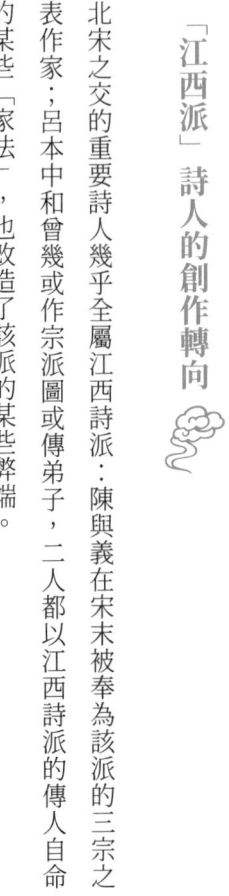

### 一、江西詩派的後期代表陳與義

陳與義（一〇九〇～一一三九），字去非，自號簡齋，洛陽人。宋徽宗時任太學博士、著作佐郎。靖康難起匆匆南奔，轉徙於湖北、湖南、廣西、廣東、福建等地，五年以後抵達臨安，在宋高宗朝歷任禮部侍郎、吏部侍郎和參知政事等要職。他雖然與江西詩派的前期詩人沒有師承關係，但與當時的呂本中、曾幾往返唱和，寫詩和他們一樣祖杜崇黃。他不同於其他江西詩派繼承者的地方是取徑較廣，服膺黃庭堅、陳師道，也推崇蘇軾、王安石，認為先「要必識蘇、黃之所不為，然後可以涉老杜之涯涘」（〈簡齋詩集引〉），而且還向陶淵明、韋應物借鑑。在削膚存液、忌俗求新上他深得江西詩派之秘，但對黃庭堅喜歡「用事」早存戒心。他由黃、陳而上達杜甫，並注意到了杜甫某些為黃、陳忽略了的優點，特別是杜詩那沉著洪亮的聲調音節，因此，其詩並不像黃庭堅那樣掉書袋，語言明淨而又音調響亮。《四庫全書總目提要》稱「其詩雖源出豫章，而天分絕高，工於變化，風格遒上，思力沉摯，能卓然自闢蹊徑」。

陳與義早在洛陽雖已稱「詩俊」（見宋樓鑰《攻媿集》），這時在藝術上也時有創新，但前期作品不外流連光景和咀嚼個人得失悲歡，詩情很難自別於黃、陳，詩藝也遠遠談不上卓然自立。靖康難後，五年多的顛沛流亡大似杜甫安史之亂後的生活經歷，杜甫成了他患難之中的千秋知己，這時他才真正掂出了杜詩的分量，〈正月十二日自房州城遇虜至奔入南山，十五日抵回谷張家〉一詩說：「但恨平生意，輕了少陵詩。」從此，他的詩思詩藝從效法黃、陳進而直接嗣響杜甫，那些抒寫家園之痛的作品境界闊大、情調悲涼，如：

**廟堂無策可平戎，坐使甘泉照夕烽。初怪上都聞戰馬，豈知窮海看飛龍！**
**孤臣霜髮三千丈，每歲煙花一萬重。稍喜長沙向延閣，疲兵敢犯犬羊鋒。**

——〈傷春〉

對廟堂無策平戎的不滿，對國事日非的憂慮，對「飛龍」窮海的羞恥，對抗金戰將的歌頌，感情悲痛深摯，音調沉雄洪亮，詩風詩情都使人想起那沉鬱頓挫的杜詩。如杜甫〈諸將五首〉其三的結尾說「稍喜臨邊王相國，肯銷金甲事春農」，由此可見陳詩與杜詩在詩意、詩情和詩語上的承繼淵源。

黃庭堅喜作拗體律絕，其意只在於從藝術技巧上矯庸避熟，有時難免有為拗而拗之嫌。陳與義的律、絕往往也用拗體，但他主要從表達思想情感的需要出發，當內心有一股鬱戾不平之氣的時候，他才選用拗體詩，如〈再登岳陽樓感慨賦詩〉：

**岳陽壯觀天下傳，樓陰背日堤綿綿。草木相連南服內，江湖異態闌干前。**

仄平仄平平仄平，平平仄仄平平平。仄仄平平平仄仄，平平仄仄平平平。

**乾坤萬事集雙鬢，臣子一謫今五年。欲題文字弔古昔，風壯浪湧心茫然。**

平平仄仄仄平仄，平仄仄仄平仄平。仄平平仄仄仄仄，平仄仄仄平平平。

國家天崩地裂，個人四海流離，登上壯觀的岳陽樓只覺「江湖異態」，日月無光，鬱悶抑塞的情感出之以拗怒峭拔的音節，直接取徑於杜甫的〈白帝城最高樓〉一類拗律（如「扶桑西枝對斷石，弱水東影隨長流」為平平平平仄仄仄，仄仄平仄平平平，上句三仄尾，下句三平尾），與黃庭堅的奇拗之體相去很遠。

後期有的寫景詠物之作也融進了詩人深沉的家國之思，因而顯得含蓄深厚：

**一自胡塵入漢關，十年伊洛路漫漫。青墩溪畔龍鍾客，獨立東風看牡丹。**

——〈牡丹〉

他的詩風也有「光景明麗」、「流蕩自然」（劉辰翁〈簡齋詩箋序〉）的一面，尤其是早年詩歌行文流麗俊美，內容多以山水自然來表現清悠淡遠的情趣，深得陶淵明、韋應物詩歌的神韻。據宋葛勝仲〈陳去非詩集序〉載，他的詩歌被時人「號為新體」，每詩一出人們就爭相傳誦，他那些既新穎精巧又流麗自然的詩風為江西詩派所籠罩的詩壇帶來了清新的氣息，如：

**朝來庭樹有鳴禽，紅綠扶春上遠林。忽有好詩生眼底，安排句法已難尋。**

——〈春日二首〉其一

**飛花兩岸照船紅，百里榆堤半日風。臥看滿天雲不動，不知雲與我俱東。**

——〈襄邑道中〉

**楊柳招人不待媒，蜻蜓近馬忽相猜。如何得與涼風約，不共塵沙一併來！**

——〈中牟道中二首〉其二

其平易自然的語言，輕鬆活潑的節奏，幽默風趣的情調，的確「已開誠齋先路」（陳衍《宋詩精華錄》）。

## 二、變革「江西」詩風的呂本中

呂本中（一〇八四～一一四五），字居仁，壽州（今安徽壽縣）人，因祖籍東萊，所以學者又稱為東萊先生。靖康初官祠部員外郎，高宗紹興六年（一一三六）賜進士出身，遷中書舍人兼侍講，後因支持主戰派觸怒秦檜被黜。他從青少年起寫詩就以黃庭堅為楷模，約二十歲左右作《江西詩社宗派圖》。南渡後，看到江西詩派詩人死守黃氏成法造成的流弊，他提出著名的「活法」來糾其偏：「學詩當識活法。所謂活法者，規矩備具，而能出於規矩之外；變化不測，而亦不背於規矩也。是道也，蓋有定法而無定法，無定法而有定法。知是者，則可以與語活法矣。謝玄暉有言：『好詩流轉圓美如彈丸。』此真活法也。」（劉克莊《江西詩派》引）他的「活法」就是要使創作神明於成「法」之外，不滯於法而又不背於法，這裡可看出他對江西詩派的矛盾心態：既不願背棄它，又不願意為它所限。雖然他還沒有像後來的楊萬里等人走得那樣遠，但他用來現身說法的「流轉圓美」的詩風，已大不同於黃庭堅的瘦硬奇險。他自己的創作也兆示了江西詩派的新變，如：

**病起多情白日遲，強來庭下探花期。雪消池館初春後，人倚闌干欲暮時。**
**亂蝶狂蜂俱有意，兔葵燕麥自無知。池邊垂柳腰支活，折盡長條為寄誰？**

——〈春日即事二首〉其二

這首詩很能代表他的詩風，「亂蝶」、「狂蜂」、「兔葵」、「燕麥」、「垂柳」，寫「初春」之景清新明麗；「初春後」、「欲暮時」、「俱有意」、「自無知」，這些虛詞好像詩中的潤滑劑，使詩歌語言顯得圓轉靈活、流美自然。方回在《瀛奎律髓》卷十七中指出：「居仁在江西派中，最為流動而不滯者，故其詩多活。」、「流而不滯」就是他實踐「活法」的結果。

他那些感時念亂的作品，如〈兵亂後雜詩五首〉、〈還韓城三首〉、〈兵亂寓小巷中作〉，或痛斥進犯的金兵，或同情戰火中的災民，或譴責害民蠹國的奸賊，或抒寫飄零冷落的感傷，感情沉痛深摯，跳出「江西」成規而直抒胸臆，語言凝練遒勁而又不失其自然流轉。如他抒寫兵亂中避地連州的辛酸感傷說：「兒女不知來避地，強言風物勝江南。」（〈連州陽山歸路三絕〉其二）〈兵亂後雜詩五首〉首首都寫得十分沉痛：

晚逢戎馬際，處處聚兵時。後死翻為累，偷生未有期。
積憂全少睡，經劫抱長饑。欲逐范仔輩，同盟起義師。

——〈兵亂後雜詩五首〉其一

萬事多翻覆，蕭蘭不辨真。汝為誤國賊，我作破家人。
求飽羹無糝，澆愁爵有塵。往來梁上燕，相顧卻情親。

——〈兵亂後雜詩五首〉其四

在國家天崩地裂之際，他既責己又罵人，喟嘆自己「後死翻為累，偷生未有期」，痛罵昏庸誤國的權奸「汝為誤國賊，我作破家人」。

## 三、江西詩派的繼承人曾幾

曾幾（一〇八四～一一六六），字吉甫，江西贛州人。北宋徽宗時做過校書郎，南宋高宗時歷任江西、浙西提刑，以忤奸相秦檜去職，寓居上饒茶山寺，自號茶山居士。秦檜死後復為秘書少監等職。他曾以愛國精神和創作方法影響過陸游，陸游在〈跋曾文清公奏議稿〉中稱，早年與曾幾「略無三日不進見，見必聞憂國之言」，「憂國」正是曾幾詩歌的常見主題：

**相對真成泣楚囚，遂無末策到神州。但知遶樹如飛鵲，不解營巢似拙鳩。**
**江北江南猶斷絕，秋風秋雨敢淹留？低回又作荊州夢，落日孤雲始欲愁。**

——〈寓居吳興〉

這首詩措意與陳與義的〈傷春〉略同，只是他從當時君臣的楚囚自泣已感到國事一無可為，因而情緒比〈傷春〉壓抑低沉，音調沒有〈傷春〉高亢。

他不僅與江西詩派作家韓駒有師承關係，還以江西詩派的傳人自許，在〈次陳少卿見贈韻〉一詩中說：「華宗有後山，句律嚴七五。豫章乃其師，工部以為祖。」〈東軒小室即事五首〉其四也說：「工部百世祖，涪翁一燈傳。」他的同齡詩友呂本中曾向他傳授過「活法」，這對他的創作產生了良好的影響。後來他的詩風比呂本中更靈動圓轉，尤其是近體詩，如〈蘇秀道中自七月二十五日夜大雨三日，秋苗以蘇，喜而有作〉、〈雪後梅花盛開折置燈下〉、〈食筍〉等，其文字流暢自然、灑脫輕快，如：

**梅子黃時日日晴，小溪泛盡卻山行。綠陰不減來時路，添得黃鸝四五聲。**

——〈三衢道中〉

**一夕驕陽轉作霖，夢回涼冷潤衣襟。不愁屋漏床床濕，且喜溪流岸岸深。**

**千里稻花應秀色，五更桐葉最佳音。無田似我猶欣舞，何況田間望歲心！**

——〈蘇秀道中自七月二十五日夜大雨三日，秋苗以蘇，喜而有作〉

以清麗的語言表現旅途中對大自然的清新感受，宋趙庚夫在〈讀曾文清公集〉中評其詩說「清於月出初三夜，澹似湯烹第一泉」（宋魏慶之《詩人玉屑》引）。驗之此詩，信然。陳、呂、曾繼承了江西詩派的同時又革新了江西詩派，他們是南北宋之際承前啟後的詩人，稍後的中興詩人陸游、楊萬里和范成大直接受到他們的影響，但又比他們走得更遠——由江西詩派入而不由江西詩派出。

# 第六章 陸游與「中興詩人」

中興詩人中陸游、范成大、楊萬里都是從江西詩派入手的，但在漫長的創作道路上又都逐漸擺脫了江西詩派的束縛，由在句法字法裡討生活轉而直接面向廣闊的社會生活，由迷信「無一字無來處」（黃庭堅〈答洪駒父書〉）轉而徹悟「紙上得來終覺淺」（陸游〈冬夜讀書示子聿〉），最後完全衝破江西詩派的藩籬，形成了各自獨特的藝術風貌，創造了宋詩的又一度繁榮。尤袤、蕭德藻二人存詩既少藝術亦平，這裡只闡述陸、范、楊的詩詞創作。

在陸游近萬首詩中，強烈的愛國主義精神像一根主線貫穿始終，對金用兵的撕心裂肝的呼號，對賣國賊義正詞嚴的聲討，對朝廷屈膝求和的憤怒指責，對南北分裂的痛苦焦灼，對祖國統一的殷切期盼，是放翁詩歌最激動人心的主題；取材廣泛而又創意新穎，富於鮮明的時代氣息而又具有濃郁的浪漫色彩，是放翁詩藝術上的突出特點。《放翁詞》的風格豐富多樣，有「激昂慷慨者」，有「飄逸高妙者」，有「流麗綿密者」（劉克莊《後村詩話續集》）。

真正給范成大帶來盛譽的是他的田園詩，〈四時田園雜興〉真切地反映了農民勞動、農家風俗、農村景物和農民的喜怒哀樂，散發出泥土的氣息，也洋溢著濃郁的詩情，在古代的田園詩中具有里程碑的意義。

楊萬里的詩歌具有鮮明的藝術個性，最突出的特點是機智、詼諧和幽默，以及語言的活潑輕快生動自然，因而形成了他那獨具一格的詩風——誠齋體。

陸游是繼蘇軾之後的又一座宋詩高峰，他與尤袤（或蕭德藻）、范成大、楊萬里並稱為「中興四大詩人」。在南宋前期抗金的烽火中，中興詩人——尤其是陸游——的詩歌匯聚了民族的痛苦、憤怒、憂慮與期盼，深刻地揭示了我們這個民族堅強不屈的靈魂；同時，在他們遭到投降派排擠後的賦閒期間，山水田園成了他們心靈最好的慰藉。因此，山水田園的清音一直伴隨著抗金的吶喊，如范成大對田園風俗的陶醉、楊萬里對自然山水的親近、陸游晚年對山水田園的流連。當然，抗金的吶喊始終是這一時期詩歌的主旋律。

## 第一節 陸游的時代與經歷

陸游（一一二五～一二一〇），字務觀，號放翁，越州山陰（今浙江紹興市）人。他出生於一個文化氣氛濃厚的仕宦家庭，祖父陸佃和父親陸宰都有經學或文學方面的著作行世，他家「收書之富，獨稱江浙」（〈跋京本家語〉）。他出生後兩年國家就遭受「靖康之變」，從小隨父親一道四處逃難，〈三山杜門作歌〉中說：「我生學步逢喪亂。」幼小的心靈很早就從父輩那兒受到愛國主義的薰陶，父親和他的朋友們「相與言及國事，或裂眥嚼齒，或流涕痛哭，人人自期以殺身翊戴王室」（〈跋傳給事帖〉）。民族的深重災難與愛國志士的熱血深深感染了他，因此他很小就立下了殺敵報國的宏願。書香門第的家庭環境使他從小便養成了濃厚的文學興趣。二十九歲赴臨安考進士，取第一。後因秦檜孫子只列第二，招致這位奸相的忌恨，次年禮部複試時被黜落，直到三十八歲時才由孝宗賜進士出身。

孝宗乾道六年（一一七〇）陸游出任夔州通判，一路上他飽覽了大江兩岸的名勝，憑弔了屈原、李白、杜甫等詩人的遺跡，並將沿途見聞寫成《入蜀記》。兩年任滿，陸游應川陝宣撫使王炎之邀入幕襄理軍務，這是他第一次——也是唯一一次——身臨前線的機會，他身著戎裝往來於南鄭前線。鐵馬秋風的生活激發了他的愛國豪情，也把他的人生和創作帶入了新的境地，他在〈九月一日夜讀詩稿有感，走筆作歌〉中說：「我昔學詩未有得，殘餘未免從人乞。力孱氣餒心自知，妄取虛名有慚色。」「四十從戎駐南鄭」才使他悟到了「詩家三昧」。由於川陝之行是他創作成熟的關鍵，後來他將自己的詩、文集分別名為《劍南詩稿》和《渭南文集》。可惜不到一年王炎就調離川陝，陸游改除成都府路安撫司參議官，他怏怏不樂地離開了前線。

淳熙二年（一一七五）范成大鎮蜀，陸游被邀擔任帥府參議官。他與范成大本是友情很深的文字之交，因而不必拘上下僚屬的禮法，後被同僚譏為恃酒頹放，他索性自號為「放翁」。川陝九年是他詩歌創作最旺盛勃發的時期。

離蜀東歸後，他先後在福建、江西、浙江等地做地方官，後因他將抗金主張寫進詩歌中，被議和派以「嘲詠風月」的罪名免職。此後他在山陰故鄉度著安寧簡樸的晚年，有時身雜老農間飲酒談心，有時騎著驢去附近村子為人施藥治病，有時自己參與一點勞動，這時他的生活和心境比較接近陶淵明，詩風也趨於閒適平淡，不過，至死他還念念不忘祖國的統一。寧宗嘉定三年（一二一〇）年底，八十六歲的詩人抱著「死前恨不見中原」（〈太息〉）的隱痛與世長辭，臨終的絕筆〈示兒〉催人淚下：

**死去元知萬事空，但悲不見九州同！王師北定中原日，家祭無忘告乃翁。**

清趙翼認為「放翁詩凡三變」：入川之前宗江西詩派，「雖挫籠萬有，窮極工巧，而仍歸雅正，不落纖佻，此初境也」；「自從戎巴、蜀而境界又一變」，擺脫江西詩派的束縛後詩風宏肆奔放；「及乎晚年，則又造平淡，並從前求工見好之意亦盡消除，所謂『詩到無人愛處工』者，劉後村謂其『皮毛落盡』矣，此又詩之一變也」（《甌北詩話》卷六）。這種分期比較準確地勾畫了詩人的創作歷程。

## 第二節 陸游的詩歌創作

陸游是一位創造力驚人的詩人，他在〈小飲梅花下作〉中稱「六十年間萬首詩」，八十五卷《劍南詩稿》存詩九千三百多首，一卷《放翁詞》存詞一百三十多首。在這卷帙浩瀚的詩歌中，強烈的愛國主義精神像一根主線貫穿始終，對金用兵的撕心裂肝的呼號，對賣國賊義正詞嚴的聲討，對朝廷屈膝求和的憤怒指責，對南北分裂的痛苦焦灼，對祖國統一的殷切期望，是放翁詩最「不可磨處，集中有此，如屋有柱，如人有骨」（紀昀《瀛奎律髓刊誤》批〈書憤二首〉語）。

金人的侵略給黃河兩岸的人民帶來巨大的災難，陸游是這一幕民族慘劇的歷史見證人。侵略者蹂躪淪陷區人民自不必說——「趙魏胡塵千丈黃，遺民膏血飽豺狼」（〈題海首座俠客像〉），就是趙宋王朝統治下的人民也受盡了金人的欺凌盤剝：「中原昔喪亂，豺虎厭人肉。輦金輸虜庭，耳目久習熟。不知貪殘性，搏噬何日足！至今磊落人，淚盡以血續。」（〈聞虜亂次前輩韻〉）他用詩歌來抒寫黃河兩岸人民的心聲，集中表現了民族的意志，如〈秋夜將曉出籬門迎涼有感二首〉其二：

**三萬里河東入海，五千仞嶽上摩天。遺民淚盡胡塵裡，南望王師又一年。**

萬里滔滔的江河與高聳入雲的山嶽，勤勞智慧的人民與光輝燦爛的文化，面對這些血肉相連的同胞與美麗如畫的江山，任何一個有血性的人怎能容忍骨肉分離、山河破碎？怎能容忍侵略者繼續恣意踐踏和瘋狂宰割？難怪陸游有那麼多的「憤」要抒寫了：

早歲那知世事艱，中原北望氣如山。樓船夜雪瓜洲渡，鐵馬秋風大散關。
塞上長城空自許，鏡中衰鬢已先斑。〈出師〉一表真名世，千載誰堪伯仲間。

——〈書憤〉

白髮蕭蕭臥澤中，祇憑天地鑑孤忠。阨窮蘇武餐氈久，憂憤張巡嚼齒空。
細雨春蕪上林苑，頹垣夜月洛陽宮。壯心未與年俱老，死去猶能作鬼雄。

——〈書憤二首〉其一

鏡裡流年兩鬢殘，寸心自許尚如丹。衰遲罷試戎衣窄，悲憤猶爭寶劍寒。
遠戍十年臨的博，壯圖萬里戰皋蘭。關河自古無窮事，誰料如今袖手看。

——〈書憤二首〉其二

這三首〈書憤〉詩分別寫於六十二歲和七十三歲時，老來他追懷鐵馬秋風的往事仍然那麼豪邁，環顧眼前「白髮蕭蕭臥澤中」的現實又不禁辛酸，想起淪陷於敵的故國宮殿林苑更是心情沉痛。可是，詩中的情感不管是高昂還是鬱悶，不管是回首往昔還是展望未來，陸游對祖國命運的關切一以貫之，雖然看到「鏡中衰鬢已先斑」，「鏡裡流年兩鬢殘」，但他仍然「壯心未與年俱老」，仍然「寸心自許尚如丹」，對民族的「孤忠」昭昭可鑑，「死去猶能作鬼雄」的忠勇使人落淚，「憂憤張巡嚼齒空」的剛毅讓人欽仰。愛國主義精神已經內化為他的一種存在本質，自然也就洋溢於他的整個創作中。他看到一把寶劍就起殺敵之念（〈寶劍吟〉），看到草書就幻想為國家「萬里煙塵清」（〈題醉中所作草書卷後〉），觀賞牡丹就引起了「故都」之思（〈賞山園牡丹有感〉）；民族的分裂使他春天的遊興變成掃興（〈春日雜興〉），朝廷的怯懦苟安使他登賞心亭時卻深感痛心（〈登賞心亭〉）；白天意識清醒時盼望能盡驅胡虜，夜晚夢中也想著盡復「漢唐故地」：

**天寶邊兵陷兩京，北庭安西無漢營。五百年間置不問，聖主下詔初親征。**
**熊羆百萬從鑾駕，故地不勞傳檄下。築城絕塞進新圖，排仗行宮宣大赦。**
**岡巒極目漢山川，文書初用淳熙年。駕前六軍錯錦繡，秋風鼓角聲滿天。**
**苜蓿峰前盡亭障，平安火在交河上。涼州女兒滿高樓，梳頭已學京都樣。**

——〈五月十一日夜且半，夢從大駕親征，盡復漢唐故地，見城邑人物繁麗，云「西涼府」也，喜甚，馬上作長句，未終篇而覺，乃足成之〉

此詩寫於孝宗淳熙七年（一一八〇），時陸游五十六歲，已從偏遠荒涼的福建建安調往靠近京師的撫州，個人的處境的確較從前有所改善，但他的情緒總是壓抑低落，因為詩人從未耿耿於自己的升降沉浮，他牽腸掛肚的始終是恢復中原的宏圖大業。現實中南宋對金的戰爭多以割地求和告終，殺敵復國的崇高理想只是在夢中才能實現。陸游這首記夢詩是對現實失望的一種補償，也表達了朝思暮想收復失地的心聲。現實屢多失望，夢想便成奇葩。當他從凱歌高奏的夢中醒來時，眼前的一切更叫他痛心：

**蜀棧秦關歲月遒，今年乘興卻東遊。全家穩下黃牛峽，半醉來尋白鷺洲。**
**黯黯江雲瓜步雨，蕭蕭木葉石城秋。孤臣老抱憂時意，欲請遷都涕已流。**

——〈登賞心亭〉

靖康之恥後，「掃胡塵」的呼聲就不絕於耳，陸游與其他愛國主義詩人不同的是，他不僅僅表達對國事的憂慮，不是把自己置身事外來呼籲別人或請朝廷去靖國難，而是投身於這場抗金的洪流中，期望自己能血灑疆場以建奇功。他最害怕的是「時平壯士無功老」（〈春殘〉），一直希望自己「草罷捷書重上馬，卻從鑾駕下遼東」（〈秋聲〉）。詩人的這種心境和他詩歌中的這種意境在陸游前後的詩人中並不多見，如〈十一月四日風雨大作二首〉其二：

**僵臥孤村不自哀，尚思為國戍輪臺。夜闌臥聽風吹雨，鐵馬冰河入夢來。**

可恨的是南宋小朝廷並不理會陸游呼喊出來的這些心聲，他們為了一家的天下或個人的私利，寧可出賣千萬人民和萬里河山，種種倒行逆施使詩人極度心寒和憤怒：

**和戎詔下十五年，將軍不戰空臨邊。朱門沉沉按歌舞，廄馬肥死弓斷弦！**
**戍樓刁斗催落月，三十從軍今白髮。笛裡誰知壯士心，沙頭空照征人骨。**
**中原干戈古亦聞，豈有逆胡傳子孫？遺民忍死望恢復，幾處今宵垂淚痕！**

——〈關山月〉

《劍南詩稿》雖然都是一些短峭的抒情詩，最長的也「從未有至三百言以外」（清趙翼《甌北詩話》卷六）。但陸游詩中表現的生活面廣闊而又豐富，除了那些抒寫抗金復地的愛國主義題材以外，還有許多描寫農村生活、抒寫閒適心境、詠嘆愛情不幸的優秀篇章。描寫農村生活題材的詩歌，有的對農民的苦難表示了深厚的同情，如〈農家嘆〉，也有的反映豐收後農民的喜悅，如〈岳池農家〉，而以沉醉恬靜的田園風光及讚美淳樸的農村風俗的詩篇為多，藝術上這類詩也更令人回味：

**莫笑農家臘酒渾，豐年留客足雞豚。山重水複疑無路，柳暗花明又一村。**
**簫鼓追隨春社近，衣冠簡樸古風存。從今若許閒乘月，拄杖無時夜叩門。**

——〈遊山西村〉

亂山深處小桃源，往歲求漿憶叩門。高柳簇橋初轉馬，數家臨水自成村。
茂林風送幽禽語，壞壁苔侵醉墨痕。一首清詩記今夕，細雲新月耿黃昏。

——〈西村〉

他有不少詩慨嘆生活的艱辛，同時也流露出對生活的熱愛，這位飽經風霜的老人回味漫長人生的酸甜苦辣時，常於平凡瑣屑的生活中尋覓濃郁雋永的詩情：

世味年來薄似紗，誰令騎馬客京華？小樓一夜聽春雨，深巷明朝賣杏花。
矮紙斜行閒作草，晴窗細乳戲分茶。素衣莫起風塵嘆，猶及清明可到家。

——〈臨安春雨初霽〉

衣上征塵雜酒痕，遠遊無處不銷魂。此身合是詩人未？細雨騎驢入劍門。

——〈劍門道中遇微雨〉

前首詩以流麗的筆觸和清亮的音節生動地描寫了江南明媚清新的春意，並含蓄地流露出厭倦仕途的情調，在閒適恬靜的背後又蘊藏著感慨與牢騷。後一首以其詩情畫意傳誦不衰，詩人那「細雨騎驢入劍門」的瀟灑形象是那樣令人著迷，以致讀者常常忽視了詩中隱含著「志士淒涼閒處老」（〈病起〉）

的感傷。

宋人的愛情或豔情都被擠進詞中，所以宋代很少有打動人心的愛情詩，陸游的幾首愛情詩可謂宋詩中的瑰寶。他與原妻唐氏婚後感情和洽親密，無奈陸母不喜歡這位本是其族侄的兒媳，硬是將小兩口棒打鴛鴦散，這樁婚事是詩人終身難以治癒的精神創傷。唐氏改嫁後曾在沈園與陸游相遇，陸游七十五歲還難忘她的芳影前塵，寫下了哀婉纏綿的愛情絕唱——〈沈園二首〉：

**城上斜陽畫角哀，沈園非復舊池臺。傷心橋下春波綠，曾是驚鴻照影來。**

——其一

**夢斷香消四十年，沈園柳老不吹綿。此身行作稽山土，猶弔遺蹤一泫然！**

——其二

唐氏不僅早已改嫁他人，而且已經「夢斷香消四十年」了，其事已無可挽回，其情卻依然繾綣，詩人八十四歲時還忘不了前妻：「也信美人終作土，不堪幽夢太匆匆。」（〈春遊〉）這兩首詩交織著他的摯愛、愧疚、悔恨與遺憾，陳衍在《宋詩精華錄》中評論道：「無此絕等傷心之事，亦無此絕等傷心之詩。就百年論，誰願有此事？就千秋論，不可無此詩。」

與其所抒寫的情感博大深厚相應，陸游詩歌的藝術成就同樣是非常傑出的。取材廣泛和創意新穎是陸詩突出的特點。從抗金和遷都這樣的國家大事到諸如喝茶飲酒這樣的日常生活，從莊嚴的愛國主義到細膩的個人戀情，生活的方方面面都攝入了他的詩中。除了晚年的創作偶有率筆，少數詩句在詩中重複出現以外，他近萬首詩「每一首必有一意；就一首中，如近體每首二聯，又一句必有一意。凡一草、一木、一魚、一鳥，無不裁剪入詩」（清趙翼《甌北詩話》卷六）。

陸詩另一突出的特點是既富於鮮明的時代氣息又具有濃郁的浪漫色彩。他詩集中沒有杜甫〈北征〉、「三吏三別」那樣較長的敘事詩，古體和近體都是篇幅短小的抒情詩，這便於他以強烈的激情與奇特的幻想來反映現實生活。現實中宋與金的對抗多以宋失地賠款告終，而在他詩中卻是「熊羆百萬從鑾駕，故地不勞傳檄下。築城絕塞進新圖，排仗行宮宣大赦」（見前），他以夢中的勝利補償戰場上的失敗：「三更撫枕忽大叫，夢中奪得松亭關」（〈樓上醉書〉），「晝飛羽檄下列城，夜脫貂裘撫降將」（〈九月十六日夜夢駐軍河外遣使招降諸城，覺而有作〉）。據清人趙翼統計，《劍南詩稿》中記夢詩有九十九首之多，而他夢中所歷多半是宋軍收復失地和消滅敵人，這是他個人和民族心聲的一種幻想反映。他詩中也常使用誇張的手法，如寫報國無門的悲憤——「國仇未報壯士老，匣中寶劍夜有聲」（〈長歌行〉），如寫江中景象——「俊鶻橫飛遙掠岸，大魚騰出欲凌空」（〈初發夷陵〉）。

陸游以其詩歌的質高量多雄視詩壇，成為南宋前朝詩壇的一代盟主。他如此傑出的成就首先得益於他直接從生活中吸取源泉，其次得益於他能廣泛地吸取前人和時人的藝術經驗。他拳拳服膺的詩人有屈原、陶淵明、李白、杜甫、岑參等，屈原深沉激烈的情感和九死不悔的愛國精神，是陸游愛國主義詩歌的先導。他從小讀陶詩就廢寢忘食，晚年閒適高潔的心境更深契淵明。他的奔放豪邁和飄逸瀟脫酷似李白，深摯沉鬱和憂國憂民又頗類杜甫。抗金詩篇的奇峭雄肆更近於岑參，而語言的明朗暢達則很像白居易。除此之外，他還師事同代的名詩人曾幾，從他學習江西詩派的詩法；儘管他自己寫詩重藻繪，卻一直推重北宋平淡樸質的梅堯臣。當然，古代詩人中對他影響最大的還是屈原、李白、杜甫，陸詩像杜詩一樣被人尊稱為「詩史」，陸游本人則被時人譽為「小李白」。他的詩友楊萬里在〈跋陸務觀《劍南詩稿》二首〉其一中說：「重尋子美行程舊，盡拾靈均怨句新。」

陸游虛心學習前人但從不剽掠前人，在〈次韻和楊伯子主簿見贈〉中說：「文章最忌百家衣，火龍黼黻（音同甫服，衣服上的花紋）世不知。誰能養氣塞天地，吐出自足成虹霓。」他熔鑄百家而自成一家，形成了豪蕩豐腴而又雄渾暢朗的藝術風格。詩風之「腴」來源於詩人情感之「豐」，詩境的雄渾來源於詩人氣魄的宏偉。他的詩情豪宕感激，詩語又「清空一氣，明白如話」（清趙翼《甌北詩話》卷六）。

陸詩各體都不乏佳作，其中七言律詩和七言古詩成就尤高。清人洪吉亮稱七律發展至陸游「詩家之能事畢，而七律之能事亦畢」（《北江詩話》），沈德潛認為「放翁七言律」在當時「無與比埒」（《說詩晬語》），王士禛論七律宋代首推陸游。他的七言古詩最充分表現了他的激情與個性，它們「才氣豪健，議論開闢；引用書卷，皆驅使出之，而非徒以數典為能事；意在筆先，力透紙背；有麗語而無險語，有豔詞而無淫詞；看似華藻，實則雅潔；看似奔放，實則謹嚴」（清趙翼《甌北詩話》卷六）。

陸游廓清了江西詩派的一些弊端，為宋詩的發展開闢了新的天地，稍後的「永嘉四靈」及「江湖詩派」無不受到他的影響。「四靈」諸人諳「用陸之法度」（《詩人玉屑》卷十九）眾所周知，「江湖詩派」

中的蘇洞、戴復古更是陸游的親炙弟子。近代帝國主義的入侵危及民族生存的時候，陸游的愛國主義精神激起洪亮的迴響，梁啟超曾在〈讀陸放翁集〉中熱情地稱讚說：

**詩界千年靡靡風，兵魂銷盡國魂空。集中什九從軍樂，亙古男兒一放翁。**

## 第三節 《放翁詞》的藝術風貌

陸游對詞心存偏見與鄙夷，自然更談不上希望以詞名世了。他在〈長短句序〉中說：「倚聲製詞，起於唐之季世。則其變愈薄，可勝嘆哉！予少時汨於世俗，頗有所為，晚而悔之，然漁歌菱唱，猶不能止。」如果說他終身並力作詩的話，那麼他只是以餘力填詞。不過，這並不妨礙他仍然是位有成就有個性的詞人，他在〈文章〉一詩中就已說過：「文章本天成，妙手偶得之。」不屑於為詞人正表明他不想以詞人自限，所以其成就能高於一般詞人。

宋代許多作家在詩中是正人君子，在詞中卻像風流浪子，詩境與詞境相互割裂，但陸游的詞境與詩境彼此印證和補充。愛國主義是其詩與詞共同抒寫的主題，他的許多詞像其詩一樣以強烈的激情抒寫抗金衛國的壯志及壯志未酬的悲憤，如：

**壯歲從戎，曾是氣吞殘虜。陣雲高、狼煙夜舉。朱顏青鬢，擁雕戈西戍。笑儒冠、自來多誤。**
**功名夢斷，卻泛扁舟吳楚。漫悲歌、傷懷弔古。煙波無際，望秦關何處？嘆流年、又成虛度。**

——〈謝池春〉

**當年萬里覓封侯，匹馬戍梁州。關河夢斷何處？塵暗舊貂裘。**
**胡未滅，鬢先秋，淚空流。此生誰料，心在天山，身老滄州。**

——〈訴衷情〉

這些詞主要不是哀嘆個人的功名未就，而是痛惜祖國的山河破碎，在痛苦的呻吟中包含了豐富的社會內涵。儘管詞人在哀怨嗚咽、老淚橫流，詞卻具有歷史的深度和壯闊的氣勢。

陸游的一腔愛國衷腸往往不被別人理解，還多次遭到投降派革職罷官的打擊。但他並不因此降節賣身以求榮，一生堅守自己的志向和節操，既是一位崇高的愛國志士，也是一位高潔堅貞的詩人詞人。〈卜算子．詠梅〉生動地表現了他堅貞自守的品格與決不逢迎邀寵的傲骨：

**驛外斷橋邊，寂寞開無主。已是黃昏獨自愁，更著風和雨。**
**無意苦爭春，一任群芳妒。零落成泥碾作塵，只有香如故。**

他在受到排擠打擊以後就在釋、道中尋求安慰，以期解脫自己精神上的苦悶，因此，《放翁詞》中有不少作品表現超脫出世的情懷。劉師培在《論文雜記》中曾將陸詞比之於陶詩，但陸游那種強烈的使命感不可能讓他真正超塵絕世，只是以瀟灑曠達的外表掩飾國仇未報的悲哀罷了。如：

**家住蒼煙落照間，絲毫塵事不相關。斟殘玉瀣行穿竹，卷罷黃庭臥看山。**
**貪嘯傲，任衰殘，不妨隨處一開顏。元知造物心腸別，老卻英雄似等閒！**

——〈鷓鴣天〉

**一竿風月，一蓑煙雨，家在釣臺西住。賣魚生怕近城門，況肯到紅塵深處？**
**潮生理棹，潮平繫纜，潮落浩歌歸去。時人錯把比嚴光，我自是無名漁父。**

——〈鵲橋仙〉

在陸詞中最為人傳誦的要算那首〈釵頭鳳〉，它寫於與已仳離的原妻唐氏再度相逢於沈園之後，以一種淒惻的調子傾訴了夫妻被迫拆散後的痛恨，以及兩人的眷戀和相思。此詞以短句密韻奔瀉而出，語氣雖急促抒情卻委婉，既一氣貫注又韻味無窮：

**紅酥手，黃縢酒，滿城春色宮牆柳。東風惡，歡情薄。一懷愁緒，幾年離索。錯，錯，錯！**
**春如舊，人空瘦，淚痕紅浥鮫綃透。桃花落，閒池閣。山盟雖在，錦書難託。莫，莫，莫！**

劉克莊認為「放翁長短句……其激昂感慨者，稼軒不能過；飄逸高妙者，與陳簡齋、朱希真相頡頏；流麗綿密者，欲出晏叔原、賀方回之上」（《後村詩話續集》）。劉說雖未免過譽，但他指出了陸詞藝術風格豐富多彩的特色：有些詞激昂慷慨一如其詩，如〈漢宮春．初自南鄭來成都作〉、〈夜遊宮．記夢寄師伯渾〉等；有些詞又寫得放曠飄逸，如〈好事近〉（湓口放船歸）、〈鷓鴣天〉（家住蒼煙落照間）、〈鷓鴣天〉（懶向青門學種瓜）等；有些詞則寫得深情綿麗，如〈沁園春〉（一別秦樓）、〈釵頭鳳〉等。

放翁詞在藝術上的佳境是雄快處別具盤旋頓挫之姿，飄逸時又不乏沉鬱深婉之至。在藝術上的缺陷是他以詩人的懷抱和詩歌的筆法填詞，有時不免傷於真率淺露，王國維《人間詞話》論其詞說：「劍南有氣而乏韻。」

## 第四節　田園詩的集大成者范成大

范成大（一一二六～一一九三），字致能，號石湖居士，吳郡（今江蘇蘇州市）人。其父范雩為宋徽宗宣和六年（一一二四）進士。范成大出生於金兵鐵騎南侵的欽宗靖康元年（一一二六），四歲那年故鄉蘇州遭金兵焚掠，當他十四、五歲時連遭父母之喪。他的青少年是在淒寒、黯淡、動盪中度過的。二十九歲時中進士，隨即出任徽州司戶參軍近七年，後入京任秘書省正字、吏部員外郎等職。孝宗乾道六年（一一七〇）奉命使金。這次出使范成大一改宋使在金人面前卑躬屈膝的媚態，保持了民族的氣節和尊嚴，並在往返途中寫了七十二首紀行詩。回朝後，他以不辱使命遷中書舍人，隨後歷任靜江、成都、明州、建康等地行政長官。淳熙五年（一一七八）一度拜參知政事。淳熙九年歸隱蘇州靈巖山南的石湖別墅，一直到逝世。

范成大雖然是一位官品很高的詩人，但有強烈的愛國心和正義感，並一直與下層人民保持廣泛的聯繫，迷戀鄉村淳樸的風情。他不管是為官還是賦閒都一直關注農民的冷暖，不斷以詩來揭露鄉紳橫行鄉里的霸道行徑，對人民的苦難寄予了深切的同情，如：

**輸租得鈔官更催，踉蹡里正敲門來。手持文書雜嗔喜：「我亦來營醉歸耳！」**
**床頭慳囊大如拳，撲破正有三百錢。「不堪與君成一醉，聊復償君草鞋費。」**

——〈催租行〉

他最享盛名的詩篇是六十首〈四時田園雜興〉，它是古代田園詩的集大成之作，范成大也因此贏得了「田園詩集大成者」的稱號。這一組詩分春日、晚春、夏日、秋日、冬日五組，每組各十二首七言絕句，詩前有一則小序說：「淳熙丙午（十三年），沉痾少紓，復至石湖舊隱。野外即事，輒書一絕，終歲得六十篇，號〈四時田園雜興〉。」田園詩有悠久傳統，范成大之前已出現了陶淵明這樣以田園詩名世的大詩人，〈四時田園雜興〉何以成為詩人定身價的作品，並為他帶來如此盛譽呢？這是由於該組詩在內容和形式上都有新的突破和創造。

范成大之前的田園詩從沒有像〈四時田園雜興〉那樣以組詩的形式集中、全面、系統地描繪田園生活。《詩經》中的〈七月〉是現存最古老的田園詩，敘述了從年頭到年尾農民辛勞艱苦的生活，但這首詩在以後的詩歌發展中沒有產生多大影響，後來的田園詩基本以陶淵明的「田家語」為樣板。陶的田園詩雖寫了一些「晨興理荒穢，帶月荷鋤歸」（〈歸園田居五首〉其三）的「躬耕」勞作，可他主要是將田園的淳樸對抗官場的汙濁，這容易不自覺地將田園生活理想化。自此而後，田園與隱逸就相伴相隨，詩人們將田園作為心靈的安息之所，他們描寫的只是自己心靈中的田園。王維、孟浩然、儲光羲等人的田園詩中雖然點綴了不少「雞犬」、「桑麻」、「牛羊」、「墟落」，實際並沒有多少田園的鄉土氣息，只是「桃花源」的再版。中唐以後倒是出現了不少反映農民辛苦、貧窮和受壓榨的詩歌，如大量的〈憫農〉、〈憐農〉、〈田家詞〉之類，但它們傳統上又不能稱為「田園詩」。

范成大的〈四時田園雜興〉則融匯了《詩經》中〈七月〉，陶、王等的田園詩以及〈憫農〉一類的作品，它們真實而深刻地反映了農民勞動、農家風俗、鄉村景物和農民的喜怒哀樂，真正散發出泥土的芳香，也洋溢著濃郁的詩意——不是像王、孟等人那樣以士大夫的眼光詩化現實中的田園生活，而是從現實的田園生活中提煉詩情：

土膏欲動雨頻催，萬草千花一餉開。舍後荒畦猶綠秀，鄰家鞭筍過牆來。
——〈春日田園雜興〉其二

高田二麥接山青，傍水低田綠未耕。桃杏滿村春似錦，踏歌椎鼓過清明。
——〈春日田園雜興〉其三

蝴蝶雙雙入菜花，日長無客到田家。雞飛過籬犬吠竇，知有行商來買茶。
——〈晚春田園雜興〉其三

垂成穡事苦艱難，忌雨嫌風更怯寒。箋訴天公休掠剩，半償私債半輸官。
——〈秋日田園雜興〉其五

新築場泥鏡面平，家家打稻趁霜晴。笑歌聲裡輕雷動，一夜連枷響到明。
——〈秋日田園雜興〉其八

**放船開看雪山晴，風定奇寒晚更凝。坐聽一篙珠玉碎，不知湖面已成冰。**

——〈冬日田園雜興〉其六

每一首絕句攝取一個生活畫面，六十首絕句就組成了一幅田園風俗畫的長廊，從年初到年終，從春播到秋收，從農閒到農忙，從農民的艱辛到鄉紳的盤剝，從兒童的天真到老翁的慈祥，從村姑的靈巧到鄉民的幽默……內容琳琅滿目，形式別開生面，田園詩在范成大手中煥發出了新的光彩。

他七十二首使金紀行詩也是以短小的七言絕句組成，描寫了淪陷區的秀麗山河，表達了對祖國的熱愛和收復失地的決心；借古人遺跡以抒憤，提出「誰遣神州陸地沉」的質問（〈雙廟〉）；表現淪陷區人民的盼望與失望，如天街上「年年等駕回」的父老，沿途爭看「漢官」（〈翠樓〉）的白頭翁媼；描寫金國的風土習俗，揭露金人統治區的貧窮落後和殘破荒涼。它們在內容上包羅萬象，而所抒寫的主題卻始終貫穿著愛國情懷。如：

**州橋南北是天街，父老年年等駕回。忍淚失聲詢使者：「幾時真有六軍來？」**

——〈州橋．南望朱雀門，北望宣德樓，皆舊御路也〉

**女僮流汗逐氈軿，云在淮鄉有父兄。屠婢殺奴官不問，大書黥面罰猶輕。**

——〈清遠店．定興縣中客邸前有婢兩頰刺逃走字，云是王家私自黥涅，雖殺之不禁〉

**梳行訛雜馬行殘，藥市蕭騷土市寒。惆悵軟紅佳麗地，黃沙如雨撲征鞍。**

——〈市街・京師諸市皆荒索僅有人居〉

看到侵略者洗劫後的汴京如此荒涼破敗，遇見自己的同胞骨肉慘遭蹂躪，聽到父老「幾時真有六軍來」的詢問，詩人的心在痛苦地滴血，但他的愛國之情沒有像陸游那樣澎湃而出，而是通過畫面和細節的描繪來表現，顯得深沉而含蓄。

受時代風氣的影響，他開始寫詩也是學江西詩派，後來中晚唐詩人如元稹、白居易、張籍、王建、皮日休、陸龜蒙對他的影響更大。由於他在藝術上取徑較廣，詩歌的風格自然也就多樣，前人曾以「清新嫵麗」、「俊偉奔逸」、「秀淡」、「婉峭」、「流麗」評其詩，在這多種風格的統一中所呈現的主要特徵是：明淨流美，輕巧便婉。他的古近體詩用字輕巧自然，毫無江西詩派的艱澀生硬之態；語言明淨而音調流美，無論寫景抒情都富有情韻，如七律〈早發竹下〉：

**結束晨裝破小寒，跨鞍聊得散疲頑。行衝薄薄輕輕霧，看放重重疊疊山。**
**碧穗吹煙當樹直，綠紋溪水趁橋彎。清禽百囀似迎客，正在有情無思間。**

這首詩風調之流利一如行雲流水，詩人那種輕靈秀麗的詩風借此可以嘗鼎一臠。

可是，范成大也染上了江西詩派掉書袋的老毛病，喜歡在詩中搬弄冷僻的典故。顯然，范成大的藝術成就不能與陸游抗衡，但可以和楊萬里齊驅並駕。

## 第五節 獨創新格的詩人楊萬里

楊萬里（一一二七～一二〇六），字廷秀，吉州吉水（今江西吉水縣）人。宋高宗紹興二十四年（一一五四）進士，歷任太常博士、寶謨閣學士等職。他青年時代曾從王庭珪和胡銓求學，任永州零陵丞時又拜謁謫居永州的名將張浚，張以正心誠意之學相勉勵，此後對張浚終身奉之為師，他將自己的書房名為「誠齋」，並以「誠齋」為號。他的詩文雖然寫得風趣幽默，但立身大節卻嚴肅不苟。韓侂胄專權時他家居十五年不出，而且拒絕為韓侂胄的南園作記，當陸游為韓寫了〈南園記〉和〈閱古泉記〉後，他還特地寫詩去批評陸游。當他得知韓為鞏固權位對金倉促用兵時，即憂憤而卒。

他曾自編詩集九種，收詩四千多首。在《江湖集》和《荊溪集》的自序中，他詳細敘述了自己的創作歷程：最初學江西詩派諸君，接著學陳師道的五律，繼而學習王安石的七絕，轉而又學習晚唐詩人的絕句，最後才「忽若有寤」，晚唐、王、陳、江西諸君都不學，「擕一便面（即扇子），步後園，登古城，採擷杞菊，攀翻花竹，萬象畢來，獻予詩材」（〈誠齋荊溪集序〉）。楊萬里始終沒有公開批評過江西詩派，但以自己的創作和詩論破除了人們對江西詩派的迷信，他在〈跋徐恭仲省幹近詩〉中說：

**傳派傳宗我替羞，作家各自一風流。黃陳籬下休安腳，陶謝行前更出頭。**

這表明了他要在詩壇上獨樹一幟的雄心，他的詩歌創作是宋代詩風轉變的樞紐：由依賴詩法轉向重視詩興，由只求詩形詩格轉向重視詩味，由資學問以為詩轉向因性情而為詩。他認為「學詩須透脫，信手自孤高」（〈和李天麟二首〉其一），他的同輩和後輩都稱讚他的「活法」，佩服他創作中「生擒活捉」的本領（參考錢鍾書《宋詩選注．楊萬里》），他寫詩是從師法前人逐漸轉向師法自然的。

「活法」本是後期江西詩派詩人呂本中提出的，本意是要詩人不破壞江西詩派的詩法又不株守其詩法，使創作中既有規矩又靈活自如，楊萬里的「活法」比呂本中更徹底，它更強調必須括掉詩法的翳障，讓自己直接從自然中尋覓詩情，「郊行聊著眼，興到漫成詩」（〈春晚往永和〉），「閉門覓句非詩法，只是征行自有詩」（〈下橫山灘頭望金華山四首〉其二）。所謂「生擒活捉」的本領是指楊萬里對自然的敏感和他才思的敏捷，像攝影機一樣能「搶拍」下大自然中瞬息萬變的「鏡頭」和畫面。江西詩派對古書的敏感造成了對大自然的遲鈍，楊萬里則跳出古書而投身於大自然，從而與自然建立起一種新的審美關係，並形成了他那獨具一格的詩風——「誠齋體」。

「誠齋體」突出的特點就是風趣。他各種題材的詩都充滿了機智、詼諧和幽默，即使是嚴肅的主題也出之以詼諧嘲諷，如〈嘲淮風進退格〉：「絮帽貂裘莫出船，北窗最緊且深關。顛風無賴知何故，做雪不成空自寒。不去掃清天北霧，只來捲起浪頭山……」借淮風來嘲罵議和派無能抗擊北方金兵，只會在朝中攪得國無寧日。至於那些寫山水和日常生活的詩歌更充滿喜劇色彩，讀來簡直叫人捧腹，真的是「不笑不足以為誠齋之詩」（清吳之振《宋詩鈔．誠齋詩鈔序》），如：

**篙師只管信船流，不作前灘水石謀。卻被驚湍漩三轉，倒將船尾作船頭。**

——〈下橫山灘頭望金華山四首〉其一

**雨裡船中不自由，無愁稚子亦成愁。看渠坐睡何曾醒，及至教眠卻掉頭。**

——〈嘲稚子〉

「誠齋體」的另一特點是大量運用擬人手法。他之前的山水詩中人與自然的和諧是以人消融在自然中為前提的，在靜觀的詩境中人齊同於山水萬物，而楊萬里的山水詩則使自然變成人，山水萬物被賦予了人情世態：

**過盡危磯出小潭，回頭失卻石峰巉。春寒料峭元無事，知我猶藏一布衫。**

——〈出真陽峽十首〉其一

**嶺下看山似伏濤，見人上嶺旋爭豪。一登一陟一回顧，我腳高時他更高。**

——〈過上湖嶺望招賢江南北山四首〉其二

**碧酒時傾一兩杯，船門纔閉又還開。好山萬皺無人見，都被斜陽拈出來。**

——〈舟過謝潭三首〉其三

「誠齋體」的又一特點是語言活潑輕快、生動自然，由於他的詩直接醞釀於社會生活和大自然，所以廣泛吸收活在口頭的俚語謠諺入詩。他只求詩語的自然生動，很少像江西詩派的詩人那樣去過問語言是否有「來歷」，如：

**野菊荒苔各鑄錢，金黃銅綠兩爭妍。天公支與窮詩客，只買清愁不買田。**

——〈戲筆二首〉其一

**梅子留酸濺齒牙，芭蕉分綠上窗紗。日長睡起無情思，閒看兒童捉柳花。**

——〈閒居初夏午睡起二絕句〉其一

「誠齋體」的再一特點就是它的奇趣。楊詩的奇趣不是來於怪字、僻典和拗句，而是來於他那奇

幻豐富的想像和新穎的構思，如〈重九後二日同徐克章登萬花川谷，月下傳觴〉前半部分：

**老夫渴急月更急，酒落杯中月先入。領取青天併入來，和月和天都蘸濕。**
**天既愛酒自古傳，月不解飲真浪言。舉杯將月一口吞，舉頭見月猶在天。**
**老夫大笑問客道：「月是一團還兩團？」酒入詩腸風火發，月入詩腸冰雪潑。**
**一杯未盡詩已成，誦詩向天天亦驚。焉知萬古一骸骨，酌酒更吞一團月。**

月落酒杯是因為它比「老夫」渴得更急，青天也被月亮領來映入杯中，自己明明「舉杯將月一口吞」，怎麼「舉頭見月猶在天」呢？請問到底「月是一團還兩團」……一連串的奇思異想使人目不暇接，用筆同樣曲折多變，詩境奇峰迭起，層次一筆一轉，「他人詩只一摺，不過一曲折而已，誠齋則至少兩曲折」（陳衍《陳石遺先生談藝錄》）。

儘管他的藝術個性偏愛陶、謝、王、孟一路的山水田園詩，詩集中大部分為「追琢風月」（〈刑部侍郎章公墓銘〉）之作，但他同時又是一位極有愛國心和同情心的詩人，不僅在山水詩中寄寓憂國憂民的情懷，諷刺上層權貴殘暴而又無能的本性，如「大江端的替人羞，金山端的替人愁」（〈雪霽曉登金山〉），「翠帶千鐶束翠巒，青梯萬級搭青天。長淮見說田生棘，此地都將嶺作田」（〈過石磨嶺，嶺皆創為田，直至其頂〉），而且還寫了不少直抒愛國之情的作品，如〈初入淮河四絕句〉：

船離洪澤岸頭沙，入到淮河意不佳。何必桑乾方是遠，中流以北即天涯。

——其一

兩岸舟船各背馳，波痕交涉亦難為。只餘鷗鷺無拘管，北去南來自在飛。

——其三

中原父老莫空談，逢著王人說不堪。卻是歸鴻不能語，一年一度到江南。

——其四

〈插秧歌〉是農忙季節插秧情景的生動寫生，以樸實而又詼諧的筆觸寫出了農民的勤勞與辛苦；〈竹枝歌〉七首充分表現了詩人「生擒活捉」的本領，以快捷的鏡頭「搶拍」了一組縴夫拉縴圖；〈憫農〉則以沉痛的心情反映種稻穀的人沒有稻穀「度殘歲」的慘像。

可能是他過於看重風趣，他抒寫愛國情懷的作品不如陸游的慷慨激烈，同情人民疾苦的作品不如范成大的悲切深沉，讀者對他創作的機智幽默報以會心的微笑，但他的詩情難以深深地打動人心。他得心應手的「活法」為他的詩歌帶來了活潑輕巧，又正是這個「活法」造成了他創作的滑快草率。當然，這些無損於他是一位優秀詩人，他那幽默詼諧的藝術個性，他那輕巧活潑的詩歌風格，將永遠給人以審美的愉悅。從詩歌發展來看，他的詩風給詩壇注入了新的活力，對同時和後來的詩人產生了深遠的影響，與他齊名的范成大尚且有〈枕上二絕效楊廷秀〉，「四靈」和江湖派詩人得益於他的就更多了。

第七章 辛棄疾與「辛派詞人」

辛棄疾是南宋政壇上一位具有壯懷偉志的豪傑，也是當時詞壇上一位「橫絕六合，掃空萬古」（劉克莊〈辛稼軒集序〉）的泰斗。在「南共北，正分裂」（〈賀新郎．用前韻贈金華杜叔高〉）的歷史時期，他和陸游同時唱出了民族的心聲，辛詞和陸詩同為南宋詩詞中的雙璧。在詞的發展史上，辛詞又與蘇詞前後輝映，他在蘇軾「一洗綺羅香澤之態」（宋胡寅〈向薌林酒邊集後序〉）的基礎上，以其縱橫不世之才進一步開拓詞的疆域，使題材更為廣闊豐富，使詞境更為雄豪恢張。就詞風的某些相近而言「雖蘇、辛並稱」，就其詞的總體成就來說「辛實勝蘇」（清納蘭成德《淥水亭雜識》）。

就其所抒寫的情感內容看，辛詞和陸詩一樣唱出了民族的心聲，恢復中原、統一祖國是辛棄疾生命的價值和意義之所寄，也是辛詞所抒寫的重心，他把自己的全部身心都獻給了民族的救亡圖存，《稼軒詞》正是在這一點上凝聚了民族的精神和時代的走向；就其詞的藝術成就看，辛詞又與蘇詞前後輝映。辛詞既具有氣吞千古的宏放氣度，又不失含蓄委婉的細膩情懷，兼具豪放雄深與委曲蘊藉之長。

「辛派詞人」都不同程度地受到辛棄疾的影響，詞風以雄健粗獷為其主要特色，可惜這派詞人只注意到了辛詞雄健與力度的一面，而忽視了辛詞中盤旋鬱結、曲折婉轉的另一面，有時從粗獷滑向了粗率，從慷慨滑向了叫囂。

## 第一節 從抗金志士到詞壇大家

辛棄疾（一一四〇～一二〇七），字幼安，號稼軒。宋高宗紹興十年他出生在濟南歷城，其時故鄉已淪陷十多年了。祖父辛贊雖因人口眾多未能脫身南下，後來不得不仕於金，但無時不懷念故國，經常帶著孫子「登高望遠，指畫山河」，盼望將來有一天能「投釁而起，以紓君父所不共戴天之憤」（辛棄疾〈美芹十論〉序）。長輩的教育在他幼小的心田播下了愛國的種子，而在淪陷區身受和目睹的民族壓迫更激起了他愛國的激情。他二十一歲時就組織過一支抗金義軍，不久，又率眾參加由耿京領導的農民起義軍，並擔任掌書記之職。耿京接受他投歸南宋的建議，當他與賈瑞渡江接洽南投事宜時，耿京被漢奸張安國殺害。辛在北返途中聽到這一不幸消息，馬上率五十多人襲入金營，把正與金人慶功狂飲的張安國縛回建康。他的忠義勇敢和豪氣膽略，使得昏懦的宋高宗「一見三嘆息」（宋洪邁〈稼軒記〉），更使南北的抗金志士感到鼓舞。

南歸的最初幾年他不顧自己沉淪下僚的處境，不斷向朝廷獻計獻策，在〈美芹十論〉和〈九議〉中，他詳細分析了敵我雙方的政治、經濟和軍事形勢，對恢復中原的大業做了切實的籌劃，表現出了一個戰略家的眼光。他的膽略、才幹和見識雖然逐漸為上層所認識，但朝廷既沒有採納他的建議，也沒有讓他著手統一大業，而是利用他的軍事政治才能來鎮壓農民起義，來應付各地出現的棘手難題。從乾道八年（一一七二）起，他先後做過滁州太守、江西提點刑獄、荊湖北路安撫使、湖北和湖南轉運副使、湖南和江西安撫使，在地方任內既表現了他熱愛祖國和同情人民的品質，也顯露了有膽有識的治國之才。他在湖南創建的飛虎軍，在後來國防中發揮了重要作用。在江西任安撫使時當地大饑，他拿出官家的公錢和銀器，並向官僚、富商借錢去外地購糧賑饑。他一邊為朝廷鎮壓茶民和農民暴動，一邊又為被鎮壓的人民請命：「民者國之根本」，他們是被那些「貪濁之吏迫使為盜」的，懲治貪官汙吏才是「弭盜之術」，絕不能「恃其有平盜之兵」（〈論盜賊劄子〉）。由於他在任上「吏有貪濁」時不畏強暴，觸犯了許多地方豪強的利益，更由於他矢志不渝的抗金決心，招來了朝中議和派的敵視，他在南渡後的四十五年中，多次遭到政敵彈劾和讒毀，前後放棄於林泉達二十年之久。

辛棄疾第一次削職後退居江西上饒的帶湖，以為「人生在勤，當以力田為先」（《宋史》本傳），便將帶湖新居名為稼軒，並自號稼軒居士。第二次罷官遷居鉛山縣的瓢泉。一位足以起敝振衰的棟樑之材，一位有能力在「正分裂」的時候「補天裂」的豪傑（辛棄疾〈賀新郎・同甫見和再用韻答之〉），從四十二歲起就被迫退隱，這不只是無情的命運在捉弄他，也不只是他個人的不幸，而是時代和民族的悲劇。退隱期間他擺弄《莊子》，親近陶潛，徜徉山水，嘯傲林泉，可在這貌似瀟灑曠達的外表下，不知潛藏多少痛苦和悲哀，作於晚年的〈鷓鴣天・有客慨然談功名，因追念少年時事，戲作〉就是他辛酸的自嘲：

**壯歲旌旗擁萬夫，錦襜突騎渡江初。燕兵夜娖銀胡䩮，漢箭朝飛金僕姑。**
**追往事，嘆今吾，春風不染白髭鬚。卻將萬字平戎策，換得東家種樹書。**

寧宗嘉泰三年（一二〇三）韓侂胄專政，想通過對金用兵鞏固自己的地位，延引一些主張抗金名人以邀時譽，這才想到了被廢棄多年的辛棄疾，六十四歲的詞人又一度出任浙東安撫使、鎮江知府。他在鎮江時偵察敵情、訓練士卒，為北伐做了大量準備工作，但工作剛剛開始，他又丟了官。開禧二年（一二〇六）韓侂胄在準備不足的情況下倉促用兵，結果喪師辱國。兵敗的第二年，六十八歲的詞人帶著未能實現的壯志，帶著不曾施展的治國才能，在鉛山抱恨告別了人世。他未能完成自己統一祖國的大業，於是就把自己的宏願、雄心、豪氣，以及幽憤、抑鬱、惋傷，一一在詞中宣洩出來，走完了從抗金志士到詞壇大家的人生歷程，這倒真是「國家不幸詩家幸」（清趙翼〈題元遺山集〉）了。

## 第二節 展現時代與人生風貌的《稼軒詞》

辛棄疾夢寐不忘的就是恢復中原，統一祖國是他生命的價值和意義之所寄，自然也是他情感體驗的重心，他為此而興奮、激動、呼號，他也是為此而痛苦、憂傷、憤懣，他全部的身心都集中在民族的救亡圖存，《稼軒詞》正是在這一點上凝聚了民族的精神和時代的走向。

由於遭受過侵略者的蹂躪，對於踐踏中原的統治者有著強烈的憎恨，因此他重整乾坤和報仇雪恥的願望也格外強烈，對自己固然是處處以抗金復國自勉，對朋友也同樣以抗金復國相期。他鼓勵做建康留守的史正志說：「袖裡珍奇光五色，他年要補天西北。」（〈滿江紅・建康史帥致道席上賦〉）激勵做宰相的葉衡說：「好都取山河獻君王，看父子貂蟬，玉京迎駕。」（〈洞仙歌・為葉丞相作〉）現在我們來看看他給老友的祝壽詞：

**渡江天馬南來，幾人真是經綸手？長安父老，新亭風景，可憐依舊。夷甫諸人，神州沉陸，幾曾回首！算平戎萬里，功名本是，真儒事，公知否？**

**況有文章山斗，對桐陰、滿庭清晝。當年墮地，而今試看，風雲奔走。綠野風煙，平泉草木，東山歌酒。待他年，整頓乾坤事了，為先生壽。**

——〈水龍吟・甲辰歲壽韓南澗尚書〉

韓元吉是他的一位志同道合的朋友，所以祝賀韓六十七歲壽辰時一掃壽詞中常見的那種應酬恭維，而是希望他像歷史上的著名政治家那樣，完成統一祖國的偉大事業。「整頓乾坤」是在勉勵朋友，但又何嘗不是在鞭策他自己？壽詞中也不忘匡復大業，大有霍去病「匈奴未滅，無以家為」的氣概。

他的詞充滿了對故都、故土、故人的眷戀，他守滁州時一次登樓遠眺時觸景生情地說：「今年太平萬里，罷長淮千騎臨秋。憑闌望，有東南佳氣，西北神州！」（〈聲聲慢・旅次登樓作〉）他每到一處總要眺望「西北神州」、「長安父老」，而「神州沉陸」、「西北是長安」、「西北有神州」、「起望衣冠神州路」這樣的詞句在《稼軒詞》中隨處可見：

**鬱孤臺下清江水，中間多少行人淚！西北望長安，可憐無數山。青山遮不住，畢竟東流去。江晚正愁余，山深聞鷓鴣。**

——〈菩薩蠻．書江西造口壁〉

**何處望神州？滿眼風光北固樓。千古興亡多少事？悠悠，不盡長江滾滾流！年少萬兜鍪，坐斷東南戰未休。天下英雄誰敵手？曹劉。生子當如孫仲謀！**

——〈南鄉子．登京口北固亭有懷〉

他以「補天裂」為己任，所結交的都是以身許國的志士，如陳亮、韓元吉和老年的陸游；所讚美的都是馳騁沙場的虎將，如李廣、廉頗、馬援；所羨慕的都是抗擊敵人維護統一的豪傑，如謝安、裴度；所鄙視的則是苟安江左的王導之輩。南宋統治者只要自己能醉生夢死，不惜把大片河山拱手送給敵人，他在詞中對投降派給予了尖銳的貶斥和辛辣的嘲諷，有時直接憤慨地唾罵：「世上兒曹都蓄縮，凍芋旁堆秋瓞。」（〈念奴嬌．趙晉臣敷文十月望生日自賦詞，屬余和韻〉）有時則指桑罵槐：「若教王謝諸郎在，未抵柴桑陌上塵」（〈鷓鴣天．讀淵明詩不能去手，戲作小詞以送之〉），「李蔡為人在下中，卻是封侯者」（〈卜算子．漫興〉）。他甚至挖苦南宋小朝廷是「剩水殘山無態度」（〈賀新郎．陳同甫自東陽來過余〉）。

辛棄疾這位有雄才壯志的豪傑，竟然在國難當頭之際被廢棄近二十年，他看到「落日胡塵未斷，西風塞馬空肥」的景象不禁「滿目淚沾衣」（〈木蘭花慢．席上送張仲固帥興元〉），因此，請纓無路之嘆和英雄失志之悲是他詞中最常見的主題：

楚天千里清秋，水隨天去秋無際。遙岑遠目，獻愁供恨，玉簪螺髻。落日樓頭，斷鴻聲裡，江南遊子。把吳鉤看了，闌干拍遍，無人會，登臨意。休說鱸魚堪膾，盡西風，季鷹歸未？求田問舍，怕應羞見，劉郎才氣。可惜流年，憂愁風雨，樹猶如此！倩何人喚取，紅巾翠袖，搵英雄淚！

——〈水龍吟．登建康賞心亭〉

醉裡挑燈看劍，夢回吹角連營。八百里分麾下炙，五十絃翻塞外聲，沙場秋點兵。馬作的盧飛快，弓如霹靂弦驚。了卻君王天下事，贏得生前身後名，可憐白髮生！

——〈破陣子．為陳同甫賦壯詞以寄之〉

撫著日漸添多的白髮，望著依舊殘破的河山，想著早年的壯志成空，他的感情由激越而趨於悲憤：「且置請纓封萬戶，竟須賣劍酬黃犢。」（〈滿江紅〉）眼前的現實讓他心都涼了，對南宋小朝廷也不抱什麼希望：「元龍老矣，不妨高臥，冰壺涼簟。千古興亡，百年悲笑，一時登覽。」（〈水龍吟．

過南劍雙溪樓〉）

除了抒寫愛國主義情懷的詞外，他還寫了不少描寫隱居生活的作品。像他這樣用世之心很切而處事之才又高的人被迫「投老空山」（〈永遇樂．檢校停雲新種杉松戲作〉），懷抱利器而無所施展，其心情的無奈與壓抑是可想見的，〈醜奴兒．書博山道中壁〉正是這種心境的絕妙寫照：

**少年不識愁滋味，愛上層樓。愛上層樓，為賦新詞強說愁。**
**而今識盡愁滋味，欲說還休。欲說還休，卻道天涼好個秋。**

為了排遣自己的悵惘苦悶，他從莊子和陶淵明那兒尋求慰藉，他中老年的詞中提及陶淵明的地方達七十多處，甚至覺得自己就是當世的陶淵明，「老來曾識淵明，夢中一見參差是」（〈水龍吟〉）。老來逐漸交遊星散零落，國事又一無可為，充斥朝中的多是些名利之徒，於是就只好與青山、白雲、清風為伴，把自己置身於陶淵明的詩境和大自然的美景中：

**甚矣吾衰矣！悵平生、交遊零落，只今餘幾？白髮空垂三千丈，一笑人間萬事。問何物、能令公喜？我見青山多嫵媚，料青山見我應如是。情與貌，略相似。**
**一尊搔首東窗裡。想淵明、〈停雲〉詩就，此時風味。江左沉酣求名者，豈識濁醪妙理！回首叫，雲飛風起。不恨古人吾不見，恨古人不見吾狂耳。知我者，二三子。**

——〈賀新郎・邑中園亭，僕皆為賦此詞。一日，獨坐停雲，水聲山色競來相娛。意溪山欲援例者，遂作數語，庶幾彷彿淵明思親友之意云〉

一水西來，千丈晴虹，十里翠屏。喜草堂經歲，重來杜老；斜川好景，不負淵明。老鶴高飛，一枝投宿，長笑蝸牛戴屋行。平章了，待十分佳處，著個茅亭。

青山意氣崢嶸，似為我歸來嫵媚生。解頻教花鳥，前歌後舞；更催雲水，暮送朝迎。酒聖詩豪，可能無勢？我乃而今駕馭卿。清溪上，被山靈卻笑，白髮歸耕。

——〈沁園春・期思卜築〉

看來他並沒有達到陶淵明俯仰自得的境界，投閒置散的生涯對他簡直是一種折磨，〈青玉案・元夕〉一詞寫出了他精神上的孤獨：

東風夜放花千樹，更吹落、星如雨。寶馬雕車香滿路，鳳簫聲動，玉壺光轉，一夜魚龍舞。

蛾兒雪柳黃金縷，笑語盈盈暗香去。眾裡尋他千百度，驀然回首，那人卻在，燈火闌珊處。

梁啟超稱此詞是「自憐幽獨，傷心人別有懷抱」（梁令嫻《藝蘅館詞選》引），詞雖用重筆寫了熱鬧喧嘩的場面，但詞人卻又與這種場面無緣。他需要的是人生的知己與事業上的同道，也就是前詞引到的

「倩何人喚取，紅巾翠袖，搵英雄淚」。

當然，辛棄疾賦閒後也並不是成天愁眉苦臉，鄉下淳樸的民俗和恬靜的田園使他獲得一時解脫，因而他也留下了一些描寫農村生活和自然風物的優美詞章：

陌上柔桑破嫩芽，東鄰蠶種已生些。平岡細草鳴黃犢，斜日寒林點暮鴉。
山遠近，路橫斜，青旗沽酒有人家。城中桃李愁風雨，春在溪頭薺菜花。

——〈鷓鴣天．代人賦〉

明月別枝驚鵲，清風半夜鳴蟬。稻花香裡說豐年，聽取蛙聲一片。
七八箇星天外，兩三點雨山前。舊時茅店社林邊，路轉溪橋忽見。

——〈西江月．夜行黃沙道中〉

茅簷低小，溪上青青草。醉裡吳音相媚好，白髮誰家翁媼？
大兒鋤豆溪東，中兒正織雞籠，最喜小兒無賴，溪頭臥剝蓮蓬。

——〈清平樂．村居〉

春天則是桑芽、幼蠶、細草、薺菜、黃犢，處處洋溢著盎然的春意；夏天則是稻香、明月、蛙聲、蟬鳴，處處彌漫了豐收的喜氣，從醉說吳話的翁媼，到「鋤豆溪東」的「大兒」，從「正織雞籠」的少年到「臥剝蓮蓬」的小子，人人都是那樣純真快樂，以上三詞以輕快的筆觸傳出了詞人愉快的心境。十幾首田園題材的詞都寫得淳真、樸實而又明淨，在大量剪紅刻翠的宋詞中別具風味。

## 第三節　辛詞的藝術特徵與成就

當辛棄疾的壯志成空以後，詞成了他抒寫恢復河山的壯懷與侘傺失志的痛苦的唯一工具，遂使這位在事功上失敗的英雄成了填詞的妙手。他對填詞全力投入而又嚴肅認真，他的同代人就留下了他反覆改詞的佳話，他自己也鄙薄專以詞吟風弄月的「許多詞客」（〈好事近．和城中諸友韻〉），他將不得施展的管樂之才用於填詞，用詞來慷慨悲歌、嗚咽笑罵。《稼軒詞》集中體現了南宋詞的最高成就。他在蘇軾的基礎上進一步開拓了詞的題材，使詞能表現更廣闊的生活內容；不僅打通了詞與詩的界限來以詩為詞，而且打通了詞與文的界限來以文為詞，進一步融合各種文學體裁的特長，豐富了詞多種多樣的表現方法；廣泛熔鑄古典成語和當代口語俗語入詞，進一步提高了詞的語言表現力；他具有氣吞千古的宏放氣度，也不失含蓄委婉的細膩情懷，因而創造了以豪放雄深為主的多種風格。

蘇軾以寫詩之法填詞，辛比蘇走得更遠，借用賦的鋪張排比和文的敘事議論手法填詞，因而開創了以文為詞的方法。如他的名作〈賀新郎．別茂嘉十二弟〉，首尾幾句述意抒懷，前後片過片不換意。冶前後片於一爐，中間疊用烏孫公主、衛莊姜、李陵、荊軻四件離別的故事，寫法上借鑑了江淹的〈別賦〉和〈恨賦〉。〈沁園春．將止酒，戒酒杯使勿近〉將酒杯擬人化，使用一主一僕對話的方法，寫法又擬東方朔〈答客難〉，對話的幽默俏皮簡直令人捧腹。〈哨遍〉（池上主人）論《莊子．徐無鬼》「於蟻棄知，於魚得計，於羊棄意」一節，可以說基本上是議論散文。他以文為詞主要還是表現在以散文化的語言入詞，如：「帶湖吾甚愛，千丈翠奩開。先生杖屨無事，一日走千回。凡我同盟鷗鷺，今日既盟之後，來往莫相猜」（〈水調歌頭．盟鷗〉），「杯，汝來前。老子今朝，點檢形骸。甚長年抱渴，咽如焦釜；於今喜睡，氣似奔雷？汝說『劉伶，古今達者，醉後何妨死便埋』。渾如此，嘆汝於知己，真少恩哉」（〈沁園春．將止酒，戒酒杯使勿近〉），「甚矣吾衰矣！悵平生、交遊零落，只今餘幾」（〈賀新郎〉）。

《稼軒詞》的詞彙在詞史上可說是最豐富的，他具有駕馭語言的非凡能力，既善於用雅又長於用俗。南宋詞人劉辰翁說，有些語言「自辛稼軒前，用一語如此者必且掩口，及稼軒橫豎爛漫，乃如禪宗棒喝，頭頭皆是」（〈辛稼軒詞序〉）。就用古代成語典故而論，「辛稼軒別開天地，橫絕古今，《論》、《孟》、《詩．小序》、《左氏春秋》、《南華》、《離騷》、《史》、《漢》、《世說》、《選》學、李杜詩，拉雜運用，彌見其筆力之峭」（清吳衡照《蓮子居詞話》）。各種古詩在辛詞中百寶雜陳，一經他那真力彌漫的筆觸點化，成語典故便獲得了新的生命。如〈沁園春．靈山齊庵賦，時築偃湖未成〉：

疊嶂西馳，萬馬迴旋，眾山欲東。正驚湍直下，跳珠倒濺；小橋橫截，缺月初弓。老合投閒，天教多事，檢校長身十萬松。吾廬小，在龍蛇影外，風雨聲中。

爭先見面重重，看爽氣朝來三數峰。似謝家子弟，衣冠磊落；相如庭戶，車騎雍容。我覺其間，雄深雅健，如對文章太史公。新堤路，問偃湖何日，煙水濛濛？

連用謝家子弟、相如庭戶、司馬遷文章來形容山峰及青松，以人的風度和文的風格來比擬山峰、松樹，傳出了靈山靈秀而又雄深的神態，寫法別具一格。當然古語典故用得過多，也容易造成掉書袋的缺點。他大量運用口語俗語給辛詞平添了許多生動活潑的氣息，如〈鷓鴣天．戲題村舍〉：

雞鴨成群晚未收。桑麻長過屋山頭。有何不可吾方羨，要底都無飽便休。
新柳樹，舊沙洲。去年溪打那邊流。自言此地生兒女，不嫁余家即聘周。

又如〈西江月．遣興〉：

醉裡且貪歡笑，要愁那得工夫。近來始覺古人書，信著全無是處。
昨夜松邊醉倒，問松我醉何如。只疑松動要來扶，以手推松曰去！

前一首借口語俗語寫農村生活，這種語言與淳樸的民風構成了高度的和諧。後一首用口語生動地表現了詞人的醉態和苦悶，有時他也借口語俗語來自嘲或自嘆。

雄奇闊大的意境、縱橫馳騁的筆力、生動誇張的手法及奇幻突兀的想像，構成了辛詞豪放雄深的主要風格特徵，因此人們將蘇、辛並稱為豪放詞的代表。不過，蘇的豪放中極超曠灑脫之至，辛的豪放中盡沉鬱磊落之姿，蘇之豪近於莊子，辛之豪近於屈原；蘇軾的情懷雖然細膩敏感，善於感受人生的各種不幸，但很快從不幸中超脫出來而處以達觀，所以詞風超脫曠遠；辛棄疾則一往情深而又堅定執著，一生忠於自己早年的信念，直到臨死時還大呼「殺賊」不止，真的是「青山遮不住，畢竟東流去」。他一生受盡了投降派的摧抑讒毀，但一生不改其憂國憂民之心，傲兀不平和悲憤激蕩傾入詞中，因而詞風沉鬱悲壯。辛詞既有雄傑之氣又具含蓄之美，既豪放馳驟又不是一瀉無餘。辛棄疾以前的豪放詞往往流於淺率，婉約詞又缺乏闊大氣象，辛詞則兼有豪放雄深與曲折蘊藉之長，「大聲鏜鞳，小聲鏗鍧」（劉克莊〈辛稼軒集序〉）。如：

更能消、幾番風雨？匆匆春又歸去。惜春長怕花開早，何況落紅無數。春且住。見說道、天涯芳草無歸路。怨春不語。算只有殷勤，畫簷蛛網，盡日惹飛絮。

長門事，準擬佳期又誤。蛾眉曾有人妒。千金縱買相如賦，脈脈此情誰訴？君莫舞。君不見、玉環飛燕皆塵土。閒愁最苦。休去倚危闌，斜陽正在，煙柳斷腸處。

——〈摸魚兒．淳熙己亥，自湖北漕移湖南，同官王正之置酒小山亭，為賦〉

陳匪石認為「全篇怨而近怒」（《宋詞舉》卷上），詞人一肚皮抑鬱無聊傲兀不平之氣，卻從「千迴萬轉後倒折出來，真是有力如虎」（清陳廷焯《白雨齋詞話》）。他將一腔忠憤之情寄寓於美人香草的形象描述之中，語調幽咽纏綿，筆勢卻健舉飛動。對民族前途的憂慮，對小人得勢的憎惡，對自己遭嫉妒的怨憤，不是出之以號呼叫囂，而是「斂雄心，抗高調，變溫婉，成悲涼」（清周濟《宋四家詞選．目錄序論》），也就是前人所謂百煉鋼化為繞指柔。

除了詞境雄深的作品外，辛詞中的「穠纖綿密者，亦不在小晏、秦郎之下」（劉克莊〈辛稼軒集序〉）。如下面描寫晚春的作品：

昨日春如、十三女兒學繡。一枝枝不教花瘦。甚無情，便下得、雨僝風僽。向園林鋪作地衣紅縐。
而今春似、輕薄蕩子難久。記前時送春歸後，把春波都釀作一江醇酎。約清愁、楊柳岸邊相候。

——〈粉蝶兒．和趙晉臣敷文賦落梅〉

寶釵分，桃葉渡，煙柳暗南浦。怕上層樓，十日九風雨。斷腸片片飛紅，都無人管，更誰勸啼鶯聲住！
鬢邊覷。試把花卜歸期，才簪又重數。羅帳燈昏，哽咽夢中語：是他春帶愁來，春歸何處，卻不解帶將愁去！

——〈祝英臺近．晚春〉

他有些作品還因為所寫的題材和所抒的情感不同，或自然恬淡，或明白如話，或清空一氣，題材和情感的豐富性帶來了其詞風的多樣性。

## 第四節 高唱抗敵戰歌的「辛派詞人」

所謂「辛派詞人」，是指思想傾向、生活態度，尤其是詞的風格，都程度不同地受到辛棄疾的影響，並與辛詞風格比較相近的南宋詞人，他們的時代與辛相同或稍晚。這派詞人中與辛同時的有韓元吉、陳亮、劉過、袁去華等，較辛為晚的有劉克莊、戴復古、文天祥、劉辰翁等，其中填詞成就較大的是陳亮、劉過、劉克莊、劉辰翁。

清周濟在《宋四家詞選．目錄序論》中說：「蘇、辛並稱。東坡天趣獨到處，殆成絕詣，而苦不經意，完璧甚少。稼軒則沉著痛快，有轍可循，南宋諸公，無不傳其衣缽，固未可同年而語也。」北宋有「蘇門學士」而無「蘇派詞人」，而辛棄疾並沒有有意識地在周圍結交文學團體，但南宋愛國的豪放派詞人「無不傳其衣缽」，可見辛詞在當代和後代的影響之大。

在思想傾向上，辛派詞人都有救世的熱情，都有「整頓乾坤」的壯志，都有恢復中原的強烈願望，都對投降派深惡痛絕，因而他們都用詞慷慨激昂地唱出了抗金救國的戰歌；在詞風上，他們傾向於選用長調慢詞來創造雄奇的意境，來表現恢宏的氣度，來抒寫磊落悲壯的襟懷；在表現技巧上，他們進一步發展了以文為詞的方法，詞中的議論和鋪陳更為常見，古語、口語、俗語大量融入詞中，從而增加了語言粗獷遒勁的力度，雖然他們之中有些人也長於寫纖麗的作品，但雄健粗獷仍然是其主要特色。不過，辛派詞人只注意到了辛詞雄健與力度的一面，卻忽視了它盤旋鬱結、曲折宛轉的另一面，有時從粗獷滑向了粗率，從慷慨墮入了叫囂。

陳亮（一一四三～一一九四），字同甫（一作「同父」），號龍川，婺州永康（在今浙江省）人。他是一位著名的愛國思想家，也是辛棄疾的一位志同道合的朋友。他以政教事功和經濟之才自負，自稱有「推倒一世之智勇」（〈甲辰答朱元晦書〉），辛棄疾也以「酷似臥龍諸葛」（〈賀新郎．陳同甫自東陽來過余〉）相許。他詞風的豪縱近於辛，常以詞抒寫民族的自豪感和對投降派賣國的怨憤，從來「不作一妖語、媚語」（毛晉〈龍川詞跋〉）。〈水調歌頭．送章德茂大卿使虜〉是為人傳誦的名作：

不見南師久，謾說北群空。當場隻手，畢竟還我萬夫雄。自笑堂堂漢使，得似洋洋河水，依舊只流東。且復穹廬拜，會向藁街逢。
堯之都，舜之壤，禹之封。於中應有，一箇半箇恥臣戎。萬里腥膻如許，千古英靈安在，磅礡幾時通？胡運何須問，赫日自當中！

劉過（一一五四～一二〇六），字改之，自號龍洲道人，吉州太和（今江西泰和縣）人。這位曾「以氣義撼當世」的「天下奇男子」（毛晉〈龍洲詞跋〉引宋子虛語），在仕途上終身困頓潦倒。他那灑脫放縱的生活和奔放卓越的才情曾見賞於當世的詩詞鉅子陸游、辛棄疾，一度還曾做過辛的座上客。他的詞在辛派詞人中最有藝術個性，像稼軒一樣「詞多壯語」（宋黃昇《花菴詞選》），雄奇放肆處還不時流露出某種苦澀的幽默和辛酸的自嘲。〈沁園春．寄辛承旨。時承旨招，不赴〉活潑機智，〈水龍吟．寄陸放翁〉構思新奇，〈沁園春．盧蒲江席上，時有新第宗室〉狂放詼諧，〈六州歌頭．題岳鄂王廟〉莊重悲憤，〈沁園春．寄辛稼軒〉表現了他匡復中原的志向和對辛棄疾的推重，也能代表他的藝術風貌：

**古豈無人，可以似吾，稼軒者誰。擁七州都督，雖然陶侃，機明神鑑，未必能詩。華袞何如，相羊聊爾，千騎東方侯會稽。中原事，縱匈奴未滅，畢竟男兒。**

**平生出處天知。算整頓乾坤終有時。湖南賓客，侵尋去矣，江西戶口，流落何之。盡日樓臺，四邊屏幛，目斷江山魂欲飛。長安道，算世無劉表，王粲疇依。**

另外，劉過也善於抒兒女之情，〈沁園春．美人足〉、〈沁園春．美人指甲〉濃豔纖秀，與他常見的雄肆狂放相比，完全是另一副神態。

劉克莊（一一八七～一二六九），字潛夫，號後村居士，莆田（今屬福建）人。宋理宗淳祐六年

（一二四六）賜進士出身。辛棄疾死後，劉克莊為辛詞作序，對辛的經世才能和創作成就極為欽仰，他自己的詞也「大率與辛稼軒相類」（毛晉〈後村別調跋〉），可以說是辛派詞人後期的代表作家之一。他填詞「總不涉閨情春怨」（〈賀新郎．席上聞歌有感〉語），主要寫家國之思。劉過的詞風奔放豪宕，使詞進一步向散文化、議論化發展，如〈賀新郎．送陳真州子華〉：

**北望神州路。試平章、這場公事，怎生分付？記得太行山百萬，曾入宗爺駕馭。今把作握蛇騎虎。君去京東豪傑喜，想投戈下拜真吾父。談笑裡，定齊魯。**

**兩河蕭瑟唯狐兔，問當年祖生去後，有人來否？多少新亭揮淚客，誰夢中原塊土？算事業須由人做。應笑書生心膽怯，向車中閉置如新婦。空目送，塞鴻去。**

劉辰翁（一二三二～一二九七）字會孟，號須溪，吉州廬陵（今江西吉安）人。宋末遺民中詞的「風格遒上似稼軒」者要數劉辰翁（清況周頤《蕙風詞話》卷二）。不過，與辛棄疾相比，劉辰翁詞中亡國的哀音代替了復國的吶喊，憤激悲痛代替了慷慨陳詞，許多詞字字嗚咽，表現了忠貞不渝的愛國之情，如〈柳梢青．春感〉中「想故國高臺月明」的鄉國之思，〈蘭陵王．丙子送春〉中「玉樹凋土，淚盤如露」的亡國之痛，又如他的代表作〈永遇樂〉：

**璧月初晴，黛雲遠澹，春事誰主？禁苑嬌寒，湖堤倦暖，前度遽如許！香塵暗陌，華燈明晝，長**

**是懶攜手去。誰知道：斷煙禁夜，滿城似愁風雨。**

**宣和舊日，臨安南渡，芳景猶自如故。緗帙流離，風鬟三五，能賦詞最苦。江南無路，鄜州今夜，此苦又誰知否？空相對，殘釭無寐，滿村社鼓。**

詞前的小序說：「余自乙亥上元誦李易安〈永遇樂〉，為之涕下。今三年矣，每聞此詞，輒不自堪，遂依其聲，又託之易安自喻。雖辭情不及，而悲苦過之。」他以清勁的筆觸表現「國破山河在」（杜甫〈春望〉）的沉痛，的確是亡國之音哀以思了。從詞情到詞藝，劉辰翁都算得上辛派有力的殿軍。

第八章　南宋的格律詞派與晚期的詩歌走向

南宋後期，金因政權內部的政變和蒙古的威脅無力南侵，南宋政權又無能也無心北伐，宋金的對峙持續了幾十年相對平靜的局面。

亡國之禍並不是近在眼前，「王師北定中原日」（陸游〈示兒〉）又渺茫無望，上層權貴沉溺於西湖美景美女中醉生夢死，許多詩人、詞人沉浸在清詞妙句中逃避現實，於是，南宋前期「待從頭收拾舊山河」（岳飛〈滿江紅〉）的激昂呼號逐漸消沉，後期的詩詞中很難聽到陸游、辛棄疾那種恢復中原的吶喊，代之而起的是悠揚宛轉的輕歌曼舞。詞壇上以姜夔為代表的後期格律詞派在辭藻音律上更加刻意求工，詩歌中出現了吟諷風月、嘯傲湖山的「永嘉四靈」和「江湖詩派」。他們在情感上缺乏那種振奮人心的力量，藝術上缺乏那種闊大的境界和剛健的筆力，南宋前期辛、陸那種豪邁的氣概和高亢的激情全消，詩詞中多了幾分「秤斤注兩」（見《朱子語類》卷一〇九）的小家子氣。當然，這時的詩人、詞人也並沒有完全忘情於現實，他們許多人仍然關注民族的危亡，但很少像陸游、辛棄疾那樣發出恢復中原的吶喊，吟出的大多是些低沉晦暗的亡國哀音，缺乏那種振奮人心的情感力量。直到南宋覆滅的前後，民族英雄文天祥才發出撕心裂肝的悲號，表現了一個古老雄強的民族不屈不撓的心聲。

## 第一節 格律詞派名家姜夔

姜夔（一一五五～一二二一？），字堯章，饒州鄱陽（今江西鄱陽縣）人。其父任湖北漢陽縣知縣，他自幼隨宦往來漢陽十多年。在長沙遇見老詩人蕭德藻，蕭德藻很賞識他的詩才，把侄女嫁給了他，帶他寓居湖州茹溪弁山的白石洞下，友人因此稱他為白石道人。宋寧宗慶元五年（一一九九）特准他免去地方選考，直接參加禮部的進士考試，但不及第。他常往來於蘇州、杭州、金陵、合肥和無錫等地，與一時名流尤袤、張鑑、張鎡等交遊，還與比自己年長近三十歲的楊萬里、范成大以詩唱和。寧宗嘉定年間（一二二一年左右）卒於杭州。

他結交當世賢豪但不趨炎附勢，自己的一生在飄零困頓中掙扎，儘管賦性清高卻又不得不寄食於人。由於這種特殊的生活環境和性格，使他的情感既高潔又貧狹。他是藝術上的多面手。音樂、書法、詩、詞無所不能，文學史家雖然認為他詞的成就高於詩，他最初卻是以詩稱譽文壇的，楊萬里就十分推崇他的詩才。和那時大多數詩人一樣，他寫詩也是從師法江西詩派入手的，步趨黃庭堅「一語噤不敢吐」，後來「始大悟學即病，顧不若無所學之為得」（〈白石道人詩集自序〉一），於是從江西詩派的圈子中跳出來自求獨造，晚年自述作詩心得說：「作者求與古人合，不若求與古人異；求與古人異，不若不求與古人合而不能不合，不求與古人異而不能不異。」（〈白石道人詩集自序〉二）他由江西詩派而上窺晚唐，尤其受陸龜蒙、皮日休的影響較大，因此他的詩歌精心刻意而又靈動自然：

**細草穿沙雪半銷，吳宮煙冷水迢迢。梅花竹裡無人見，一夜吹香過石橋。**

——〈除夜自石湖歸苕溪十首〉其一

**苑牆曲曲柳冥冥，人靜山空見一燈。荷葉似雲香不斷，小船搖曳入西陵。**

——〈湖上寓居雜詠十四首〉其九

不過，姜詞的成就高於其詩，他在南宋足稱詞壇的大家。白石詞與周邦彥詞並稱「周姜」，他們都講究詞的格律、辭藻和用典。二人同為格律詞派的代表詞人。周、柳的婉約詞風發展到姜夔時軟媚無力，恰如江西詩派末流到姜夔時槎丫乾澀一樣，因而，一方面他以晚唐詩的圓轉求救江西詩派的槎丫，另一方面又以江西詩風的清勁來振柳、周詞餘風的軟媚，這樣形成了他那清空疏宕、冷雋峭拔的詞風。

姜夔存詞共八十多首，依其內容可分為詠物寄意、羈旅情思、懷人傷別和傷時憂國幾類。詠物詞是他詞作中比重最大的一類，共三十多首，其中多為詠梅、詠柳詞，另外還有的詠蟋蟀（〈齊天樂〉「庾郎先自吟〈愁賦〉」）、詠柳（〈淡黃柳〉「空城曉角」）、詠荷花（〈念奴嬌〉「鬧紅一舸」），這些詞中往往寄寓了詞人複雜的思想情感，或是自傷身世的飄零，或是憂念國家的衰微，或是讚美高潔的品性，如他詠梅的名篇：

舊時月色，算幾番照我，梅邊吹笛？喚起玉人，不管清寒與攀摘。何遜而今漸老，都忘卻、春風詞筆。但怪得、竹外疏花，香冷入瑤席。

江國，正寂寂。嘆寄與路遙，夜雪初積。翠尊易泣，紅萼無言耿相憶。長記曾攜手處，千樹壓、西湖寒碧。又片片吹盡也，幾時見得？

——〈暗香〉

苔枝綴玉，有翠禽小小，枝上同宿。客裡相逢，籬角黃昏，無言自倚修竹。昭君不慣胡沙遠，但暗憶、江南江北；想佩環、月夜歸來，化作此花幽獨。

猶記深宮舊事，那人正睡裡，飛近蛾綠。莫似春風，不管盈盈，早與安排金屋。還教一片隨波去，又卻怨、玉龍哀曲。等恁時、重覓幽香，已入小窗橫幅。

——〈疏影〉

這兩首詞向來被評為姜夔的代表作。〈暗香〉上片從自己梅邊吹笛、玉人月下摘花，陡落到自己而今漸老，「都忘卻春風詞筆」，可見前面的月色、笛聲、花光、人影早成往事，自己多年與「春風詞筆」無緣。由花疏香冷暗示了人去樓空，所以換頭起筆就說「正寂寂」，紅萼耿耿相憶正見詞人眷眷不忘，昔時相處的歡悅正襯托出今日獨處的淒涼，結尾「幾時見得」明說梅花暗指玉人，其言則斬釘截鐵，其情則忠愛纏綿。〈疏影〉的寓意更晦澀難明。前人多以為託梅發憤，追傷靖康之恥中徽、欽二帝北徙。清鄭文焯在校訂《白石道人歌曲》時批道：「此蓋傷心二帝蒙塵，諸后妃相從北轅，淪落胡地，故以昭君託喻，發言哀斷。」〈暗香〉、〈疏影〉雖寫於同時，但一為懷念故人，一為傷悼故君；一嘆個人的身世，一悲國家的興亡。

姜夔的詠物詞從不描頭畫腳地寫形，從來是融入自己的情感和感受，由筆下之物自然就想到填詞之人，我們來看看詞人如何詠花：

**鬧紅一舸，記來時、嘗與鴛鴦為侶。三十六陂人未到，水佩風裳無數。翠葉吹涼，玉容銷酒，更灑菰蒲雨。嫣然搖動，冷香飛上詩句。**

**日暮青蓋亭亭，情人不見，爭忍凌波去？只恐舞衣寒易落，愁入西風南浦。高柳垂陰，老魚吹浪，留我花間住。田田多少，幾回沙際歸路。**

——〈念奴嬌〉

姜夔二十多歲時在合肥有過一次情遇，所遇好像是一對姊妹歌女，〈解連環〉說：「玉鞍重倚。卻沉吟未上，又縈離思。為大喬能撥春風，小喬妙移箏，雁啼秋水。」〈琵琶仙〉也說：「雙槳來時，有人似、舊曲桃根桃葉。」由此可見「大喬」、「小喬」都妙善箏琶。他懷念合肥歌女的情詞約十八首，如〈長亭怨慢〉：

漸吹盡、枝頭香絮，是處人家，綠深門戶。遠浦縈回，暮帆零亂向何許？閱人多矣，誰得似長亭樹？樹若有情時，不會得青青如此！
日暮。望高城不見，只見亂山無數。韋郎去也，怎忘得玉環分付：第一是早早歸來，怕紅萼無人為主。算只有并刀，難剪離愁千縷！

傷時念亂是姜詞的另一內容。他沒有像陸游、辛棄疾那樣投身於抗金洪流，但也沒有置身於民族危亡之外，晚年受辛詞影響後呼籲說：「中原生聚，神京耆老，南望長淮金鼓。」（〈永遇樂‧北固樓次稼軒韻〉）早年的〈揚州慢〉也是一首真實表現世亂之作。他在詞前小序說：「淳熙丙申至日，予過維揚。夜雪初霽，薺麥彌望。入其城則四顧蕭條，寒水自碧，暮色漸起，戍角悲吟。予懷愴然，感慨今昔，因自度此曲。千巖老人以為有黍離之悲也。」全詞所抒寫的確是「有〈黍離〉之悲」：

淮左名都，竹西佳處，解鞍少駐初程。過春風十里，盡薺麥青青。自胡馬窺江去後，廢池喬木，猶厭言兵。漸黃昏，清角吹寒，都在空城。
杜郎俊賞，算而今，重到須驚。縱荳蔻詞工，青樓夢好，難賦深情。二十四橋仍在，波心蕩、冷月無聲。念橋邊紅藥，年年知為誰生！

當然，姜詞在詞壇上的影響並不是詞情的振奮人心，而主要是藝術上的高度技巧。張炎在《詞源》

中曾以「清空、騷雅」概括他詞風的主要特徵。

「清空」是指他描寫對象遺其外貌而攝其神理，不膠執於對象而多從側處點染和虛處暗示，章法上避免平直呆板，承接轉折處跳宕騰挪；「騷雅」指姜詞洗盡塵俗浮華，語言顯得雅潔清秀。如〈點絳唇．丁未冬過吳松作〉：

**燕雁無心，太湖西畔隨雲去。數峰清苦，商略黃昏雨。**

**第四橋邊，擬共天隨住。今何許？憑闌懷古，殘柳參差舞。**

清陳廷焯評這首詞說：「通首只寫眼前景物，至結處云：『今何許？憑闌懷古，殘柳參差舞。』感時傷事，只用『今何許』三字提唱，『憑闌懷古』下，僅以『殘柳』五字詠嘆了之，無窮哀感，都在虛處，令讀者弔古傷今，不能自止，洵推絕調。」（《白雨齋詞話》）全詞除「第四橋邊」二句稍實外，弔古傷今之情全從虛處著筆，煙水迷茫之境，四顧蒼茫之慨，滄海桑田之感，兼而有之卻難坐實。不管是抒情還是繪物，都是稍一點染便隨即宕開，給人以清空疏宕的審美感受。

語言清剛峭拔是姜詞的又一藝術特徵。傳統的婉約派貴婉媚柔厚，姜夔引江西派的詩法入詞，筆致清剛、峭拔，即使是寫戀情也用清勁的筆調：「淮南皓月冷千山，冥冥歸去無人管」（〈踏莎行〉），「金陵路、鶯吟燕舞。算潮水、知人最苦。滿汀芳草不成歸，日暮，更移舟、向甚處」（〈杏花天影〉），「舊遊在否，想如今翠凋紅落。漫寫羊裙，等新雁來時繫著。怕匆匆不肯寄與，誤後約」（〈淒涼犯〉）。

為了突破婉約派詞人軟滑平熟的詞風，他有意在聲律上雜用拗調拗句，使語言顯得勁折硬挺。如〈淒涼犯〉中「不肯寄與，誤後約」連用七個仄聲字，造語少用偶句而多用單句，使語言別具一種瘦勁深雋的韻味。宋沈義父在《樂府指迷》中說：「姜白石清勁知音，亦未免有生硬處。」姜詞的長處在於「清勁」，而短處在於「生硬」。

## 第二節 後期格律詞的新局面

姜夔與辛棄疾詞風殊異卻平分詞壇，南宋中葉以後詞人大致可分為辛派與姜派。清汪森在〈《詞綜》序〉中指出：「鄱陽姜夔出，句琢字煉，歸於醇雅。於是史達祖、高觀國羽翼之，張輯、吳文英師之於前，趙以夫、蔣捷、周密、陳允衡、王沂孫、張炎、張翥效之於後，譬之於樂，舞〈簫〉至於九變，而詞之能事畢矣。」由於南宋後期的世態與詞人的心態有了新的變化，這時格律詞的發展也出現了新的局面：一、詞所抒寫的感情和所用語言都歸於「醇雅」，詞作家以「雅」名堂（周密的新居堂名「志雅」，見張炎〈一萼紅〉序），詞歌的選本以「雅」名集，詞人填詞以「雅」為目的，詞論家說詞以「雅」為標準，字面力避俚語俗言，感情當然也不可粗鄙直露，連詠物詞也不可說出題字；二、十分重視歌詞的字聲律呂，他們大多數都精通音律，往往自製新曲或改寫舊曲；三、後期格律詞中仍然多撫時傷世之作，有些人在宋元易代之際，表現出了較高的民族氣節，但情思的寄託過於隱晦，因而有時詞旨迷離惝恍。沈義父在《樂府指迷》中引述吳文英的詞論說：「蓋音律欲其協，不協則成長短之詩；下字欲其雅，不雅則近乎纏令之體；用字不可太露，露則直突而無深長之味；發意不可太高，高則狂怪而失柔婉之意。」這段話概括了姜派詞人共同的創作傾向。

史達祖（生卒年不詳），字邦卿，號梅溪，汴州（河南開封）人，《梅溪詞》存詞一百一十二首。他與姜夔同時而略晚，姜曾稱讚他的詞風「奇秀清逸」，認為他「能融情景於一家，會句意於兩得」（明毛晉〈梅溪詞跋〉引）。他的詠物詞最為人稱道，體物之工堪稱形神兼得，刻畫之細更是極妍盡態，無論是賦風物——如詠春雨、燕、梅、薔薇、春雪，還是賦節序——如詠清明、秋興、春秋，無不寫得妥帖細膩而又神情畢肖。他善於從多方面把握所描寫的對象，時而從實處描摹，時而從虛處烘托，時而從正面勾勒，時而從側面點染，在技巧上極盡詠物之能事。不過，人們在肯定他構思之巧的同時，也指出了他「用筆多涉尖巧」（清周濟《介存齋論詞雜著》）的不足。

〈雙雙燕．詠燕〉和〈綺羅香．詠春雨〉是其代表作：

**過春社了，度簾幕中間，去年塵冷。差池欲住，試入舊巢相並。還相雕梁藻井。又軟語、商量不定。飄然快拂花梢，翠尾分開紅影。**

芳徑，芹泥雨潤。愛貼地爭飛，競誇輕俊。紅樓歸晚，看足柳昏花暝。應自棲香正穩，便忘了、天涯芳信。愁損翠黛雙蛾，日日畫闌獨憑。

——〈雙雙燕．詠燕〉

做冷欺花，將煙困柳，千里偷催春暮。盡日冥迷，愁裡欲飛還住。驚粉重，蝶宿西園；喜泥潤，燕歸南浦。最妨他、佳約風流，鈿車不到杜陵路。

沉沉江上望極，還被春潮晚急，難尋官渡。隱約遙峰，和淚謝娘眉嫵。臨斷岸、新綠生時，是落紅、帶愁流處。記當日、門掩梨花，剪燈深夜語。

——〈綺羅香．詠春雨〉

．．．

吳文英（約一二〇〇～一二六〇），字君特，號夢窗，晚年又號覺翁，四明（今浙江寧波市）人。吳文英師法周邦彥，後來有人認為夢窗詞可以與清真詞並肩；他在一定程度上也受過姜夔的影響，但他的創作成就可以與姜相頡頏。他是繼姜夔之後具有獨特藝術個性的南宋後期格律詞的代表人物。

他和姜夔一樣終生是個江湖遊士，與姜夔不同的是他常以詞章曳裾侯門，與之交遊的吳潛、史宅之都是一時顯貴。他以清客的身份往來於蘇州、杭州、紹興一帶。與沈義父、陳起、陳郁、方萬里、馮去非等為筆墨之友，晚年又與周密結為忘年之交。據說他的晚景十分淒涼。今傳《夢窗甲乙丙丁稿》存詞三百四十首，除與顯宦要人應酬之作八十五首外，他的詞主要寫懷人與傷世。懷人之作大多追憶與昔日情人的柔情蜜意、惆悵今日的孤寂無聊，這類作品寫得詞麗情濃：

聽風聽雨過清明。愁草瘞花銘。樓前綠暗分攜路，一絲柳、一寸柔情。料峭春寒中酒，交加曉夢啼鶯。

西園日日掃林亭，依舊賞新晴。黃蜂頻撲秋千索，有當時、纖手香凝。惆悵雙鴛不到，幽階一夜苔生。

——〈風入松〉

吳文英所處的南宋後期內憂外患，小朝廷上下卻仍文恬武嬉，國家的形勢危如累卵。他通過詠古詠物來感時傷世，因矚目時艱而發出淒苦之音，如〈八聲甘州．陪庾幕諸公遊靈巖〉：

渺空煙四遠，是何年、青天墜長星？幻蒼崖雲樹，名娃金屋，殘霸宮城。箭涇酸風射眼，膩水染花腥。時靸雙鴛響，廊葉秋聲。

宮裡吳王沉醉，倩五湖倦客，獨釣醒醒。問蒼天無語，華髮奈山青。水涵空、闌干高處，送亂鴉、斜日落漁汀。連呼酒，上琴臺去，秋與雲平。

前人對吳文英藝術成就的評價高下懸殊。褒之者認為他是南宋第一大詞家：「求詞於吾宋者，前有清真，後有夢窗。」（宋黃昇《花菴詞選》引黃煥語）貶之者認為「夢窗如七寶樓臺，眩人眼目，碎拆下來，不成片段」（張炎《詞源》）。其實，夢窗詞既不像褒者誇張的那樣神，也不是貶者糟蹋的那麼劣，他在藝術上有較大的獨創性，也存在著嚴重的不足。他變姜夔的清空疏宕為質實麗密，打破層次清晰有序的傳統結構方式，敘事抒情以時間與空間錯綜交叉，對物象的把握注重感性的直覺，字面上給人以雕繢滿眼的印象，但在這種穠麗詞密句中又貫注著某種飛揚的神致和沉鬱的情思，因而於綿密麗之中具有回旋空靈之致，如夢窗詞集中的最長之調〈鶯啼序．晚春感懷〉：

殘寒正欺病酒，掩沉香繡戶。燕來晚、飛入西城，似說春事遲暮。畫船載、清明過卻，晴煙冉冉吳宮樹。念羈情遊蕩，隨風化為輕絮。

十載西湖，傍柳繫馬，趁嬌塵軟霧。溯紅漸、招入仙溪，錦兒偷寄幽素。倚銀屏、春寬夢窄，斷紅濕、歌紈金縷。暝堤空，輕把斜陽，總還鷗鷺。

幽蘭旋老，杜若還生，水鄉尚寄旅。別後訪、六橋無信，事往花委，瘞玉埋香，幾番風雨。長波妒盼，遙山羞黛，漁燈分影春江宿。記當時、短楫桃根渡。青樓仿佛，臨分敗壁題詩，淚墨慘澹塵土。

危亭望極，草色天涯，嘆鬢侵半苧。暗點檢、離痕歡唾，尚染鮫綃，嚲鳳迷歸，破鸞慵舞。殷勤待寫，書中長恨，藍霞遼海沉過雁，漫相思、彈入哀箏柱。傷心千里江南，怨曲重招，斷魂在否？

第一片由索居中見暮春之景觸起羈情，「念羈情」三字為全詞之骨，第二、三片逆寫「羈情」之由，其中第二片寫昔日西湖十載「趁嬌塵軟霧」的戀情豔遇，第三片接著寫「事往花委」的沉痛感傷，第四片寫「危亭望極」的相思之苦，魂已斷而仍招，欲寄書卻不達，感情既十分真摯，用筆也非常渾厚。此詞兼有「煉意琢句之新奇，空際轉身之靈活」（陳匪石《宋詞舉》），語言麗密而又筆調流利，千門萬戶卻又章法井井，清陳廷焯在《雲韶集》中稱其「全章精粹，空絕古今。」不過，吳詞藝術上的缺憾也是明顯的：有些作品辭藻過濃，使人感到光怪陸離，意緒埋藏過深，使人覺得全詞無意脈可尋。後世詞評家指責吳詞堆砌、零亂、晦澀，雖然有點以偏概全，但絕不是無中生有。

・・・

在宋末元初的遺民詞人中，周密、王沂孫和張炎的成就最高。

周密（一二三二～一二九八），字公謹，號草窗，其先世濟南人，從曾祖起寓居吳興，祖父周王必仕至刑部侍郎，父周晉仕於浙。周密青少年時隨父遊宦於閩、浙，三十歲以後出仕，四十九歲宋亡後以遺民終老，輯錄舊聞軼事為《齊東野語》、《武林舊事》、《雲煙過眼錄》等書，成為有宋一代野史的巨擘，還曾編定南宋詞人詞集《絕妙好詞》七卷。《草窗詞》存詞一百五十多首，清戈載在《宋七家詞選》中稱其詞「盡洗靡曼，獨標清麗，有韶倩之色，有綿渺之思」，清麗韶秀是其詞的主要特色。早年的詞作充滿了金粉承平之氣，晚年親歷亡國之痛後才感慨悲涼，以抑鬱嗚咽的調子抒寫深摯的故國之思：「最負他秦鬟妝鏡，好江山、何事此時遊」（〈一萼紅·登蓬萊閣有感〉），「一樣歸心，又喚起故園愁眼。立盡斜陽無語，空江歲晚」（〈三姝媚·送聖與還越〉）。時人說周密體貌豪偉逸秀，填詞也時露雄健之氣：「鼇戴雪山龍起蟄，快風吹海立」（〈聞鵲喜·吳山觀濤〉）。

王沂孫（？～約一二九〇），字聖與，號碧山，又號中仙，會稽（今浙江紹興）人。詞集《碧山樂府》（一名《花外集》或《玉笥山人詞集》）存詞六十四首。他的生平事蹟不可考，僅知在元世祖至元年間曾官慶元路學正，不過，這並不意味著他缺乏民族情感，他基本上還是以遺民終其一生的，而且通過賦景物賦節序寄寓自己的家國興亡之感，如〈眉嫵·新月〉、〈水龍吟·落葉〉、〈天香·龍涎香〉、〈齊天樂·蟬〉等。下面兩詞是其代表作：

漸新痕懸柳，澹彩穿花，依約破初暝。便有團圓意，深深拜，相逢誰在香徑。畫眉未穩，料素娥、猶帶離恨。最堪愛、一曲銀鉤小，寶簾掛秋冷。

千古盈虧休問。嘆慢磨玉斧，難補金鏡。太液池猶在，淒涼處、何人重賦清景。故山夜永。試待他、窺戶端正。看雲外山河，還老盡、桂花影。

——〈眉嫵·新月〉

一襟餘恨宮魂斷，年年翠陰庭樹。乍咽涼柯，還移暗葉，重把離愁深訴。西窗過雨。怪瑤佩流空，玉箏調柱。鏡暗妝殘，為誰嬌鬢尚如許？

**銅仙鉛淚似洗，嘆移盤去遠，難貯零露。病翼驚秋，枯形閱世，消得斜陽幾度！餘音更苦。甚獨抱清高，頓成凄楚？謾想熏風，柳絲千萬縷。**

——〈齊天樂・蟬〉

他六十四首詞中詠物詞竟有四十首之多，清鄧廷楨《雙硯齋筆記》說他「工於體物，而不滯色相」。清周濟一方面肯定他的長處：「詠物最爭託意，隸事處以意貫串，渾化無痕，碧山勝場也。」另一方面也指出他在藝術上的不足：「唯圭角太分明，反覆讀之，有水清無魚之恨。」（《宋四家詞選》）這些詠物詞中無疑有遙深的寄託，連閱讀揣摸也難以明白寄託的內容，更別說作為曲子詞來演唱了，即使作為閱讀的案頭文學，也由於他研練太過而失去了渾厚的氣象。

張炎（一二四八～一三二二？），字叔夏，號玉田，晚號樂笑翁。祖籍秦州成紀（今甘肅天水市），六世祖張俊為南宋大將，此後幾代一直居在杭州。他生長於一個顯赫富貴而又有高度文化修養的官宦家庭，曾祖張鎡和父親張樞都曉音律，工詩詞。元軍破杭州時他家遭籍沒，這時他才二十九歲。元世祖至元二十七年（一二九〇），他以抄寫泥金字藏經被召赴大都，次年復歸江南，此後二十年漫遊吳越各地，六十歲歸隱西湖。他從一個貴介公子突然之間成了一個國亡家破的漂泊者，三百多首《山中白雲詞》大部分都直接或間接地抒寫這種深切的亡國之痛和身世之感：

**接葉巢鶯，平波捲絮，斷橋斜日歸船。能幾番遊，看花又是明年。東風且伴薔薇住，到薔薇、春**

**已堪憐。更淒然，萬綠西泠，一抹荒煙。**

**當年燕子知何處？但苔深韋曲，草暗斜川。見說新愁，如今也到鷗邊。無心再續笙歌夢，掩重門、淺醉閒眠。莫開簾，怕見飛花，怕聽啼鵑。**

——〈高陽臺・西湖春感〉

張炎詞在情調上悽愴纏綿，描寫細緻工巧，語言婉麗清暢，但在承接轉折處寸步不遺，很難見到那種凌空跳宕的筆力，難怪遭「積谷作米，把纜放船，無開闊手段」（清周濟《介存齋論詞雜著》）之譏了。晚年所著《詞源》是他一生理論研究和填詞實踐的總結，分為上下兩卷，上卷論音律，下卷論創作，論詞以婉約派為宗，標榜「清空」、「騷雅」和「意趣高遠」，推崇姜夔而貶抑吳文英。雖然它有重詞藝而輕詞情、重婉約派而輕豪放派的偏頗，但對於詞的本質特徵、詞的合樂合律、詞的作法等問題提出了許多具有理論意義的真知灼見。

蔣捷（一二四五？～一三〇五？），字勝欲，號竹山，宋末元初陽羨（今江蘇宜興市）人，咸淳十年（一二七四）進士及第。宋亡隱居不仕，人稱「竹山先生」、「櫻桃進士」，其氣節操守為時人所重，其詞與周密、王沂孫、張炎並稱「宋末四大家」。和許多遺民詩人一樣，他中晚年詞的中心主題是亡國之痛和故國之思，但他很少撕心裂肺地慟哭，而是通過細節回憶和絮語傾訴，將亡國之哀化入身世之感中。這種寫法減弱了震撼人心的力量，卻平添些耐人咀嚼的韻味：

蕙花香也。雪晴池館如畫。春風飛到，寶釵樓上，一片笙簫，琉璃光射。而今燈漫掛。不是暗塵明月，那時元夜。況年來、心懶意怯，羞與蛾兒爭耍。

江城人悄初更打。問繁華誰解，再向天公借。剔殘紅灺。但夢裡隱隱，鈿車羅帕。吳箋銀粉砑。待把舊家風景，寫成閒話。笑綠鬟鄰女，倚窗猶唱，夕陽西下。

——〈女冠子．元夕〉

少年聽雨歌樓上。紅燭昏羅帳。壯年聽雨客舟中。江闊雲低斷雁叫西風。

而今聽雨僧廬下。鬢已星星也。悲歡離合總無情。一任階前點滴到天明。

——〈虞美人．聽雨〉

一片春愁待酒澆。江上舟搖，樓上簾招。秋娘渡與泰娘橋，風又飄飄，雨又蕭蕭。

何日歸家洗客袍？銀字笙調，心字香燒。流光容易把人拋，紅了櫻桃，綠了芭蕉。

——〈一剪梅．舟過吳江〉

從少年、壯年和老年「聽雨」的不同感受，從「那時元夜」的「琉璃光射」到「而今」元夕的「心懶意怯」，使讀者自己得出結論：人生只如過隙，故國只在夢中。其情蕭索淒清，其語疏朗清俊，獨步於宋末詞壇。「流光容易把人拋，紅了櫻桃，綠了芭蕉」，因為語言的俊秀新巧，為他贏得了「櫻桃進士」的雅號。「把舊家風景寫成閒話」的表現手法，在兩宋詞史上別具一格。文學史上對蔣捷的評價處於兩極，愛之者譽之為詞中「長短句之長城」（清劉熙載《藝概．詞概》），厭之者貶之為「雖不論可也」（清陳廷焯《白雨齋詞話》），也就是說蔣捷詞不值一談。

## 第三節　「永嘉四靈」與「江湖詩派」

江西詩派發展到南宋後期，形式上的拗喉生硬越來越使人反感厭倦，永嘉四靈和江湖詩派的興起就是對江西詩派的一種反撥。

永嘉四靈是指永嘉的四位詩人：徐照（?～一二一一），字靈暉（一字道暉）；徐璣（一一六二～一二一四），字靈淵（或稱文淵）；趙師秀（一一七〇～一二二〇），字靈秀；翁卷（生卒年不詳），字靈舒。由於這四人都是永嘉人，他們的字中又都有「靈」字，因得此名。四靈中徐璣和趙師秀曾做過小官，其他兩位則終身布衣。四靈師事永嘉學派的宗主葉適，葉還曾為他們編《四靈詩》詩選，刊行後風行一時。他們能在詩壇上陡得盛名，與葉適對他們的大加稱讚張揚是分不開的。葉適在〈徐文淵墓誌銘〉中說：「初，唐詩廢久，君與其友徐照、翁卷、趙師秀議曰：『昔人以浮聲切響單字只句計巧拙，蓋風騷之至精也。近世乃連篇累牘，汗漫而無禁，豈能名家哉！』四人之語遂極其工，而唐詩由此復行矣。」一方面四靈詩風迎合了人們審美趣味的變化，一方面「水心先生（即葉適）既嘖嘖嘆賞之，於是四靈之名天下莫不聞」（宋趙汝回〈薛師石《瓜廬集》序〉）。

因反對江西詩派「資書以為詩」，四靈詩人就提倡「捐書以為詩」（劉克莊〈韓隱君詩序〉）；為了矯正江西詩派的流弊，四靈詩人主張重新學習晚唐的近體，尤其是賈島、姚合的五律。趙師秀選賈島、姚合詩為《二妙集》，選錢起、劉得仁、方干、許渾、皮日休、杜荀鶴等人的詩為《眾妙集》，由此可以看出他們的藝術追求之所在。他們的詩歌表現了對現實的逃避態度，表現了文人的那種末世的心態，「不作封侯念，悠然遠世紛」（趙師秀〈薛氏瓜廬〉），「愛閒卻道無官好，住僻如嫌有客多」（徐照〈酬贈徐璣〉）。這種心境與賈島、姚合很容易合拍，其詩主野逸清瘦，詩情既貧薄，詩格也狹小，「雖鏤心鉥腎，刻意雕琢，而取徑太狹，終不免破碎尖酸之病」（《四庫全書總目提要》卷一百六十二徐照《芳蘭軒集》）。不過，他們寫詩不用典故、僻字、險韻，以平淡的語言刻畫常見的景物，某些小詩別具清雅靈秀的韻致，如：

**一天秋色冷晴灣，無數峰巒遠近間。閒上山來看野水，忽於水底見青山。**

——翁卷〈野望〉

**數日秋風欺病夫，盡吹黃葉下庭蕪。林疏放得遙山出，又被雲遮一半無。**

——趙師秀〈數日〉

**水滿田疇稻葉齊，日光穿樹曉煙低。黃鶯也愛新涼好，飛過青山影裡啼。**

——徐璣〈新涼〉

**出望月輪小，不如臨海生。又疑今夜看，難比故鄉明。**
**立柏正無影，清猿偏有聲。數家絃管外，專此照離情。**

——徐照〈湘中中秋〉

「四靈」在當時經過葉適的鼓吹後曾風行一時，劉克莊在〈題蔡炷主簿詩卷〉其二中說：「舊止四人為律體，今通天下話頭行。」。他們的創作影響了江湖詩人，江湖派中「多四靈之徒」（清全祖望〈宋詩紀事序〉）。

• • •

江湖詩人是指南宋後期一些落第以後只得流轉江湖以獻詩為生的文士。他們占籍很廣——包括浙江、福建、江西、山西、湖南籍的詩人，品流也很雜——有的清虛自守而不問世事，有的則關心時世，甚至以詩譏刺權奸。江湖詩派之名由杭州書商陳起編刊的《江湖集》而來，此集還因此招來了一場牽涉面廣的文字獄。這次詩禍的政治背景是這樣的：寧宗於嘉定十七年（一二二四）病逝後，權相史彌遠廢黜了法定皇位繼承人趙竑而另立趙昀（即理宗），還逼死了改封為濟王的趙竑，這一行為激起了一些江湖詩人的義憤，前此也有些江湖詩人以詩譏諷朝政，陳起、劉克莊等人因此獲罪，《江湖集》也被毀版。

江湖詩人反對江西詩派而崇尚晚唐，而且也同「四靈」一樣將「晚唐」主要限於姚、賈，但江湖詩人的生活面較「四靈」寬，詩歌的取材也就較「四靈」廣。藝術趣尚和「四靈」沒有顯著區別，刻意追求晚唐體那種輕快流動的詩風。這派詩人成就較大的要算戴復古和劉克莊，劉克莊被推為該派的領袖。

戴復古（一一六七～一二四八？），字式之，自號石屏，天臺黃巖（今浙江）人。他一生以布衣終老，足跡踏遍了江南各地。他的創作受「四靈」和晚唐詩的影響，但又嚮往縱橫的氣概和遒勁的筆力（見〈論詩十絕〉其四），所以賈島和杜甫同時都是他寫詩的樣板：「賈島形模元自瘦，杜陵言語不妨村。」（〈望江南．自嘲〉）據說他為人謹小慎微，以致「廣座中口不談世事」（見方回《瀛奎律髓》），可他在詩裡卻大膽地指責朝政的腐敗，尖銳地揭露國弱民窮的現實。〈織婦嘆〉對被剝削婦女寄予深厚的同情：「一春一夏為蠶忙，織婦布衣仍布裳。有布得著猶自可，今年無麻愁殺我。」〈庚子荐饑三首〉反映了理宗嘉熙年間浙東一帶「餓走拋家舍，從橫死路岐」的慘像：「有天不雨粟，無地可埋屍。劫數慘如此，吾曹忍見之？」〈夜宿田家〉表現了一個寒士四處漂泊的淒苦和羈旅中的鄉思：

**簦笠相隨走路岐，一春不換舊征衣。雨行山崦黃泥坂，夜扣田家白板扉。**
**身在亂蛙聲裡睡，心從化蝶夢中歸。鄉書十寄九不達，天北天南雁自飛。**

而〈江陰浮遠堂〉則抒寫對山河破碎的憂慮與痛苦：

**橫崗下瞰大江流，浮遠堂前萬里愁。最苦無山遮望眼，淮南極目盡神州。**

劉克莊（一一八七～一二六九）是辛派詞人後期的代表之一，也是江湖派裡成就最大的詩人。他的詞與詩都貫穿著對民族未來的深重關切，他在〈有感〉一詩中說：「憂時元是詩人職，莫怪吟中感慨多。」他的詩深刻地揭露了南宋政治的黑暗，將帥的腐敗無能，一邊是將帥「更闌酒醒山月落，彩縑百段支女樂」，一邊是「誰知營中血戰人，無錢得合金瘡藥」（〈軍中樂〉）。韓侂胄出兵潰敗以後，南宋王朝慌忙函封韓的首級向金人乞求，並每年增納白銀三十萬兩、細絹二十萬匹，劉克莊在〈戊辰即事〉中憤怒地諷刺說：

**詩人安得有青衫？今歲和戎百萬縑！從此西湖休插柳，剩栽桑樹養吳蠶。**

他表現時事和愛國主義題材的詩受陸游的影響較大，而大量描寫日常生活的五言律詩，意境清幽而運思精巧，儼然與賈島、姚合一副面孔：

**骨髮枯閒甚，唯堪作隱君。山行忘路脈，野坐認天文。**
**字瘦偏題石，詩寒半說雲。近來仍喜聵，閒事不曾聞。**

——〈北山作〉

覺得江西詩派的「資書以為詩失之腐」是劉克莊與「四靈」之所同，而認為「捐書以為詩失之野」則是他與四靈之所異（〈韓隱君詩序〉），這樣，他又在晚唐體那種靈活輕快的詩裡鑲嵌典故成語，重犯了江西派「資書以為詩」的老毛病。方回甚至嘲笑他是「飽滿『四靈』，用事冗塞」（《瀛奎律髓》卷四十二）。

## 第四節　愛國詩的最後一抹光輝

在宋元易代之際，詩人們目睹身受了蒙古貴族和軍隊的野蠻殘暴，深切地嘗到了亡國的羞恥與慘痛。於是，有的詩人在國難當頭之際以身殉國，成了抗元戰爭中的民族英雄；有的在回天無力的情況下遁跡江湖，他們的詩雖然有激昂與哀怨之分，但都抒寫了深沉的亡國之痛，表現了堅貞不屈的民族氣節，合唱了一曲響徹千秋的民族「正氣歌」。

文天祥（一二三六～一二八三）是這一曲「正氣歌」的領唱者，字履善，一字宋瑞，自號文山，江西吉水人。二十一歲舉進士第一，因不斷與賈似道等權奸進行鬥爭，四十歲以前長期在宦海浮沉，元兵渡江後起兵抗元，元兵兵臨臨安城下時除右丞相兼樞密使，受命次日出城與元軍議和被拘，解送北方途中得以脫走，回南擁立端宗繼續抗元，祥興元年（一二七八）十二月兵敗被俘，拘燕京四年後被害。有《文山先生全集》二十卷。

元兵破臨安前，文天祥的詩草率平庸，詩風受江湖詩派的影響較深，充斥著大量與江湖術士周旋的應酬之作，歷史的巨變改變了他的人生道路，也激發了他被壓抑的詩才。在抗元中和抗元失敗後，他的詩歌不論是慷慨激昂還是悲涼沉痛，無不氣象渾厚，詩境沉雄，實為他燦爛若金石般人格的生動寫照：

**辛苦遭逢起一經，干戈寥落四周星。山河破碎風飄絮，身世浮沉雨打萍。**

**惶恐灘頭說惶恐，零丁洋裡嘆零丁。人生自古誰無死，留取丹心照汗青！**

——〈過零丁洋〉

此詩寫於兵敗被俘的第二年過零丁洋時，元軍逼他寫信招降南宋繼續抵抗的張世傑，他出示此詩以明志節，表現了他在民族存亡的緊要關頭捨身報國的情操，全詩的情調由悲轉壯，是一曲悲壯崇高的愛國主義頌歌。

文天祥將自己創作的一部集子名為《指南錄》，其中收錄了〈揚子江〉一詩：

**幾日隨風北海遊，回從揚子大江頭。臣心一片磁針石，不指南方不肯休。**

此詩說明了集名《指南錄》的用意，抒寫了自己對祖國忠貞不渝的情懷。他的〈正氣歌〉熱情地讚頌古代為正義而英勇鬥爭的仁人志士，表明自己要用先賢的「正氣」來抵禦獄中邪氣的侵襲，在任何困境中都要有能經受住考驗的頑強意志。此詩全面反映了他的剛烈個性、忠義肝膽和英雄氣概，是民族威武不屈的「正氣」的集中表現。

汪元量（生卒年不詳），字大有，號水雲，錢塘人。他本是供奉內廷的琴師，宋亡後隨六宮被擄至燕京，晚年自請出家為道士，得歸錢塘，有《水雲集》、《湖山類稿》。他對於亡國之苦、去國之哀有痛切的感受，因而能以七絕聯章體的形式將南宋覆亡這一幕歷史慘劇真實地描繪了出來，為民族留下了一部傷心史，代表作有〈醉歌〉十絕、〈湖州歌〉九十八絕、〈越州歌〉二十絕，如：

**淮襄州郡盡歸降，鞞鼓喧天入古杭。國母已無心聽政，書生空有淚成行。**

——〈醉歌〉其三

**亂點連聲殺六更，熒熒庭燎待天明。侍臣已寫歸降表，臣妾僉名謝道清。**

——〈醉歌〉其五

這是歷史上令人難堪的一幕。汪元量不同於文天祥的地方是他沒有與國共存亡的悲壯氣概，只有對故國一往情深的眷戀和無可奈何的哀泣：

**蔽日烏雲撥不開，昏昏勒馬度關來。綠蕪徑路人千里，黃葉郵亭酒一杯。**
**事去空垂悲國淚，愁來莫上望鄉臺。桃林塞外愁煙起，大漠天寒鬼哭哀。**

——〈潼關〉

謝翱（一二四九～一二九五），字皋羽，晚號宋累，又號晞髮子，長溪（福建霞浦）人。早年絕意於仕途經濟，當文天祥在當時行都福安開府聚兵以圖恢復時，他率鄉兵數百投文天祥，任諮議參軍。

文天祥被囚禁後，他隱易姓名漫遊東南，每當文天祥忌日就設臺祭哭，是一位有堅強的民族氣節的詩人。詩有《晞髮集》。他的古體詩學孟郊、韓愈、李賀，其詩聲情綿邈、格致高古，常以淒切的調子抒寫亡國的慘痛，尤其是哭祭悼念文天祥的詩歌，肝膽俱焚，泣血吞聲，代表作有〈鐵如意〉、〈西臺哭所思〉、〈書文山卷後〉，如：

**魂飛萬里程，天地隔幽明。死不從公死，生如無此生。**
**丹心渾未化，碧血已先成。無處堪揮淚，吾今變姓名。**

——〈書文山卷後〉

由於是為文天祥詩文集題詩，所以第二聯借用文天祥〈南安軍〉中「出嶺誰同出，歸鄉如不歸」的句法，感情鬱結深摯，用筆千迴百折，是一篇血淚凝成的至情文字。

宋末的遺民詩人中較著名的還有謝枋得、鄭思肖、林景熙、蕭立之等，他們為自己的故國深情地唱著挽歌，「書生倚劍歌激烈，萬壑松聲助幽咽」（林景熙〈讀《文山集》〉），「獨立蒼茫外，吾生何處家」（蕭立之〈茶陵道中〉），其凜然不屈的民族氣節可歌可泣，最後為宋詩譜寫了哀婉動人的一章。

## 第五節 元好問的詩論與詩詞創作

闡述兩宋詩詞史當然不能不講遼、金的詩詞，講金的詩詞，自然不能不講金朝著名詩人元好問。元好問（一一九〇～一二五七），字裕之，號遺山，忻州秀容（今山西忻州市）人。他是北魏鮮卑拓跋氏後裔，生於世代官宦之家，官至尚書左司員外郎、知制誥。元好問為金代最傑出的詩人和詩論家，生前就被譽為「北方文雄」。他作詩可謂家學淵源，生父元德明被同輩贊為「詩句妙九州」，其兄元好古也以能詩見稱於世，他本人七歲就能吟出佳句，被當時名士王湯臣目為「神童」。他在〈陶然集詩序〉中說：「果以詩為專門之學，求追配古人，欲不死生於詩，其可已乎！」他一生對詩用力最多，也以詩成就最大。臨死前特地叮囑門人說，自己墓碑上只書「詩人元遺山之墓」、「足矣」。

我們還得先從元好問的詩論談起，這樣會更易於理解他的詩歌。他在〈答聰上人書〉中自述說：「學古詩一言半辭傳在人口，遂以為專門之業，今四十年矣。見之之多，積之之久，揮毫落筆，自鑄偉詞，以驚動海內則未能；至於量體裁，審音節，權利病，證真贗，考古今詩人之變，有戇直而無姑息，雖古人復生，未敢多讓。」可見，就像對自己的詩歌十分自負一樣，他對自己的詩論同樣十分自負，甚至更加自負。元好問詩論的代表作是〈論詩三十首〉，他有感於當時詩壇上「風雅久不作，日覺元氣死」（〈別李周卿三首〉其二）的衰敝，〈論詩三十首〉第一首就揭櫫自己論詩的目的：

**漢謠魏什久紛紜，正體無人與細論。誰是詩中疏鑿手？暫教涇渭各清渾。**

這與杜甫〈戲為六絕句〉「別裁偽體親風雅」是同一目的，詩中的「正體」是與「偽體」相對而言的。南朝梁劉勰也多次提到後世「文體解散」（《文心雕龍．序志》），由於文人好奇導致文體「訛而新」（《文心雕龍．通變》），因而就形成了詩中的「偽體」。元好問以「詩中疏鑿手」自命，從「漢謠魏什」上溯《詩經》之源，以詩歌重新恢復「風雅」傳統，使「正體」與「偽體」涇渭分明。中國古代詩學中一直有「辨體」的傳統，明代許學夷有《詩源辯體》的名著，唐元結便是這一傳統中重要的一環。就詩歌理想而言，元好問推崇雄健豪邁的英雄氣概，崇尚慷慨悲壯的建安風骨，嚮往「天蒼蒼，野茫茫」（北朝〈敕勒歌〉）的遼闊境界，輕視「無力薔薇臥晚枝」（秦觀〈春日五首〉其二）式的「女郎詩」（〈論詩三十首〉其二十四語），鄙薄齊梁綺靡豔俗、柔弱無骨的詩風：

曹劉坐嘯虎生風，四海無人角兩雄。可惜并州劉越石，不教橫槊建安中。
——其二

慷慨歌謠絕不傳，穹廬一曲本天然。中州萬古英雄氣，也到陰山敕勒川。
——其七

沈宋橫馳翰墨場，風流初不廢齊梁。論功若準平吳例，合著黃金鑄子昂。
——其八

**有情芍藥含春淚，無力薔薇臥晚枝。拈出退之山石句，始知渠是女郎詩。**

——其二十四

與其將這種詩學理想歸結為他鮮卑族血緣，歸結為他生長生活於幽并的民風，還不如歸結為是對「中州萬古英雄氣」的發揚光大。高揚建安風骨和鄙棄齊梁綺靡，地不分南北，時不分古今，是長期積澱而成的審美取向，既不是元好問創之於前，也不會是由他斷之於後，但他將此提煉得更為集中和醒目，也表述得更為生動和形象。

元好問在詩風上肯定「豪華落盡見真淳」，在詩語上喜歡「一語天然萬古新」，在創作方法上認為「閉門覓句」（楊萬里〈下橫山灘頭望金華山四首〉其二語）是枉費精神。他主張寫人生要有自己的獨特體驗，寫自然要自己親身所見：

**眼處心生句自神，暗中摸索總非真。畫圖臨出秦川景，親到長安有幾人？**

——其十一

**一語天然萬古新，豪華落盡見真淳。南窗白日羲皇上，未害淵明是晉人。**

——其四

古雅難將子美親，精純全失義山真。論詩寧下涪翁拜，未作江西社裡人。

——其二十八

池塘春草謝家春，萬古千秋五字新。傳語閉門陳正字，可憐無補費精神。

——其二十九

當然，主要還是由其詩使元好問流芳萬世，清刊《元遺山先生全集》收詩一千三百八十餘首、詞三百八十餘首。無論是他的出身家世，還是他的才華遭際，都讓元好問不得不陷入金代的政治漩渦，因而他對國家興亡與民生疾苦，不是置身事外的道義同情，更不是隔岸觀火的冷淡麻木，而是感同身受地牽掛、痛苦、悲泣，並把金代的滅亡和元軍的殘暴，放在巨大的時空背景中來審視、反思和表現，所以這類詩歌有深層的反省，有濃烈的激情，有震撼人心的力量，如名作〈岐陽三首〉：

突騎連營鳥不飛，北風浩浩發陰機。三秦形勝無今古，千里傳聞果是非。

偃蹇鯨鯢人海涸，分明蛇犬鐵山圍。窮途老阮無奇策，空望岐陽淚滿衣。

百二關河草不橫，十年戎馬暗秦京。岐陽西望無來信，隴水東流聞哭聲。

野蔓有情縈戰骨，殘陽何意照空城！從誰細向蒼蒼問，爭遣蚩尤作五兵？

**眈眈九虎護秦關，懦楚孱齊機上看。禹貢土田推陸海，漢家封徼盡天山。**
**北風獵獵悲笳發，渭水瀟瀟戰骨寒。三十六峰長劍在，倚天仙掌惜空閒。**

寫作〈岐陽三首〉時，詩人正身處河南南陽，而他關注的戰事發生在岐陽（今陝西鳳翔一帶）。金國由當年的強盛到如今的衰敗，他目睹金朝統治者的腐朽無能、金朝將帥的貪生怕死，更目睹了蒙古軍的冷血殘暴、岐陽百姓的血淚慘像，預感到岐陽的淪陷和國家的滅亡迫在眉睫。詩人眼睜睜看著這一切卻無力回天，「偃蹇鯨鯢人海涸，分明蛇犬鐵山圍」，岐陽形勢是多麼緊迫和危急；「野蔓有情縈戰骨，殘陽何意照空城」，當時的戰況是多麼血腥；「窮途老阮無奇策，空望岐陽淚滿衣」，詩人內心又是多麼絕望和沉痛。這一切慘劇就發生在今古相同的「三秦形勝」之地，發生在當年「漢家封徼」之中，然而，「三十六峰」的「長劍」仍在，「倚天」的「仙掌」卻已「空閒」。這是在悲嘆，也是在反思。

再如他的另一組代表作〈壬辰十二月車駕東狩後即事五首〉：

**慘澹龍蛇日鬥爭，干戈直欲盡生靈。高原水出山河改，戰地風來草木腥。**
**精衛有冤填瀚海，包胥無淚哭秦庭。并州豪傑今誰在？莫擬分軍下井陘。**

——其二

**鬱鬱圍城度兩年，愁腸饑火日相煎。焦頭無客知移突，曳足何人與共船。**
**白骨又多兵死鬼，青山元有地行仙。西南三月音書絕，落日孤雲望眼穿。**

——其三

**萬里荊襄入戰塵，汴州門外即荊榛。蛟龍豈是池中物？蟣虱空悲地上臣。**
**喬木他年懷故國，野煙何處望行人？秋風不用吹華髮，滄海橫流要此身。**

——其四

金哀宗開興元年（一二三二，即詩題「壬辰」年）蒙古軍圍困汴京，金哀宗被迫率兵東征。時元好問任左司都事，「壬辰」五首就是作於此時的圍城中。「鬱鬱圍城度兩年，愁腸饑火日相煎」，正是被圍京城食盡糧絕的寫照。詩中有對蒙古軍暴行的控訴，如「慘澹龍蛇日鬥爭，干戈直欲盡生靈」；有對金朝君臣醉生夢死的揭露，如「白骨又多兵死鬼，青山元有地行仙」；也有對即將滅亡的金王朝的依戀，如「喬木他年懷故國，野煙何處望行人」；當然寫得最多的還是對生靈白骨的悲憫，還有對自己歷史擔當的自覺，如「秋風不用吹華髮，滄海橫流要此身」。這五首組詩是詩人用血淚凝成的，以其情感的凝重濃烈，像「史詩」一樣震撼了一代代讀者。

元好問即使寫戰爭的慘敗，詩境仍然宏闊而悲壯，如第四首以「萬里荊襄入戰塵」發端，以「滄海橫流要此身」結尾，空間上籠罩萬里，時間上俯視百代，以如椽巨筆寫歷史的悲劇，堪稱詩家中的

「大手筆」。

由於元好問豐富的想像，加之他那深厚的學養，哪怕那些表現眼前時事的詩歌，也從來不是「就事論事」，而是具有巨大的時空結構，具有巨大的歷史深度與廣度。如〈岐陽三首〉中「禹貢土田推陸海，漢家封徼盡天山」，將遙遠的歷史與遼闊的空間有機統一在一起；「三十六峰長劍在，倚天仙掌惜空閒」，沒有奇特的妙想就不可能有如此佳句。

《金史》本傳稱其詩歌語言「奇崛而絕雕劌，巧縟而謝綺麗」，「奇崛」是確評，「巧縟」則未必。如「白骨又多兵死鬼，青山元有地行仙。西南三月音書絕，落日孤雲望眼穿」，有奇氣而不生拗，有頓挫卻又如瓶瀉水，尚高華而絕不「巧縟」。「巧縟」僅見於他的部分山水詩，如〈杏花雜詩十三首〉其五：「紛紛紅紫不勝稠，爭得春光競出頭。卻是梨花高一著，隨宜梳洗盡風流。」

元好問現存詞三百八十多首，詞風兼取豪放與婉約之長，內容抒情寫景敘事無施不可，清況周頤在《蕙風詞話》中評其詞說，「亦渾雅，亦博大，有骨幹，有氣象」，可見元詞更近於蘇軾和辛棄疾。但較之元好問詩歌，元詞更率情率性，如〈摸魚兒．雁丘詞〉：

**乙丑歲赴試并州，道逢捕雁者云：「今旦獲一雁，殺之矣。其脫網者悲鳴不能去，竟自投於地而死。」予因買得之，葬之汾水之上，壘石為識，號曰「雁丘」。時同行者多為賦詩，予亦有〈雁丘詞〉。舊所作無宮商，今改定之。**

問世間、情是何物，直教生死相許？天南地北雙飛客，老翅幾回寒暑。歡樂趣，離別苦，就中更有痴兒女。君應有語：渺萬里層雲，千山暮雪，隻影向誰去？

橫汾路，寂寞當年簫鼓。荒煙依舊平楚。招魂楚些何嗟及，山鬼暗啼風雨。天也妒，未信與，鶯兒燕子俱黃土。千秋萬古，為留待騷人，狂歌痛飲，來訪雁丘處。

這首詞抒情寫意真是「一往情深」，「問世間、情是何物，直教生死相許」，至今傳唱不衰。

# 特別收錄【宋詞講座】第一講：柳永詞論

## 一、柳永：「變一代詞風」

柳永是兩宋詞壇上頗負盛名的詞人，他的詞在高雅的士大夫和普通的老百姓中都有市場，生前就形成了「凡有井水飲處，即能歌柳詞」（宋葉夢得《避暑錄話》）的盛況。

由於生前沒有取得一定的社會地位，柳永這位文壇高手被後來的史家排除在《宋史・文苑傳》之外，所以他的生卒年沒有史書的可靠記載。宋詞專家唐圭璋先生考定他生於公元九八七年，約死於一〇五四年。中國社會科學院文學研究所的《中國文學史》把他的生卒年定為九八七～一〇五三年。柳永原名三變，字耆卿，排行第七，所以人們又稱他為柳七、柳三變、柳耆卿。他出生在福建崇安縣五夫里一個官宦人家。父親柳宜在南唐時為監察御史，入宋後於太宗雍熙二年（九八五）登進士第，官至工部侍郎。這種家庭出身決定了他必須像父兄那樣走科舉入仕的道路。連考三次進士都失利，痛苦之餘寫了一首〈鶴沖天〉以泄憤懣：

黃金榜上，偶失龍頭望。明代暫遺賢，如何向？未遂風雲便，爭不恣狂蕩？何須論得喪。才子詞人，自是白衣卿相。

煙花巷陌，依約丹青屏障。幸有意中人，堪尋訪。且恁偎紅翠，風流事，平生暢。青春都一餉。忍把浮名，換了淺斟低唱！

出生於世代官宦人家的柳永，少年時在京城開封常「多遊狹邪」，還「好為淫冶謳歌之曲」，考場失敗不僅沒有使他收斂，他反而更傲然以「白衣卿相」自居，以「淺酌低唱」的浮蕩來鄙棄官場的「浮名」。據說有一次通過了考試，臨到放榜時又被宋仁宗黜落，宋人吳曾《能改齋漫錄》記載：「仁宗留意儒雅，務本理道，深斥浮豔虛薄之文。初，進士柳三變好為淫冶謳歌之曲，傳播四方。嘗有〈鶴沖天〉詞云：『忍把浮名，換了淺斟低唱。』及臨軒放榜，特落之，曰：『且去淺斟低唱，何要浮名！』」一直挨到宋仁宗景祐元年（一〇三四）才登第，他那時已是四十八歲的老頭了。

柳永現存《樂章集》一卷，詞二百零六首，另有集外詞六首，共存二百一十二首，貫穿這些作品的兩大主題是：豔情與宦情羈旅。豔情詞多是他中進士以前的作品，宦情詞主要是他老來所作。人們常把前者貶為俗詞，把後者稱為雅詞。

寫豔情好像是派給詞的專利，一本《花間集》幾乎全是詠嘆愛情或色情，晚唐五代溫庭筠、韋莊等人都是寫豔情的高手，歐陽脩、晏殊、晏幾道也都是描寫風月的行家。可是，為什麼唯有柳永的豔情詞成為眾矢之的呢？這是因為柳永的豔詞呈現出另一種情調、另一種風格。溫庭筠以下詞人的豔情詞是一種詩化了的人物和情感，是士大夫理想化的產物，詞中的人物與情感都抹上了濃重的貴族色彩，因而詞中的佳人既傾城傾國，詞中的情感也高雅不群，如張先的〈醉垂鞭〉：

**雙蝶繡羅裙，東池宴，初相見。朱粉不深勻，閒花淡淡春。**
**細看諸處好，人人道，柳腰身。昨日亂山昏，來時衣上雲。**

如晏殊〈蝶戀花〉：

**檻菊愁煙蘭泣露。羅幕輕寒，燕子雙飛去。明月不諳離恨苦，斜光到曉穿朱戶。**
**昨夜西風凋碧樹。獨上高樓，望盡天涯路。欲寄彩箋兼尺素，山長水闊知何處？**

如晏幾道〈鷓鴣天〉：

**彩袖殷勤捧玉鍾，當年拚卻醉顏紅。舞低楊柳樓心月，歌盡桃花扇底風。**
**從別後，憶相逢。幾回魂夢與君同？今宵剩把銀釭照，猶恐相逢是夢中。**

再如晏幾道〈臨江仙〉：

夢後樓臺高鎖，酒醒簾幕低垂。去年春恨卻來時。落花人獨立，微雨燕雙飛。
記得小蘋初見，兩重心字羅衣，琵琶絃上說相思。當時明月在，曾照彩雲歸。

又如歐陽脩〈南歌子〉：

鳳髻金泥帶，龍紋玉掌梳。走來窗下笑相扶，愛道畫眉深淺入時無。
弄筆偎人久，描花試手初。等閒妨了繡工夫。笑問雙鴛鴦字怎生書。

柳永豔詞中人物都不像這樣高雅飄逸、一塵不染，而是一些普普通通的市井小民，反映的也是市井小民的情感和趣味。他們沒有崇高的人生目標、恢宏不凡的器宇，談吐既不高雅，情感也很平庸，有的甚至低俗淺薄，但他們不知道什麼是矯揉造作，更不去故作斯文賣弄風情，而是熱情地品嘗人生的苦樂，真率地享受世俗的男歡女愛，呈現出濃厚的世俗市民情調。如〈定風波〉：

自春來、慘綠愁紅，芳心是事可可。日上花梢，鶯穿柳帶，猶壓香衾臥。暖酥消，膩雲嚲。終日懨懨倦梳裏。無那！恨薄情一去，音書無個。
早知恁麼。悔當初，不把雕鞍鎖。向雞窗，只與蠻箋象管，拘束教吟課。鎮相隨，莫拋躲。針線閒拈伴伊坐。和我。免使年少、光陰虛過。

「可可」，本意朦朧隱約，此處指心裡模模糊糊，對任何事情都無所謂。「酥」，指婦女的酥胸。「膩雲」指女性烏黑的頭髮。「無那」即無奈，「雞窗」即書窗。《幽明錄》載：「晉兗州刺史沛國宋處宗，嘗買一長鳴雞，愛養甚至，恆籠著窗間。雞遂作人語，與處宗談論，極有言智，終日不輟。處宗因此言功大進。」後人即以雞窗為書房的代稱。唐羅隱〈題袁溪張逸人所居〉：「雞窗夜靜開書卷，魚檻春深展釣絲。」「蠻箋」，指古代蜀地所產的彩色箋紙。

這首詞中沒有一點兒吟詩賞繪的才情，也缺乏高雅含蓄的趣味，充滿了平凡甚至庸俗的情調，「鎮相隨，莫拋躲。針線閒拈伴伊坐」就是詞中女性生活的最高理想，但它體現了小市民善良親切的生活要求。詞中的這種情趣無疑為自命風雅的士大夫所不屑一顧，張舜民《畫墁錄》記有這樣一則故事：「柳三變既以調忤仁宗，吏部不放改官。三變不能堪，詣政府。晏公（殊）曰：『賢俊作曲子麼？』三變曰：『只如相公亦作曲子。』公曰：『殊雖作曲子，不曾道「針線慵拈伴伊坐」。』柳遂退。」

再看一首寫男性情感的〈木蘭花令〉：

**有箇人人真堪羨。問卻佯羞回卻面。你若無意向咱行，為甚夢中頻相見。**
**不如聞早還卻願。免使牽人魂夢亂。風流腸肚不堅牢，只恐被伊牽惹斷。**

「人人」，對親愛者的昵稱，多指女性。「真堪羨」，真值得去巴結愛慕。「佯羞」，假裝害羞。「回卻面」，回頭，掉過臉去。「聞早」，趁早。「還去願」，還了願。

這首詞寫男性的單相思。上片寫他自作多情，下片寫他的痛苦與願望。詞的大意說：「有個美人兒真值得人追求，每次藉故和她搭訕，她都掉轉頭去不理我。看她那份嬌羞的樣子似乎對我有點意思（其實是他的誤解，女孩子是拒絕了他）。不是嗎？如果她心裡沒有我而另有所愛，為什麼天天夜晚來到我夢中呢？」這位痴情種把天天夢見別人說成是別人來找他。「既然天天夢中與我幽會惹得我神魂顛倒，還不如趁早了卻這場心願嫁給我算了。我生性痴情風流，再也受不了妳這份考驗了，再拖下去我的腸肚就要被妳牽斷。沒有遠大的理想和宏偉的抱負，只希望與自己喜歡的人兒廝守一生。」這在立志匡時濟國的士大夫看來，自然是毫無出息的平庸之念，但卻是千千萬萬平民百姓的真情。語言單純直率，很有小夥子的個性。

柳永甚至還赤裸裸地描寫男歡女愛的情景，高度地肯定人的心理和生理的基本權利。在這一點上，他和士大夫的虛偽完全不同，士大夫只許自己明目張膽地佔有女性取樂，但表面上又裝得道貌岸然，他們可以這樣幹卻不許別人這樣說，甚至攻擊正常描寫男歡女愛的人低俗。如柳永的〈菊花新〉：

**欲掩香幃論繾綣。先斂雙蛾愁夜短。催促少年郎，先去睡，鴛衾圖暖。**

**須臾放了殘針線。脫羅裳，恣情無限。留取帳前燈，時時待看伊嬌面。**

我們在這首詞中看不出什麼下流淫蕩的東西，感到的只是男女的溫存纏綿和大膽地享受愛情的幸福。它與目前流行的雜誌和色情小說不可同日而語。又如〈小鎮西〉：

意中有箇人，芳顏二八。天然俏、自來奸黠。最奇絕，是笑時、媚靨深深，百態千嬌，再三偎著，再三香滑。

久離缺。夜來魂夢裡，尤花殢雪。分明似舊家時節。正歡悅。被鄰雞喚起，一場寂寥，無眠向曉，空有半窗殘月。

由於他豔情詞中的人物平庸、情感俗氣，自然會遭到文人一致的藐視，這就像當時的讀書人瞧不起下層人民一樣。宋王灼《碧雞漫志》卷二指責柳詞「淺近卑俗，自成一體，不知書者尤好之。予嘗以比都下富兒，雖脫村野，而聲態可憎」。宋陳振孫《直齋書錄解題》稱「其詞格固不高」。連李清照也認為柳詞「雖協音律，而詞語塵下」（《苕溪漁隱叢話後集》引）。

・・・

柳詞的第二個主題是「宦情羈旅」。這方面的詞主要是寫對官場生活的厭倦，對功名利祿的淡漠情懷，對人生的一種深沉的幻滅感：

向深秋，雨餘爽氣肅西郊。陌上夜闌，襟袖起涼飆。天末殘星，流電未滅，閃閃隔林梢。又是曉雞聲斷，陽烏光動，漸分山路迢迢。

驅驅行役，苒苒光陰，蠅頭利祿，蝸角功名，畢竟成何事，漫相高？拋擲雲泉，狎玩塵土，壯節等閒消。幸有五湖煙浪，一船風月，會須歸去老漁樵。

——〈鳳歸雲〉

暮雨初收，長川靜，征帆夜落。臨島嶼，蓼煙疏淡，葦風蕭索。幾許漁人飛短艇，盡載燈火歸村落。遣行客、當此念回程，傷漂泊。

桐江好，煙漠漠。波似染，山如削。遶嚴陵灘畔，鷺飛魚躍。遊宦區區成底事，平生況有雲泉約。歸去來、一曲仲宣吟，從軍樂。

——〈滿江紅〉

即使是對柳永豔情詞看不順眼的人，對他的宦情羈旅這方面的詞也不敢小看，並把它們尊為雅詞。清人宋翔鳳《樂府餘論》說：「柳詞曲折委婉，而中具渾淪之氣，雖多俚語，而高處足冠群流，倚聲家當尸而祝之。」如〈八聲甘州〉中的名句：「對瀟瀟暮雨灑江天，一番洗清秋。漸霜風淒緊，關河冷落，殘照當樓。」蘇軾認為後三句「不減唐人高處」（宋趙令畤《侯鯖錄》引）。

人們往往把柳永的豔情和宦情這兩個主題割裂開來，其實二者在柳永身上有著深刻的內在聯繫：對封建正統價值觀的懷疑和否定，對傳統所讚美的人生道路的厭惡和反叛，對「讀書—做官」這一人生模式的捨棄。他已沒有封建社會鼎盛時期知識分子如李白、岑參、杜甫等那種積極進取的精神，那種嚮往功名意氣的博大懷抱，他喜歡和陶醉的不是立功塞外，而是閨房的溫柔與銷魂。柳永在某種意義上是賈寶玉精神上的兄長，他身上顯示了封建社會走向衰亡的徵兆。他在〈傳花枝〉一詞中說：

**平生自負，風流才調。口兒裡、道知張鄭趙。唱新詞，改難令，總知顛倒。解刷扮，能兵嗽，表裡都峭。每遇著、飲席歌筵，人人盡道。可惜許老了。**

**閻羅大伯曾教來，道人生，但不須煩惱。遇良辰，當美景，追歡買笑。剩活取百十年，只恁廝好。若限滿，鬼使來追，待倩箇、掩通著到。**

在北宋最繁榮強盛的時期，知識分子仍然沒有理想、沒有追求，把全副本領使在花巷柳陌之中，甚至以「風流才調」與「追歡買笑」自負，可見社會已快要山窮水盡了，柳永與賈寶玉只有一步之遙。柳永的興趣、追求說明社會的思想基礎、價值觀念已不能維繫人心，大廈倒塌的日子不會太久了，這就是柳永詞深刻的意義之所在。對稍後的晏幾道也應作如是觀，他的人生追求與柳永十分相近，讀讀他的詞有助於加深對柳永的理解，如〈鷓鴣天〉：

**小令尊前見玉簫，銀燈一曲太妖嬈。歌中醉倒誰能恨，唱罷歸來酒未消。**

**春悄悄，夜迢迢，碧雲天共楚宮遙。夢魂慣得無拘檢，又踏楊花過謝橋。**

當然，柳永詞在文學史上的地位主要是由它的藝術價值奠定的。在詞體及其表現手法上他都有所開拓創新。在他之前詞的體裁主要是小令，柳永首先使慢詞成為與小令雙峰並峙的一種成熟的文學樣式，使詞反映更為豐富複雜的生活內容；其次是創造了慢詞鋪敘承接的結構手法；最後是語言的口語化和通俗化。現在我們就結構和語言作一些具體分析。

## 二、柳詞的抒情方式：「只是實說」

柳詞中的情感真率熱烈，表達這種感情的抒情方式往往是直抒胸臆，宋項安世認為柳詞的抒情方式「只是實說」（《平齋雜說》）。如〈駐馬聽〉：

鳳枕鸞帷。二三載，如魚似水相知。良天好景，深憐多愛，無非盡意依隨。奈何伊，恣性靈，忒煞些兒。無事孜煎，萬回千度，怎忍分離。

而今漸行漸遠，漸覺雖悔難追。漫恁寄消息，終久奚為？也擬重論繾綣，爭奈翻覆思維。縱再會，

**只恐恩情，難似當時。**

上片是甜蜜的回憶。一起筆就說「鳳枕鸞帷」，渲染出男女的戀情已超出了少男少婦的精神戀愛的程度，二、三年彼此像魚與水一樣難分難捨。戀愛時情人覺得天比過去藍、景比過去美，景物用「良天好景」來形容，見出詞人心中的歡樂，戀情用「深憐多愛」來敘寫，顯示雙方感情的深厚真摯。雙方總是揀好聽的情話說，說了一片又一片，反覆聽又總覺得新鮮。熱戀中的女性喜歡放縱恣意、撒嬌任性，有時簡直有些過分。然而，她越撒嬌反而越逗人愛戀。「恣性靈，忒煞些兒」與上句「無非盡意依隨」是互為因果的，正因為男方處處遷就隨順，才慣得情人嬌縱恣肆；情人越是嬌憨任性耍小脾氣，男方更覺得她可愛，更是百般賠小心。弄點小糾紛，耍點小脾氣，使戀情更顯得俏皮活潑，更沒有一點兒沉悶的氣息。「無事孜煎，萬回千度，怎忍分離」，情人細膩多情、柔情蜜意，愛得太深而害怕失去它。原來好撒嬌恣縱不是因為厭倦，而是覺得太幸福了。上片最後輕輕帶出「分離」二字。由上片害怕分離跌入下片事實上的分離。上片的情調旖旎歡快，讀到「而今漸行漸遠」才知道上片是剛與情人分離的男方對前不久的愛情的回憶。過去越幸福就反襯得現在越淒涼。連用三個「漸」字，細膩地展現了作者旅途中離情人越遠相思之情就越切的心理。「漫恁寄消息」以下都是詞人的心理活動，既直率坦誠又細膩真切。

感情是一種非常抽象的東西，所以詞人常用景物來表達和反映情感，讓抽象的東西變成可感可觸的形象，讓不可捉摸的東西變得可以感受和體會，即景抒情容易使感情含蓄蘊藉。如賀鑄〈青玉案〉

中「若問閒情都幾許？一川煙草，滿城風絮，梅子黃時雨」。還有李煜著名的〈虞美人〉「問君能有幾多愁，恰似一江春水向東流」。可柳永有時不用這種以景傳情的方法，而是一五一十地有什麼說什麼，直言不諱地抒發感情，故意把話說得又直又盡，不給人留下想像的餘地。如此詩開頭就老老實實地說：「鳳枕鸞帷。二三載，如魚似水相知。」說情人「奈何伊，恣性靈，忒煞些兒」。說自己「而今漸行漸遠，漸覺雖悔難追」、「也擬重論繾綣，爭奈翻覆思維。縱再會，只恐恩情，難似當時」。就像對一個知心朋友毫無保留地訴說自己的私生活，他說得越直率越老實，人們聽得就越過癮越想聽，直率反而更耐人回味。

又如〈少年遊〉：

**一生贏得是淒涼。追前事，暗心傷。好天良夜，深屏香被，爭忍便相忘。**
**王孫動是經年去，貪迷戀，有何長？萬種千般，把伊情分，顛倒盡猜量。**

一位被情郎遺棄了的女性，低聲地傾訴著自己的幽怨和情思。她的性情是那樣溫存細膩，對戀人還是那麼一往情深，真切地表達了她既恨又愛的複雜心情，本詞的抒情方式也「只是實說」——細膩而又直率的內心獨白，一位風塵美人把自己破碎的心撕毀給人看。她的訴說把人引進其內心深處，我們理解她的悵恨、孤寂以及對愛的渴望。這種直抒胸臆的方式更能真切細膩地揭示人物的內心世界。

## 三、結構特點：細密而妥溜

清劉熙載在《藝概．詞曲概》中說：「耆卿詞，細密而妥溜，明白而家常，善於敘事，有過前人。」「細密而妥溜」是指詞的章法結構而言的，「明白而家常」是指詞的語言來說的。「細密」是說章法結構中句與句、片與片之間的銜接綿密緊湊，「妥溜」是說上下句和上下片的承接沒有任何痕跡，天衣無縫。如〈八聲甘州〉：

**對瀟瀟暮雨灑江天，一番洗清秋。漸霜風淒緊，關河冷落，殘照當樓。是處紅衰翠減，苒苒物華休。唯有長江水，無語東流。**

**不忍登高臨遠，望故鄉渺邈，歸思難收。嘆年來蹤跡，何事苦淹留？想佳人妝樓顒望，誤幾回、天際識歸舟。爭知我，倚闌干處，正恁凝愁。**

上片頭兩句用「對」字領起，勾畫出詞人登樓所見的暮秋傍晚的雨景，用「瀟瀟」來形容雨的大小，用「灑」來形容雨落下的樣子，可見這是飄飄灑灑寒氣陣陣的雨點。秋天當然不能「洗」，詞人偏偏說天之「清」是暮雨「洗」的結果，「洗」字用得十分別致、生動，把雨後秋空清朗明淨的景象勾勒得十分逼真。由「灑江天」逗出「洗清秋」。柳詞中常用「洗」字，如「晚晴初，淡煙籠月，風透蟾光如洗」（〈十二時〉），「驟雨新霽。蕩原野，清如洗」（〈玉山枕〉）。接著用「漸」字領起下三句，進一步描寫眼前的景物變化。秋風越刮越急，越來越寒，山河到處都顯得蕭索冷落，夕陽殘輝在樓頭不斷晃動像是凍得發抖，身之所感目之所見無不淒涼。「漸霜風淒緊」在章法上回扣了「灑江天」，因為秋雨沒有風就不會飄灑，同時這句又逗出了「殘照當樓」，因為只有急風吹散陰雲，才能使傍晚的太陽露出臉來，使得樓頭有了「殘照」，從這些地方可看出章法的細密。

蘇軾一貫認為柳詞俗氣，獨對這三句評價很高，稱「此語於詩句不減唐人高處」（宋趙令時《侯鯖錄》引），就是說這三句的境界可與唐詩中最闊大的境界相媲美。唐詩尤其是盛唐詩，宋嚴羽認為其優點之一就在「氣象渾厚」（《滄浪詩話》），往往呈現出一種高遠闊大的氣象，這種氣象是他們恢宏胸襟、昂揚意氣的自然流露，所以能很快打動人心。柳詞這幾句的景物極為開闊高遠，「江天」、「關河」意象都闊大，再以「暮雨」、「霜風」、「殘照」來寫自然景象的動態變化，又用「瀟瀟」、「清秋」、「冷落」等雙聲疊韻，給讀者造成一種強烈的音響效果，而且開頭「對」字領起的十三字句一氣呵成。接著，「漸」字領起的又一個十三字句一氣呵成，前後兩個十三字句字數雖同，音節卻異，前者為一、七、五，後者則為一、四、四、四，錯綜流動，一氣貫注，所以一下子就能抓住人心。在音節的矯健、氣象的恢宏和境界的闊大等方面與唐詩確有相近之處。當然，整首詞所傳達的情調與盛唐詩大異其趣，它不是盛唐的昂揚進取，而是蕭瑟退縮，它是用闊大之境寫其心事浩茫、觸處生愁，盛唐詩則多是用闊大之境寫意氣的豪放。「是處」以下四句寫足眼前景物，裝點關河的花木都已凋殘，美好景物都被淒寒的秋風刮得乾乾淨淨，使人「觸目愁腸斷」（李煜〈清平樂〉）。連長江水對這一切也很傷心，沉悶無語地向東流去。唐圭璋先生解釋這兩句說：「長江本不能語，用『無語』也即『無情』

之意。」沈祖棻在《宋詞賞析》中也說：「江水本不能語，而詞人卻認為它無語即是無情，這也是無理而有情之一例。」這兩位先生的解釋都值得商量。邏輯學中一個否定的命題總預先設定了一個肯定的命題，詩人詞人也常用這個道理，江水本來不能說話而「無語」，如果在論文中，說長江「無語」就是一句符合事實的廢話，但在詩句中卻很有情韻，因為它彷彿表示長江原先本來能語、會說而此刻才痛苦地沉默「無語」。無情的長江也十分傷心，詞人的傷心就在不言之中了。「唯有長江水，無語東流」正是預先設定了長江能語有情的前提，「無語」是說長江痛苦地沉默不語，面對「紅衰翠減」的景象無限感傷。詩人常把無情寫得多情：如寫山，「暮雨自歸山悄悄」（李商隱〈楚宮二首〉其二），「萬壑有聲含晚籟，數峰無語立斜陽」（王禹偁〈村行〉）；如寫日，「憑闌久，疏煙淡日，寂寞下蕪城」（秦觀〈滿庭芳〉），「悵望倚層樓，寒日無言西下」（張昇〈離亭燕〉）。

換頭處由景入情，上片秋江暮雨、關河冷落、殘照當樓，本是詞人登高所見，而下片換頭處卻說「不忍登高臨遠」，「不忍」在章法上是承上啟下，在感情上則轉折騰挪、委婉曲折。「登高臨遠」為的是望故鄉，然而不僅看不到故鄉的影子，映入眼簾的是蕭疏的秋景，反而更引起急切的思鄉之情。這自然使他產生「不忍」再在樓頭眺望的感傷。既然對故鄉如此依戀，那幹嘛要輕率地離開呢？這引出了詞人的自問自嘆：「嘆年來蹤跡，何事苦淹留？」檢點自己近年來落拓江湖的行蹤，免不了要自問這究竟是為什麼。在「歸思」和「淹留」的矛盾之間，詞人有多少「歸也未能歸，住也如何住」的難言之隱。由自己思鄉心切聯想到妻子盼望自己歸來，不從自身落筆而從對方著想。由「想」字領起直貫到底。南朝謝朓「天際識歸舟，雲中辨江樹」（〈之宣城郡出新林浦向板橋〉）是實寫江景，柳詞則借用其語，虛寫想像中的妻子思夫形象，她經常在妝樓上呆呆地望著遠處歸帆出神，幾次三番地誤以為船上有歸來的丈夫。溫庭筠〈望江南〉：「梳洗罷，獨倚望江樓。過盡千帆皆不是，斜暉脈脈水悠悠，腸斷白蘋洲。」「想佳人」幾句所寫的感情與溫詞相同，但柳詞再加上「誤幾回」更覺靈動有味。「佳人」多少次被希望和失望捉弄，一定要埋怨自己長期在外面不回。「何事苦淹留」，連詞人自己有時對自己何苦要在外面漂泊也感到茫然，在「妝樓顒望」的佳人就更難理解了。她也許還以為丈夫在外樂而忘返哩，怎麼會知道我現在倚闌思鄉的苦衷呢？本是自己倚闌凝愁，卻說佳人不知自己的愁苦。「佳人」懷念自己本出於想像，屬虛寫，卻用「妝樓顒望，誤幾回，天際識歸舟」這樣的具體細節來展開，將想像中的形象寫得活靈活現，是為化虛為實；倚闌凝愁本是實情，卻用「爭知我」三字從對方設想，則又是化實為虛。章法既細密又靈動。感情也抒發得委婉動人。結句「倚闌干處」遠應上片起句，知「對瀟瀟暮雨」以下一切景物都是倚闌時所見；「正恁凝愁」又應下片起句，知「不忍登高臨遠」以下，一切思歸之情皆凝愁中所想。結構章法之細密妥溜的確令人折服。

該詞結構的細密很得力於善用提領之筆，開端用一個「對」字，領起一個七字句和五字句；接著又用一個「漸」字領起三個四言偶句，使勁頂住上面兩個單句；而三個四字句中，又以最末一句緊束上面兩個對偶句，就格外顯得章法錯綜多變而又和諧靈動。跟著遞用六、五、四的句式，由「是處」二字領起，整個句法宛轉相生。下片用「不忍」帶出一個「登高臨遠」的偶句，接著用「望」頂住上句，領起兩個四言偶句，由「嘆」字收束上文，兩個五字句使文意轉深一層。再由一個「想」字貫穿到底，使結尾一氣呵成，寫出他感情上的感傷動盪，「倚闌干」遠承起句，「正恁凝愁」又回搶本片。

該詞章法上的承接到了近乎天衣無縫的地步。

再來看一首〈雨霖鈴〉：

**寒蟬淒切。對長亭晚，驟雨初歇。都門帳飲無緒，方留戀處，蘭舟催發。執手相看淚眼，竟無語凝噎。念去去、千里煙波，暮靄沉沉楚天闊。**

**多情自古傷離別。更那堪冷落清秋節！今宵酒醒何處？楊柳岸、曉風殘月。此去經年，應是良辰好景虛設。便縱有千種風情，更與何人說？**

「寒蟬」四字為全詞的情感設定了基調。「寒蟬」以當前景物點明節令，直貫下片的「清秋節」，不但寫了所聞、所見，兼寫出詞人的所感。「淒切」當然不可能是蟬聲而是聽蟬人的移情。「長亭」指明送別之地，「晚」進一步點明送別之時，為下文的「催發」張本。因「驟雨」戀人才得以「留戀」，因「初歇」船工才「催發」。到了開船的時間卻來一陣「驟雨」，戀人才可能借此多「留戀」一會兒，到天已晚雨已停就該開船了。由「都門」便知詞人與情人別於汴京，「帳飲」而「無緒」則寫出了他們之間分別的痛苦。杜牧〈贈別二首〉其二中說：「多情卻似總無情，唯覺樽前笑不成。蠟燭有心還惜別，替人垂淚到天明。」一方正在「留戀」，一方又使勁「催發」；「留戀」則不忍別，「催發」又不得不別。這樣就水到渠成地逼出了「執手相看淚眼」兩句，將當時分別的場面寫得生動逼真。蘇軾的〈江城子・乙卯正月二十日夜記夢〉有「相顧無言，唯有淚千行」句，與「執手」兩句異曲同工，但一個是寫生離，一個是記死別。「念去去」兩句以天地之闊寫情人別後之孤，章法上是宕開一筆。「煙波」以「千里」來形容，「暮靄」以「沉沉」來敘寫，而「楚天」則以「闊」字來描摹，難怪這對戀人分別時要「凝噎」了。

換頭處從自己眼前的分別推開一層，泛說自古天下多情人的分別總是非常痛苦感傷，江淹〈別賦〉一開頭就說：「黯然銷魂者，唯別而已矣。」「更那堪，冷落清秋節」轉進一層，說我倆的分別正當惱人的秋天就更加痛苦了。說秋天更加可悲是暗用宋玉〈九辯〉「悲哉，秋之為氣也。蕭瑟兮，草木搖落而變衰。憭慄兮，若在遠行，登山臨水兮，送將歸」之意。「今宵」兩句為千古麗句，是從現在預想將來，虛景實寫。「今宵」從時間上遙接上片「對長亭晚」的「晚」字，「酒醒」又遙接上片的「帳飲」。這兩句以麗語寫哀情，面對著如此「良辰好景」，卻沒有自己心愛的人兒在身邊，景越美則情越哀。由「今宵」推想到「經年」，「今宵」的「楊柳岸、曉風殘月」只堪惹愁生恨，「此去經年」的「良辰好景」同樣形同虛設，即使有「千種風情」，又「更與何人說」。最後幾句一層進一層，一氣貫注。

## 四、語言特點：明白而家常

柳詞的語言極少用典故，前期詞常用市民的俗語，後期詞多用樸素精練的白話，沒有任何人為雕琢的痕跡。讀柳詞像是在聽柳永與我們說明白自然的家常一樣，覺得十分平易生動而又親切愉快。清劉熙載評柳詞的語言「明白而家常」實在是深中肯綮之言。我們現在來分析幾首柳詞。如〈法曲第二〉：

**青翼傳情，香徑偷期，自覺當初草草。未省同衾枕，便輕許相將，平生歡笑。怎生向，人間好事到頭少。漫悔懊。**

**細追思，恨從前容易，致得恩愛成煩惱。心下事千種，盡憑音耗。以此縈牽，等伊來，自家向道。洎相見，喜歡存問，又還忘了。**

「青翼」，傳說中傳遞書信的使者。「偷期」，偷偷約會。「當初草草」，由於約會是偷偷摸摸進行的，所以女主人公覺得當初太潦草匆忙。「未省」幾句，補足上「當初草草」意，是說還不明白同眠共枕是怎麼回事，就輕易地以「平生歡笑」相許，答應一輩子與情人相好。「怎生向」，當時口語，無奈何的意思。「漫悔懊」明明是說現在後悔也沒有用，太晚了，過片又說「細追思」，可見她明知後悔白搭也不能忘情，也可見這位女主人公感情的纏綿執著，對自己的心上人一往情深。過去太輕率太幼稚地真誠相許，想不到從前的恩愛換來的是如今的煩惱。「心下事千種，盡憑音耗」，無限的痛苦、懊悔、委屈、猜測、失望、懷疑、希望等複雜的情感，沒有辦法當面向對方訴說，只能憑書信往來。「以此縈牽，等伊來，自家向道。洎相見，喜歡存問，又還忘了」數句，把一個細膩善良、溫柔多情的女性勾畫得栩栩如生。詞中「傳情」、「偷期」、「草草」、「相將」、「怎生向」、「到頭」、「悔懊」、「自家」、「縈牽」、「又還忘了」等都是當時的口語，讀來就像聽一個多情溫柔的姑娘，向我們說悄悄話，像聽家常話一樣的親切自然，人物刻畫得也十分生動形象。

又如〈錦堂春〉：

**墜髻慵梳，愁蛾懶畫，心緒是事闌珊。覺新來憔悴，金縷衣寬。認得這疏狂意下，向人誚譬如閒。把芳容整頓，恁地輕孤，爭忍心安。**

**依前過了舊約，甚當初賺我，偷剪雲鬟。幾時得歸來，香閣深關。待伊要、尤雲殢雨，纏繡衾、不與同歡。儘更深、款款問伊，今後敢更無端。**

「髻」，髮髻，已婚婦女的標誌。「闌珊」指事物將盡或衰落，此借用來指心情的抑鬱低沉。「誚譬」是當時的口語，與人調笑耍鬧。「尤雲殢雨」，「尤」即過分；「殢」，糾纏不清，纏綿。「雲雨」指男女之間的性生活。「尤雲」句指過分貪戀男女歡情，纏著要做愛。「儘」，聽任，等到。「款款」，慢慢地。「無端」，沒道理，引申為胡來。

此詞是一位女性的內心獨白。開端直接訴說自己情緒的愁悶和精神的慵懶怠倦。接著說自己因精神苦悶引起的面容憔悴消瘦。「認得這疏狂意下，向人誚譬如閒」，「認得」，料得，想得出來；「疏狂」，放蕩輕狂，是女性罵負心郎的話，此處代指負心郎。她說可以想見這輕狂的負心漢正在外面與別人調笑取鬧，心裡完全若無其事，已把我這位昨日的情人忘得一乾二淨。愛情是一種十分複雜的心理現象，有時對情人既愛又恨，往往正是因為愛得深才恨得切。她恨情人拋棄自己，恰恰是她愛她的情郎，如果她對情人無意，那麼被他拋棄也就無所謂愁了。她並沒有長久地沉溺痛苦絕望之中，想採取行動自我振作一番。她知道自己能重新贏得這位負心漢的愛情，唯一的資本就是自己的姿容，所以她把「芳容整頓」。「整頓」的不僅是她的外表，也是她內心的振作掙扎，顯然這位女性對自己的芳容十分自信，「恁地輕孤，爭忍心安」！這位女性個性很剛強，並沒有被打擊壓倒，這是市民意識的覺醒，初步意識到幸福應該自己去追求，她有比較強的自我意識。過片進一步寫她對負心郎的埋怨：「依前過了舊約，甚當初賺我，偷剪雲鬟。」「依前」，像從前一樣。「雲鬟」是指如烏雲似的頭髮。古代男女分別時有互為盟約發誓並由女子剪髮為贈的習俗。贈髮是為了使男人見髮如見人，另外還有讓頭髮纏住男子之心的寓意。如柳永〈洞仙歌〉：「夜永歡餘，共有海約山盟，記得翠雲偷剪。」她埋怨「疏狂」的情人像從前一樣過了舊約的歸期，可見他的疏狂失約不是一次兩次，他自己違背諾言卻要騙她剪髮為贈。惱恨之餘盤算著他下次來時，如何收拾這位負心郎，如何跟他算總帳。首先是把他晾起來冷落一番，「幾時得歸來，香閣深關」，等他來時把自己的臥室關上，任憑他怎麼糾纏要親熱一夜，讓他自己裹著被子到一旁去睡，給他一點顏色看看，讓他知道我的厲害。然後「儘深更、款

款問伊，今後敢更無端」，到深更半夜再板起臉來慢慢從頭到尾好好數落他一頓，看他今後還敢不敢胡來，還敢不敢到外面去尋花問柳。

這首詞使用當時的口語，明白如家常話，刻畫了一位細心潑辣並有心計的女性形象，她那份尖酸潑辣的個性，與逆來順受、溫柔敦厚的傳統女性迥然有別。相比之下，上首詞的那位女性性格就要溫存柔弱得多。大家比較一下兩詞中各對負心郎的處理方式和態度，就可看出兩人的為人差異。詞人也用了許多當時的家常口語，如：「是事」、「認得」、「誚譬」、「恁地」、「爭忍」、「敢更」、「忍心」等。我們再來看他後期的羈旅詞，如〈夜半樂〉：

凍雲黯淡天氣，扁舟一葉，乘興離江渚。渡萬壑千巖，越溪深處。怒濤漸息，樵風乍起，更聞商旅相呼，片帆高舉。泛畫鷁、翩翩過南浦。

望中酒旆閃閃，一簇煙村，數行霜樹。殘日下、漁人鳴榔歸去。敗荷零落，衰楊掩映，岸邊兩兩三三、浣紗遊女。避行客、含羞笑相語。

到此因念，繡閣輕拋，浪萍難駐。嘆後約、丁寧竟何據？慘離懷，空恨歲晚歸期阻。凝淚眼、杳杳神京路。斷鴻聲遠長天暮。

又如〈卜算子慢〉：

**江楓漸老，汀蕙半凋，滿目敗紅衰翠。楚客登臨，正是暮秋天氣。引疏砧，斷續殘陽裡。對晚景、傷懷念遠，新愁舊恨相繼。**

**脈脈人千里。念兩處風情，萬重煙水。雨歇天高，望斷翠峰十二。盡無言，誰會憑高意？縱寫得、離腸萬種，奈歸雲誰寄？**

這兩詞雖然沒有用口語，但語言仍然通俗平易，現代讀者不翻字典也能讀懂。平易的語言，流暢的意脈，使柳詞能直接打動人心。

## 一、周邦彥：「集詞學之大成」

周邦彥在南宋以後被譽為詞的集大成者，歷代的詞學評論家把人們用來恭維杜甫的話，又一字不改地用在評價周邦彥身上，稱他是書中的顏真卿和詞中的杜甫。清周濟在《介存齋論詞雜著》中說：「美成思力，獨絕千古，如顏平原書，雖未臻兩晉，而唐初之法，至此大備，後有作者，莫能出其範圍矣。」清陳廷焯《白雨齋詞話》：「詞至美成，乃有大宗，前收蘇、秦之終，後開姜、史之始；自有詞人以來，不得不推為巨擘。」陳匪石《宋詞舉》：「周邦彥集詞學之大成，前無古人，後無來者。」

不過，稱周詞為集大成，擬邦彥為「詞中老杜」，只是就其藝術技巧上綜合前人之長而言，並不是說他詞中內容有如杜甫那樣負海含天、深厚博大。與他那精工的藝術技巧相比，邦彥詞的意境要顯得貧乏單調得多。這裡既沒有柳永的真率熱情，也沒有蘇軾的豪爽曠達，更沒有辛棄疾的英雄浩氣，只是平常的「悲歡離合、羈旅行役之感」（王國維《清真先生遺事》）。雖然其中不乏文人的細膩優雅，但是難見遠慕高舉、豪放飄逸、悲壯崇高等深刻的情懷，在情感的豐富深厚上並沒有超出前人的地方，所以王國維頗有微詞地說：「美成深遠之致不及歐秦。唯言情體物，窮極工巧，故不失為第一流之作者。但恨創調之才多，創意之才少耳。」（《人間詞話》）南宋著名詞人張炎也認為：「美成詞，只當看他渾成處，於軟媚中有氣魄，採唐詩融化如自己者，乃其所長；惜乎意趣卻不高遠。」（《詞源》）。他的確缺乏柳永、蘇軾、秦觀、辛棄疾等詞人那種迷人的個性，而只是一個風流、博學而又細膩的文人，人們之所以給他帶上「集大成」的桂冠，全在於其詞技巧上的博大精深、包羅萬匯。陳匪石在《宋詞舉》中說：「凡兩宋之千門萬戶，清真一集，幾擅其全。」清真詞的確算得上是唐至北宋填詞藝術經驗的總結。

周詞的創作方法也是北宋、南宋之間的轉折點。周以前的詞人不論是豪放如蘇軾還是婉約如柳永，體裁不論是長調還是小令，都以直接的情感抒發和表現為主，詞人敞開心扉讓情感的激流或小溪盡情流淌，情感的洪流淹沒了文字，讀者也只陶醉於詞的情感而忽略了詞的語言。如「問君能有幾多愁，恰似一江春水向東流」（李煜〈虞美人〉），「大江東去，浪淘盡、千古風流人物」（蘇軾〈念奴嬌．赤壁懷古〉），「柔情似水，佳期如夢，忍顧鵲橋歸路。兩情若是久長時，又豈在朝朝暮暮」（秦觀〈鵲橋仙〉），「人有悲歡離合，月有陰晴圓缺，此事古難全。但願人長久，千里共嬋娟」（蘇軾〈水調歌頭〉），「執手相看淚眼，竟無語凝噎」（柳永〈雨霖鈴〉），「早知恁麼。悔當初，不把雕鞍鎖。向雞窗，只與蠻箋象管，拘束教吟課。鎮相隨，莫拋躲。針線閒拈伴伊坐。和我。免使年少、光陰虛過」（柳永〈定風波〉）。它們都是以情感迅速直接地打動人心，甚至使讀者完全忘記了它的語言——儘管它們的語言也很美。但是，在周邦彥那裡直接的情感抒發讓位於精心的思考，不是讓自己在具體情境中的惆悵、愁怨、相思、希冀等情感自然傾瀉，而是全力在傳達技巧上精磨細琢，專心於語言的典雅渾成、結構的曲折繁複、音韻的和諧悅耳，知識學問和文化修養在詞的創作中起著重要的作用。雖然深厚的功力和淵博的學識使他的詞達到了渾成的境界，但仍然可以看到它們所留下的人工打磨的印記。讀他的詞最先引人注意的是語言的精工、結構的巧妙以及音調的掩映低徊，不是為詞中情感牽著走，而是對詞中技巧的擊節讚美，新鮮活潑的情感讓位於精心結撰的高明技巧。人們對其「頓挫之妙，理法之精」（清陳廷焯《白雨齋詞話》）傾心折服，對其「模寫物態，曲盡其妙」（《片玉詞》強煥序）嘆為觀止，對其「清濁抑揚，轆轤交往」（王國維《清真先生遺事》）的音律之美更是一唱三嘆，但幾乎不僅不能為他詞中的情感如醉如痴，甚至對這些情感十分隔膜。這一方面是因為他的情感本來就不濃烈，另一方面是他詞中的情感已不是自然地流露，它們經過了人工的修飾和安排，因而減弱了新鮮情感的強度。王國維曾在《詞辨》的眉批中說：「美成詞多作態，故不是大家氣象，若同叔（晏殊）、永叔（歐陽脩），雖不作態，而一笑百媚生矣，此天才與人力之別也。」周邦彥的詞不是隨興揮灑的天才產物，而是勤學苦練得來的人工產品。清周濟在《介存齋論詞雜著》中說：「美成思力，獨絕千古，如顏平原書，雖未臻兩晉，而唐初之法至此大備。」這是對周邦彥廣泛地繼承前人之所長，尤其是以凝思苦索的安排取勝的特色的總結。由於它們是思力安排的結果，因而讀者也必須用心思索才能明白詞中的情意，如果只憑情感或直覺讀他的詞會感到隔膜。俞平伯也認為：「周邦彥的詞，在兩宋詞人中技巧性很強，自有一些不大容易瞭解的地方。」（《論詩詞曲雜著．辨舊說〈蘭陵王〉的一些曲解》）那麼，他的技巧表現在什麼地方呢？首先是結構的曲折繁複，其次是語言的渾成典雅，最後是對景物的摹寫曲盡其妙。我們現在結合他的詞分別來解析這些特點。

## 二、結構：曲折繁複

周詞受柳永詞風影響很大，特別是長調慢詞的鋪敘手法方面，二者有密切的承繼關係。柳永長調的鋪敘手法十分成功，與感情的直接自然傾吐相一致，敘述上按時空順序向前一層層展開，以平鋪直敘的「實說」為特點。周詞雖也善於敘述鋪排，但在結構安排上與柳異趣，它常常打亂時空順序，變柳的直筆為曲筆，多用繁複交錯的曲折手法。柳詞的敘寫方法是平面的，周詞的敘寫方法是立體的，這也就是清陳廷焯論周詞時所謂「頓挫之妙，理法之精」。如〈夜飛鵲．別情〉：

**河橋送人處，良夜何其？斜月遠墮餘輝。銅盤燭淚已流盡，霏霏涼露沾衣。相將散離會，探風前津鼓，樹杪參旗。花驄會意，縱揚鞭、亦自行遲。**

**迢遞路回清野，人語漸無聞，空帶愁歸。何意重經前地，遺鈿不見，斜徑都迷。兔葵燕麥，向殘陽、影與人齊。但徘徊班草，唏歔酹酒，極望天西。**

起筆從送人處寫入，「送人」是事，為全詞感慨之由，「河橋」是地，為後片「前地」伏筆。接著便從事與地說到時與景，以疑問語點明送人的時間。送人送到橋頭是古人的習慣，相傳為李陵送別蘇武的古詩中，就有「攜手上河梁，遊子暮何之」的詩句，詩中的河梁就是本詞中的河橋。「良夜何其」明用《詩經．小雅．庭燎》中「夜如何其，夜未央」（其讀基，孔穎達《毛詩正義》：「其，語辭（即語尾助詞），言夜今早晚如何乎?」）的句子，同時暗用蘇軾〈後赤壁賦〉中「月白風清，如此良夜何」的句子。如此美好的夜晚不是用來歡會，卻是在此時送別分離，這該是多麼讓人惆悵難堪。同時這句也是在暗問良夜已是什麼時分。第三句是對這一問話的回答：「斜月遠墮餘輝」，「斜」、「遠」二字都是寫月亮已偏西隱去時的光景。將墜的斜月只剩餘光，已殘的盤燭空堆紅淚，足見離筵之久、絮語之多。「斜月」是夜景，「燭淚」指離會。不說「銅盤蠟燭已燃盡」而說「銅盤燭淚已流盡」，是借物來煊染襯托人的感情，它巧妙地化用杜牧的「蠟燭有心還惜別，替人垂淚到天明」（〈贈別二首〉其二）的詩句。「霏霏」寫出夜中露氣迷濛晦暗，把人的衣服沾濕，也說明野外話別的眷戀徘徊之久。斜月、燭淚、涼露，都是一些帶淒涼情調的景物，暗示了別人之間感傷抑鬱的心情，這就是人們常說的情景交融，這三個意象都是一個感傷的人眼中的景象。酒闌、燭盡、夜深，其勢已不可再留，其情又不忍遽別，雙方希望能多留一會兒就多留一會兒，「相將」三句就是這一情景的寫真。「相將」是當時的口語，即現在所說的「即將」或「行將」，「離會」即離別的宴會。離宴快散了還是戀戀不捨，不時暗暗用耳朵探聽渡頭報時的更鼓，用眼睛去探望樹梢上星辰移動的位置，「參旗」是星辰名。「探」字領下兩句，寫出了雙方依依不捨的情緒。「探」字有關心之意，關心津鼓的聲音與星辰的位置，表明他們對別前短暫時光的珍惜。既是探聽水邊渡頭的更鼓，別者自然是走水路了，如果柳永寫此詞必定要續寫上船與開船，可周詞卻突然轉到騎馬的送者，說「花驄會意，縱揚鞭、亦自行遲」。這種承接使讀者有突兀之感，清陳廷焯《白雨齋詞話》說：「美成詞有前後若不相蒙者，正是頓挫之妙。」這種前後似乎沒有任何聯繫正是結構中的「斷」——曲折、頓挫，即將正在敘述的東西突然中斷，掉轉筆頭去寫另一件事，這種跳脫的筆法與柳永直敘的筆法是不相同的。這三句是以物來寫人，馬猶如此，人何以堪？馬且行遲，人意可想，通過移情的手法以物之有情映襯出人之深情。

過片的開端「迢遞路回清野」，直承上片尾句「縱揚鞭、亦自行遲」來，寫送者獨自騎馬歸家走在清晨的曠野，覺得眼前的歸路是這樣漫長難走。其實歸路正是來路，送時怕別者一下子就離開，覺得路特別短，歸時一個人心情抑鬱孤獨，走起來路也就顯得特別長。「人語漸無聞，空帶愁歸」，語意十分沉痛厚重，「空」寫送者回家時心裡空蕩蕩的寂寥，而心裡空蕩蕩的時候反而覺得特別沉重。從開頭的「河橋送人處」到這裡的「空帶愁歸」，整個送人的過程已完成了，還有什麼可寫的呢？想不到突然又以「何意重經前地」一句驀地挺起，又從不同時間跳到送別的同一地點，以時間的變換來使空間重疊。詞人善意地捉弄了我們，從「河橋送人處」到「空帶愁歸」並不是眼前發生的事情，而是回憶中發生的事情。這一句使前面所寫的一切盡化雲煙。接下來用兩個對句寫自己對別者的思念之深。不僅遺鈿無處可尋，連送別時的道路也迷離不清，這說明他們相別很久了；而分別很久還來尋找別者的遺物和辨認當時送別的路徑，又說明送者對別者感情的真摯深厚；同時又通過「遺鈿」這一物品來暗示別者是一位姑娘，詞人總是不斷和我們賣關子。回頭再看看，才明白前面何以寫得那麼纏綿了。

「兔葵」兩句暗用劉禹錫〈再遊玄都觀〉詩序「唯兔葵、燕麥，動搖於春風耳」之意，表明景物人事的變遷，並補充「斜徑都迷」的原因：草木長高了，完全覆蓋了送行的道路。上片的「涼露」透露了送別的季節是秋天，此時兔葵燕麥影與人齊，時令已是春夏之交，野草在荒煙夕照中瑟瑟抖動，長長的影子在地上不斷搖晃，夕日送別時纏綿的絮語、多情的眼淚、美麗的容顏，都像是記憶中的幻境。可以想見詞人情感的苦澀淒涼。梁啟超說：「『兔葵燕麥』二語，與柳屯田之『曉風殘月』可稱送別詞中雙絕，皆鎔情入景也。」（梁令嫻《藝衡館詞選》引）「但徘徊班草」三句，非常有力地抒寫了送者痛苦、失望、深摯而又無可奈何的心情。在從前鋪草飲酒話別的地方徘徊嘆息，並又在這個地方苦悶地鋪草飲酒，朝著情人西去的方向，以酒澆地來寄託相思，並向情人獻上自己衷心的祝福，這一結尾淒婉深沉。

此詞在結構上錯綜曲折、斷續無痕，但是一旦我們認清了曲徑的路線，讀它時就會有「山重水複疑無路，柳暗花明又一村」（陸游〈遊山西村〉）的樂趣。它不是以情感的強度來迅速俘獲人心，而是通過苦心的結構安排來使讀者獲得「曲徑通幽」的快感。

再如〈瑞龍吟〉：

章臺路。還見褪粉梅梢，試花桃樹。愔愔坊陌人家，定巢燕子，歸來舊處。

黯凝佇。因念箇人痴小，乍窺門戶。侵晨淺約宮黃，障風映袖，盈盈笑語。

前度劉郎重到，訪鄰尋里，同時歌舞。唯有舊家秋娘，聲價如故。吟箋賦筆，猶記〈燕臺〉句。知誰伴、名園露飲，東城閒步？事與孤鴻去。探春盡是，傷離意緒。官柳低金縷。歸騎晚，纖纖池塘飛雨。斷腸院落，一簾風絮。

此詞的第一片寫舊地重訪，以「還見」逆入，以「歸來舊處」平出。章臺路本是西漢長安一條繁華熱鬧的大街，為妓女的聚居之地。

「愔愔」是悄無聲息的意思。「定巢燕子」借用杜甫〈堂成〉「頻來語燕定新巢」句意。燕子尚且歸來舊處，人又哪能不懷念故人？這一片只寫物不說人，物是人非之嘆只暗寫不明說，感情顯得格外沉鬱。「還見」、「舊處」，見得一切景物依舊，可當年令人心醉的人兒呢？第二片因物及人，追憶情人舊日的風姿神采，「因念」是第一片與第二片的承接句。「箇人」即那人。「痴小」寫她當年的年幼天真。第三片又從第二片的回憶中跳接第一片續寫舊地重訪，「吟箋」兩句再次折入昔日吟詩作賦打動芳心的往事，「知誰伴」則重又回到對她眼前的關切，既然她至今仍「聲價如故」，那現在誰伴她「名園露飲，東城閒步」呢？可見詞人心情的難堪和筆頭的沉重。

此詞先寫舊地重遊的所見所感，再寫當年的舊人舊事，最後寫重遊的撫今追昔之情，他完全打亂了時空順序，結構上曲折盤旋。如第三片中「訪鄰尋里」是今，「同時歌舞」是昔，「吟箋賦筆」是昔，「知誰伴」是今，「唯有舊家秋娘，聲價如故」是今猶昔，作者處處以今襯昔。清周濟在《宋四家詞選》中說：「不過桃花人面舊曲翻新耳，看其由無情入，結歸無情，層層脫換，筆筆往復處。」全詞的主題不過唐詩人崔護〈題都城南莊〉的翻新：「去年今日此門中，人面桃花相映紅。人面不知何處去，桃花依舊笑春風。」但詞人的筆致跳脫，詞的結構曲折。

再看一首〈拜星月慢〉：

**夜色催更，清塵收露，小曲幽坊月暗。竹檻燈窗，識秋娘庭院。笑相遇，似覺瓊枝玉樹相倚，暖日明霞光爛。水盼蘭情，總平生稀見。**

**畫圖中、舊識春風面。誰知道、自到瑤臺畔。眷戀雨潤雲溫，苦驚風吹散。念荒寒、寄宿無人館。重門閉、敗壁秋蟲嘆。怎奈向、一縷相思，隔溪山不斷。**

上片先交代與情人相遇的時間和環境。在一個月色朦朧的夜晚，更鼓催深了夜色，清露收盡了街塵，秋娘庭院既是那樣幽靜，秋娘其人就自然非常淡雅。交代了路途、居處和時間。接下來再寫「笑相遇」，「似覺」以下四句正面寫佳人的神采風韻，前二句乍見驚其光豔，第三句是細賞其神情，第四句是總贊。「瓊枝玉樹相倚，暖日明霞光爛」是初見美人的感覺，上句說像瓊枝玉樹交相輝映，是寫其明潔耀眼；下句說看到她後像暖日與明霞那樣光輝燦爛，是寫其光彩奪目。「水盼」是說眼神明媚如水，「蘭情」是說她性情幽靜淡雅如蘭花。

過片「畫圖中、舊識春風面」不僅是上片的延伸，而且從時間上追溯到了「笑相遇」以前，作者是先睹美人的畫圖，後識其真面，足見他對秋娘心儀已久。讀到「誰知道」才恍然大悟，原來上面都是詞人的追敘。過去的文人習慣以「雲雨」寫男女歡情，這裡「雨」而說「潤」，「雲」而言「溫」，不僅化濫熟為新奇，而且寫出了他們過去感情的溫馨美好。「念荒寒」以下才折入現在。清周濟在《宋四家詞選》中說：「全是追思，卻純用實寫。但讀前闋，幾疑是賦也。換頭再為加倍跌宕之。他人萬萬無此力量。」大家應該認真從此詞體會周邦彥詞曲折跌宕的特色。

## 三、語言：典雅渾成

柳永是一位沒有獲得社會地位的窮酸風流才子，他在煙花巷陌中偎紅倚翠，自然會與許多修養不高的妓女打交道。作為這種生活的反映，他詞中的語言俚俗直率，大量地採用當時的口語俗語入詞，在士大夫的眼中，這種情調和語言自然是庸俗不堪。周邦彥則是一位有門面的淵博學者，下字遣詞都講究出處，儘量避免粗俗刺眼的字句，輕巧地將前人的警詞秀句融入自己的詞中，像是自己的獨創一樣不露任何痕跡。張炎在《詞源》中說：「美成詞，只當看他渾成處，於軟媚中有氣魄，採唐詩融化如自己者，乃其所長。」陳振孫在《直齋書錄解題》中也說：「『美成詞』多用唐人詩語檃栝入律，渾然天成。長調尤善鋪敘，富豔精工，詞人之甲乙也。」如〈西河．金陵懷古〉：

**佳麗地。南朝盛事誰記？山圍故國遶清江，髻鬟對起。怒濤寂寞打孤城，風檣遙度天際。**

**斷崖樹，猶倒倚。莫愁艇子曾繫。空餘舊跡鬱蒼蒼，霧沉半壘。夜深月過女牆來，傷心東望淮水。**

**酒旗戲鼓甚處市？想依稀、王謝鄰里，燕子不知何世。入尋常巷陌人家，相對如說興亡，斜陽裡。**

在金陵這個六朝相繼建都的佳麗之地，曾發生過多少驚心動魄的歷史事件，演出過多少興衰存亡的歷史悲劇和喜劇，產生過多少雄姿英發的政治家，多少才華橫溢的文藝天才……然而這一切都已成為過眼雲煙，「南朝盛事誰記」？哪裡去了，周瑜的羽扇綸巾？哪裡去了，王謝的風流遺韻？只有清清的江水遶著故國的青山，江中的怒濤依舊拍打著昔日的孤城，江中的帆船仍然遙度天際，清冷的月亮翻過女牆打量著秦淮水，舊時王謝堂前的燕子飛入普通的巷陌人家，多嘴多舌地叫個不停。滄海桑田如同夢幻，物換星移歲月無情，帝業、富貴、榮華、功名、才氣有什麼意思？人們的奮鬥追求有什麼價值？整個人生有什麼目的和意義？這首詞深刻的主題思想就在於通過對歷史興亡的感嘆，表現出對人生深沉的空幻和感傷情緒。

此詞語言上的特點是巧妙地融化前人的詩句，「佳麗地」來於謝朓〈入朝曲〉中「江南佳麗地，金陵帝王州」。接著又揉進了劉禹錫〈金陵五題：石頭城〉一詩中的詩句：「山圍故國周遭在，潮打空城寂寞回。淮水東邊舊時月，夜深還過女牆來。」「莫愁艇子曾繫」來於樂府詩：「莫愁在何處？莫愁石城西。艇子打兩槳，催送莫愁來。」第三片檃栝劉禹錫〈金陵五題：烏衣巷〉一詩中的詩句：「朱雀橋邊野草花，烏衣巷口夕陽斜。舊時王謝堂前燕，飛入尋常百姓家。」作者融化前人的詩句不留一點痕跡，完全像是自己的獨創，語言華麗、典雅、渾成。前人對這首詞的評價很高，如清陳廷焯在《雲韶集》中說：「此詞純用唐人成句融化入律，氣韻沉雄，蒼涼悲壯。金陵懷古詞，古今不可勝數，要當以美成此詞為絕唱。」唐圭璋《唐宋詞簡釋》也盛讚此詞：「『山圍』四句寫山川形勝，氣象巍峨。第二片，仍寫莫愁與淮水之景象，一片空曠，令人生哀。第三片，藉斜陽、燕子寫出古今興亡之感。全篇疏蕩而悲壯，足以方駕東坡。」

我認為這首詞誠然美麗渾成，但是它的創作方法不值得過分稱許。他對現實生活和自然山水缺乏詩情，卻從前人的優秀作品中尋覓靈感，柳永詞中那種生氣勃勃的激情和創造在這裡已變成了死氣沉沉的書卷氣息。詞人對生活沒有自己獨特的感受，滿腦袋只記著前人的清詞麗句，排除了創作必不可少的天才的詩興激情，代之以修養和學問的賣弄。詞的意境、風格甚至語言都是劉禹錫等人的，他只是在此基礎上作一些點綴和修飾，由於點綴修飾的功夫十分精巧，看不出是從前人那裡借來的舊貨，好像是作者新的創造一樣。這是把祖傳遺產說成是自己的工資，說得露骨一點，是把別人的珠寶偷來當作自己的財富。所謂「採唐詩融化如自己者」，充其量只是說偷竊的手段十分高明，偷後不留一絲痕跡，不露一點破綻，「渾然天成」只表明他是「剽竊之黠者耳」（金王若虛《滹南遺老集》卷四十評黃庭堅語）。

再看看他的另一首代表作〈風流子〉：

**楓林凋晚葉，關河迥，楚客慘將歸。望一川暝靄，雁聲哀怨；半規涼月，人影參差。酒醒後，淚花銷鳳蠟，風幕卷金泥。砧杵韻高，喚回殘夢；綺羅香減，牽起餘悲。**

**亭皋分襟地，難拚處、偏是掩面牽衣。何況怨懷長結，重見無期。想寄恨書中，銀鉤空滿；斷腸聲裡，玉箸還垂。多少暗愁密意，唯有天知。**

「鳳蠟」，《南史．王僧綽傳》載，王少時與兄弟聚會，採蠟燭淚珠為鳳凰。「金泥」，此處指銷金的帷帳，李後主詞：「畫簾珠箔，惆悵卷金泥。」（〈臨江仙〉）「分襟」是古人分別互贈禮物的動作。「難拚」即難堪、難耐。「銀鉤」是簾鉤的美稱。「空滿」是說睡簾老是掛著，暗示一個人獨宿，情人不在身邊光寄書也不能慰別情。」此詞的語言精工典雅之致，整飭的對偶增加了它的富麗。全詞幾乎都用對偶句組成，但由於有許多領字，所以一點也不顯得板重呆滯。夏敬觀在《評清真集》中說：「此詞四句對偶凡三處，句調皆變換不同。通篇一氣銜貫。」

## 四、模寫物態，曲盡其妙

周邦彥對景物的體驗細膩入微，描繪更為工巧細緻，王國維在《人間詞話》引強煥語評其詞說「模寫物態，曲盡其妙」。明王世貞甚至認為他長於寫景而短於言情：「美成能作景語，不能作情語。」（《弇州山人詞評》）如〈六醜．薔薇謝後作〉：

正單衣試酒，恨客裡、光陰虛擲。願春暫留，春歸如過翼。一去無跡。為問家何在？夜來風雨，葬楚宮傾國。釵鈿墮處遺香澤。亂點桃蹊，輕翻柳陌。多情為誰追惜？但蜂媒蝶使，時叩窗槅。

東園岑寂，漸蒙籠暗碧。靜遶珍叢底，成嘆息。長條故惹行客，似牽衣待話，別情無極。殘英小，

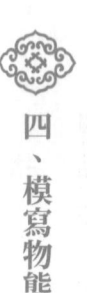

**強簪巾幘；終不似、一朵釵頭顫裊，向人欹側。漂流處，莫趁潮汐。恐斷紅、尚有相思字，何由見得！**

清蔣敦復在《芬陀利室詞話》中說：「清真〈六醜〉一詞，精深華妙，後來作者，罕能繼蹤。」什麼是「精深華妙」呢？字字恰到好處謂之精，反覆曲折謂之深，意象富麗謂之華，不落凡響謂之妙。此詞的主題是借嘆息薔薇的凋謝抒發自己光陰虛逝而綺懷未盡、有志不逞的感傷，表現了封建社會後期文人精神上的疲倦。筆致華麗而纏綿，體物更是細膩而微妙。「正單衣試酒」點明節令，宋吳自牧《夢粱錄》卷二載：例於四月初開煮，試酒那天「官私妓女，新麗妝著，差肩社隊鼓樂，以榮迎引……最是風流少年，沿途勸酒，或送點心。」周密《武林舊事》卷三也說：「所經之地，高樓邃閣，繡幕如雲，累足駢肩，真所謂『萬人海』也。」「單衣試酒」正是「當時年少春衫薄」（韋莊〈菩薩蠻〉「如今卻憶江南樂」）的形象。這句說此時的節令正應是非常快樂的時刻，它給人造成的印象是本詞可能寫歡娛喜悅的感情，想不到第二句突然反跌：「恨客裡、光陰虛擲。」節令本該歡樂，現實反而傷心。它一方面打破了第一句引發的讀者期待，另一方面又造成情感的落差。全詞是寫感傷的情懷，開頭一句卻用快樂的調子，前人把這種開頭稱為「逆入」，把第二句的承接方法叫「反接」。詞人正在感嘆光陰虛擲，想留住美好的春光：「願春暫留，春歸如過翼，一去無跡。」越是想留它，它越是流逝得快，像鳥兒的翅膀一掠而過，而且連蹤影也無從追尋。「願春暫留」是不忍「虛擲」，「春歸如過翼」則已成「虛擲」，悵惘惜春之情已曲折地抒寫了出來。緊接「一去無跡」道：「為問家何在？夜來風雨，葬楚宮傾國。」清陳廷焯在《白雨齋詞話》中評此三句說：「『為問家何在』，上文有『悵客裡光陰虛擲』之句，此處點醒題旨，既突兀又綿密，妙只五字束住。下文反覆纏綿，更不糾纏一筆，卻滿紙是羈愁抑鬱，且有許多不敢說處，言中有物，吞吐盡致。」這一問正式引寫薔薇的正題，「家」既指「春」的家，更指薔薇的家，因為薔薇花開把春天帶來，花謝又把春天帶走。這一句超出常情的設問，把一片惜別春花之情寫得痴而且深。唐末詩人李商隱〈夢澤〉詩有「夢澤悲風動白茅，楚王葬盡滿城嬌」的詩句，韓偓〈哭花〉有「夜來風雨葬西施」句，詞人可能糅合兩人的詩句，將薔薇擬為傾城傾國的美人，「葬」字下得十分沉重淒絕，美花被風雨摧殘就像美人玉殞香消一樣令人悲痛，陳廷焯在《詞則·大雅集》評這兩句為「沉鬱」。這兩句的確寫得沉痛有力。既被風雨摧殘，薔薇花難道什麼也沒遺留下來嗎？這樣又逗出了「釵鈿墮處遺香澤。亂點桃蹊，輕翻柳陌」。滿地狼藉的落花酷似慘死美人留下的釵鈿，〈長恨歌〉寫楊貴妃死時的慘景說：「花鈿委地無人收，翠翹金雀玉搔頭。」「香澤」之「遺」是從上文的「無跡」中想出，同時又引出下面的「追惜」。「亂點」和「輕翻」寫出了落地薔薇花的淒慘狼藉，也把飄附落地的薔薇花寫得十分逼真。「多情」三句詞人不直說無人再惜落花，卻用失望的問句來表示無可奈何的惆悵，一個「但」字寫出了人們對花的冷漠。只有無知的蜂蝶來關心已落的薔薇，使詞人倍覺傷心，這種瑣碎的閒筆把作者惜花之情寫得更透。

過片換頭處續寫上片詞意：「東園岑寂，漸蒙籠暗碧。」「東園」二句是「窗槅」外之景，也是落花「一去無跡」的實寫。東園薔薇盛開時的熱鬧氣氛隨著花謝而歸於岑寂，剩下的只有暗綠的草樹，使人黯然銷魂，他以痛悼亡人的悲傷心情「靜遶珍叢底，成嘆息」。默默地圍著已謝的落花打轉，生動地傳出了他對薔薇花的一片深情。「成嘆息」既是嘆息「光陰虛擲」，也是嘆息「春歸如過翼」，前人說此句「包一切，掃一切」。人對花有情，花對人也有意：「長條故惹行客，似牽衣待話，別情無極。」薔薇樹帶刺的枝條扯住人的衣裳，似乎要跟詞人傷心地道別，情調真是淒涼纏綿極了。花已「無跡」，但有「長條」，其「故惹行客」，其「牽衣待花」，無情之物反似有情，這是詞人將惜春悵春之情移之於花，極盡無中生有之妙。花的多情更惹人倍加惜花：「殘英小，強簪巾幘；終不似、一朵釵頭顫裊，向人欹側。」強簪殘英於巾幘只是因憐惜之情，下面又用盛開時的薔薇花插在移動蓮步的美人頭釵上的形象，反襯出眼前花與人共同的遲暮感傷之情。最後詞人對落地的薔薇發出深情的寄語：「漂流處，莫趁潮汐。恐斷紅、尚有相思字，何由見得！」面對無可挽回之事，抒寫不能自已之情。清周濟在《宋四家詞選》中評此詞說：「不說人惜花，卻說花戀人；不從無花惜春，卻從有花惜春；不惜已簪之殘英，偏惜欲去之斷紅。」整首詞的情調纏綿感傷，像是與一位即將離去的多情女郎話別，落花的形神氣貌刻畫得惟妙惟肖，抒情更是委婉曲折。

〈蘇幕遮〉也是體物的名篇：

**燎沉香，消溽暑。鳥雀呼晴，侵曉窺簷語。葉上初陽乾宿雨。水面清圓，一一風荷舉。**
**故鄉遙，何日去？家住吳門，久作長安旅。五月漁郎相憶否？小楫輕舟，夢入芙蓉浦。**

此詞抒寫了作者對故鄉的懷念，對宦遊的厭倦。全詞的突出之處是寫荷花的神態肖貌逼真。當宿雨初收，曉風吹過，圓潤的荷葉在初陽的照耀下綠淨如拭，亭亭玉立的荷花一一顫動起來，這真是寫荷葉的一幅活潑逼真的素描。這首詞與作者其他詞刻玉鏤金不同，能用樸素清淡的語言直接寫出自己對生活的感受和對外物的體驗，消除了讀者在他詞中常有的隔膜感，使形象、意境都鮮明可感。王國維在《人間詞話》卷上說：「『葉上初陽乾宿雨。水面清圓，一一風荷舉。』此真能得荷之神理者。覺白石〈念奴嬌〉、〈惜紅衣〉二詞，猶有隔霧看花之恨。」

# 後記

二十多年前，我與馬承五教授合寫了一本《唐宋詩詞史》，唐詩和唐五代詞由馬教授執筆，全書緒論和兩宋詩詞則由我執筆，書的後記裡還特地注明各自「文責自負」。為了與《唐宋詩詞史》配套，馬教授同時還主編了《唐宋名家詩詞箋評》，《箋評》中我負責盛唐詩歌的箋注和評析。這兩本書後來在我校出版社三次重印。

年輕時我特別喜歡宋詞，研究生攻讀的方向是唐宋文學，回母校工作後卻主要講授六朝文學和唐代文學，因而在寫兩宋詩詞史時格外認真，一是希望借此機會系統地閱讀宋代的名家名作，二是希望完成自己未了的心願。和馬承五教授的那次合作十分愉快，我至今還懷念那個用鋼筆寫書的歲月。

不過，寫作上我自己偏好「單幹」，一向不樂意與人合著合編，買書時我也傾向於買獨著的作品，只要是合編合著的東西我都不願意掏錢。學術討論應該「七嘴八舌」，學術著述最好由一人完成，成於眾手就可能「亂七八糟」，成於一人才會有統一的風格與語言，成於一人才會有「獨得之見」——不管是高見還是偏見。

從《唐宋詩詞史》中抽離出自己執筆的部分，就是這本《兩宋詩詞簡史》的初稿。幾年前華中師範大學出版社的朋友邀我主編一套文學史，前年我便把這部分做了一次修改潤色，並補寫金元詩人元好問一節。最近教育部規定全國高校必須使用「馬工教材」，正好我本人既沒有能力也沒有興趣做主編，這次便將兩宋詩詞部分單獨出版。付梓前我又匆忙將它修訂了一遍，並請余祖坤副教授幫我審讀一過，昨晚再看時仍然發現了個別錯字，出版社催得人心急火燎，我只好惴惴不安地呈上書稿。感謝歐陽波、丁慶勇的細心審讀，特別是歐陽波一一核對了版本和原文，避免了「定稿」中多處錯誤。「流光容易把人拋」，二〇一八年已是「一年將盡」，自己也伴隨宋詩步入「老境」。

阿門！

戴建業

二〇一八年十二月十六日

# 慢讀·兩宋詩詞領風騷

詩詞一體，深入蘇軾、陸游的完整內心世界

作　　者　戴建業
裝幀設計　黃畇嘉
業　　務　王綬晨、邱紹溢、郭其彬
編輯企劃　劉文雅
總 編 輯　趙啟麟
發 行 人　蘇拾平
出　　版　啟動文化
台北市 105 松山區復興北路 333 號11樓之4
電話：（02）2718-2001　傳真：（02）2718-1258
Email：onbooks@andbooks.com.tw
發　　行　大雁文化事業股份有限公司
台北市 105 松山區復興北路 333 號11樓之4
24小時傳真服務：（02）2718-1258
Email：andbooks@andbooks.com.tw
劃撥帳號：19983379
戶名：大雁文化事業股份有限公司

初版一刷　2020年8月
定　　價　380元
I S B N　978-986-493-119-4



歡迎光臨大雁出版基地官網
www.andbooks.com.tw



**國家圖書館出版品預行編目(CIP)資料**

慢讀兩宋詩詞領風騷 / 戴建業著. -- 初版. -- 臺北市：啟動文化出版：大雁文化發行，2020.08
面；　公分
ISBN 978-986-493-119-4(平裝)

1.宋代文學 2.文學評論

820.905　　109010743